氷の鎖

久和間拓

Kuwama Taku

双葉社

氷の鎖

装丁
bookwall

カバー写真
Getty Images

1

隅田川の対岸で、スカイツリーの灯りが夜の上空を淡く染めていた。対照的に隅田川に架かる吾妻橋はライトアップされ、鮮やかな褐色を浮かび上がらせている。

芹沢《せりざわ》史哉《ふみや》は立ち止まり、行き交う人々に目をやった。その中にはコートの姿も珍しくない。日中は台風一過の影響で、十月も下旬だというのに真夏日を記録していたが、陽が落ちすっかり冬の気配が顔を覗かせていた。オフィスにジャケットを取りに戻ろうかと思ったが、スマホの時刻を確認し諦めた。

20:03。

これくらいの寒さなら耐えられなくはない。

吾妻橋の袂に二十時の約束だった。歩行者信号が青に変わり、一斉に人々が動きだした。金曜の夜とあって、いつにも増して街は賑やかだ。うごめく黒山の中にその顔を発見すると、史哉は手を挙げて存在を示した。彼女も史哉に気づくと笑顔で応じたが、次第に怪訝な表情に変わっていった。

「何でYシャツなの」

妻の真帆《まほ》には史哉の出で立ちが理解できないようだった。

「昼間暑かったから、ジャケットは置いてきたんだよ」

「こんなに寒いのに？」

真帆はベージュのカーディガンを羽織っていた。

「天気予報見てたでしょ？」

「しょうがないじゃん。暑いと思ったんだから」

「取ってこれば？」

確かにオフィスは通りを渡ればすぐだ。

「大丈夫、大丈夫。もう始まってるらしいし」

「風邪引かないでよ」

「大丈夫だって」

史哉は軽くいなすと歩きだした。

「連絡きたの？」

真帆はそう言って、史哉の横に並んだ。

「うん、会長から。先にやってるって」

「私たち来ること知らないんだよね？」

「うん」

「驚くかな？」

史哉の頭に浮かんだのは兄の仏頂面だった。

「それはないな」

「何でよ」

元来、兄は感情の露出が乏しい人間だ。それに加え、あくまでも兄の目標は今度の試合に勝つことであって、試合が決まったくらいで浮かれている姿は想像できなかった。

「そういう奴だ、兄貴は」

「そうかなぁ」

真帆は不満気にこぼした。

二人が歩く助六夢通りの前方にレンガ造りの建物が見えてきた。その建物を左折すると、「洋食ソニャール」とレトロなフォントで書かれた赤い看板が現れた。

入口の扉を引くと、鈴の音が暖色のライトで照らされた店内に二人の到着を告げた。

レジで会計をする女性——一之瀬《いちのせ》潤《じゅん》が手を動かしながら目の端でこちらを捉えた。六つのカウンター席とテーブル席が四つのこぢんまりとした店内は盛況で、仕事終わりの若い会社員たちの活気に満ちていた。厨房では二代目の店主である潤の父親がフライパンを振っている。

「いらっしゃい」

会計を終えた潤が二人を迎えた。

「もうやってるって聞いてますけど」

「一番奥でね」

「バレてないですか？」

真帆が潤に聞く。

「うん、大丈夫よ」

力の入っている真帆に潤が笑った。

奥を見ると短く刈り上げた襟足が目に入った。対面に座っているのは伏見《ふしみ》毅《たけし》——兄の所属する伏見ボクシングジムの会長だった。歳を重ね目尻が下がってきたが、強面にはかつてのファイターの面影を残す。伏見の視界に二人は入っているはずだったが、覚《さと》られまいとしているのだろう。目線は上げなかった。

「相席よろしいですか？」

背後から声をかける。

「えっ」

不機嫌そうな声で首がこちらに向いた。

「――なんだよ、お前か」

兄の芹沢臣吾《しんご》は特段驚くでもなく言った。

「私も来てまぁす」

真帆が史哉の横から顔を見せた。

「何してんだよ」

「俺が呼んだんだよ。決起会だ」

伏見が言った。

「決起会？」

案の定、臣吾は冷めた様子だった。

「そうだよ、タイトルマッチの」

史哉は答えた。「そんなこと」と言いかけて臣吾は言葉を止めた。

「潤も知ってたのか」

「もちろん」

トレーを胸に抱えた潤が二人の後ろで微笑む。

「なんだよ、サプライズか」

ようやく臣吾の表情が緩んだ。

「もう少し驚いてくれてもよかったけどな」

「確かにぃ」

注文をつける史哉に真帆が同調した。

「うちのエースは硬派でな」

そう言うと伏見は一人で高笑いし「座りな」と椅子を叩いた。

「じゃあ、失礼します」

史哉は臣吾の横に、真帆は伏見の横に腰をかけた。

そして着席するなり真帆が「世界タイトルマッチ挑戦おめでとうございます！」と手を叩いて兄を祝福した。その姿に臣吾は僅かに口角を上げた。

「まだ試合が決まっただけだって」

「すごいことじゃないですか」

「大したことじゃないよ」

それは謙遜ではなく、兄の本心だろう。

勝たなかったら意味はない、本気でそう思っているに違いなかった。

史哉の兄である芹沢臣吾の世界タイトルマッチが決まったのは先週のことだった。

その報を聞いた時、史哉は驚きを隠せなかった。まだ兄の臣吾は世界ランク十三位に上りつめたばかりで世間的には無名だ。しかし、およそ二ヶ月後に行われるその試合に勝てば、兄は世界チャンピオンとして名を上げることになる。それが簡単なことではないのは分かっていたが、大きなチャンスであることは間違いなかった。

「でもよかったじゃん。こんなに早く世界チャンピオンに挑戦できて」

臣吾は現在三十三歳だ。プロボクサーは原則的に三十七歳になればチャンピオン等でない限り自動的にライセンスが失効となる。世界ランカーであれば申請により許可されることもあるが、これからは体力的にも厳しい年齢を迎える。今回は最初のチャンスだったが、残された時間はそれほど長くないと史哉は思っていた。

「嚙ませ犬だというやつらもいるけどな」

しかし臣吾は素直に喜びを表現することなく自嘲した。

対戦相手は世界ボクシング連盟、通称ＷＢＦの現スーパーフライ級世界チャンピオンのホセ・サロンガという選手だった。史哉と同い年の二十六歳のフィリピン人ボクサーだ。サロンガはこれが三度目の防衛戦になる。ランキングで見れば臣吾は明らかな格下だ。そのため、防衛記録の更新に利用されるだけだという冷ややかな声も上がっていた。

「そんなこと言ってる奴ら、サロンガもろともぶっ殺してやれ」

伏見がテーブルを叩いて息巻いた。

横から「馬鹿なこと言わないでください」と真帆がたしなめたが、史哉も心持ちは同じだった。

兄は弟の自分のために一度はボクシングから身を引いた。苦労の末にようやく巡ってきた夢を摑むチャンスだ。兄の血の滲むような努力も知っていただけに何としても物にしてほしかった。

　臣吾がボクシングを始めたのは二十年以上も前だった。兄にボクシングの才能があるのは七つ年下の史哉も幼いながらに察していた。兄は当時自宅のあった板橋から伏見ジムのある浅草まで通っていた。小学生の頃、今は亡き父に連れられて後楽園ホールへ日本チャンピオンのタイトルマッチを見に行ったことがきっかけだった。父は元プロボクサーだった。その試合で勝ち、王座を摑んだのが伏見ジムの選手だったのだ。その選手に憧れ、臣吾は伏見ジムに入門しボクシングを始めたと聞いている。

　中三の時に父を心筋梗塞で亡くしたが、臣吾は高校のボクシング部に入り、三年生の時にインターハイでスーパーフライ級チャンピオンに輝いた。血筋を疑わない周囲にしつこく促され、史哉もボクシンググローブを嵌めたことがあったが、拳を打ち込む快感よりも、身体に打ち込まれる拳の痛みが勝った。伏見は熱心に指導してくれたが、自分はこの道で努力を重ねることはできないと思った。

　一方の臣吾は、将来はプロボクサーになって世界チャンピオンを目指す、そう公言していた。だが、その夢は母の死によって突然断たれた――。

「調子はどう？」

「ボチボチだな」

　兄は決して大口を叩く質ではない。凪のように抑揚のない言葉がトレーニングの順調さを物語っていた。

「潤さんもよかったですね！」

真帆が潤に話を振った。

「まあ、ね？」

潤は照れるように答えた。臣吾も潤と目を合わせようとせず、烏龍茶を口に含んだ。

「でもソニャールも世界チャンピオンの来る店って言えるぞ」

伏見が宣った。サロンガの圧勝と見る下馬評の多い中、世界チャンピオンしか二人の眼中にはない。

「そうですね。楽しみにしてますね」

恩着せがましい伏見の物言いに、潤が苦笑した。

「任せろって。なぁ臣吾」

潤と伏見の掛け合いを見て、史哉は感慨に耽った。

彼らの想いも背負って兄はチャンピオンをかけたリングに立つ。

父親を早くに亡くし、母親までをも失った二人は一時期、三鷹に住む母方の祖父母に面倒を見てもらっていた。当時史哉は小学五年生で、臣吾は高校三年生だった。その二人を伏見は何かと気にかけてくれた。母の亡き後、ボクシングを辞めた臣吾のために就職を斡旋してくれたのも伏見だった。当時の臣吾は高卒で職歴もなかったが、伏見はジムの会員の中にいた保険会社の管理職の男に「根性だけはあるから」と頭を下げてくれたと聞いている。

そして兄をボクシングに引き戻してくれたのも伏見だった。史哉が大学生の時だった。史哉は臣吾の荷物の中にボクシンググローブを見つけた。兄に聞くと次回のプロテストを受けると言う。ずっと伏見に声をかけられていたらしい。最近、仕事に余裕が出てきたから練習を再開したとのことだった。臣吾は働きながら伏見ジムに通いトレーニングを行っていたのだ。

それを聞いた時、喜びと同時に自分を育てるためにその夢を封じていたのだという事実を改めて認識し、申し訳なさが込み上げた。あのままボクシングを続けていれば、兄はきっと今頃、世界チャンピオンとして名を馳せていたのではないか。そう思い臣吾に詫びると、「勘違いするな」と一蹴された。

間もなく臣吾はプロテストに一発で合格し、試合を重ね日本ランク入りを果たした。史哉もできる限り応援に駆けつけた。そして必ず会場にいる潤を見て二人が復縁したことを知った。潤は臣吾の高校時代の同級生で、当時も二人は交際をしていた。潤は時折自宅へ来ては史哉をかわいがってくれた。しかし高校卒業後、臣吾は仕事に全精力を注ぐため、潤との別れを選んだ。それから時がたち、臣吾が伏見ジムに再び通うようになって再会したらしかった。

史哉も兄の負担を少しでも減らそうと、就職をして半年経つと代々木で一人暮らしを始めた。

臣吾から会社を辞め、世界チャンピオンを目指すと聞かされたのはそれから数ヶ月後だった。当時の臣吾は三十歳だった。確かに本腰を入れるなら最後のタイミングかもしれなかった。当面の生活費もそれまでの貯蓄があるようだった。史哉は迷うことなくその背中を押した。そしてチャンピオンベルトを手にすることを心から願った。自分の存在が兄の夢を消し去ったなどと思いたくなかった。

兄は全ての時間をボクシングに捧げるようになると破竹の勢いで勝ちだした。日本王座を勝ち取ると、二ヶ月前に行われた世界ランカー戦でＫＯ勝ちし世界ランク十三位に上りつめた。驚異的な快進撃だった。

その間、兄を支えてきてくれた伏見と潤には、史哉も特別な感情を抱いていた。世界チャンピオンになることは、彼らに報いることでもあるのだと思っていた。

「ごちそうさまでした」

史哉と真帆は伏見に礼を言った。全て伏見のポケットマネーだった。

史哉たちは結局、閉店時間の二十二時まで店にいた。熱気の残る店内から出ると、外気の冷たさがより一層際立った。

「会長、ありがとうございます。また来てくださいね」

潤が店の外まで見送りに出ていた。

「いいってことよ、この分は旦那が取り返してくれっからよ」

伏見は支える臣吾の背中をバンバンと叩いた。結局、臣吾に勧められるままに深酒した伏見は顔を真っ赤にし上機嫌だった。

「よっ、旦那」

調子に乗って合いの手を入れる真帆の腕を史哉は摑んだ。

「はいはい。それより会長歩けるんですか？」

潤は適当に受け流すと伏見を気遣った。

「ちょっときついな。俺、タクシーで会長を家まで送るわ」

臣吾が代わりに答えた。伏見の家は上野だ。対して臣吾は南千住で方向が違ったが、確かに千鳥足の伏見を一人で帰らせるのは危険だ。現役時代はバンタム級だったという伏見も今やその体重はクルーザー級だ。酔っぱらってしまえば自分の身体を支えることもままならない。

「悪い、ロードバイク今日だけ預かっといてくれ」

臣吾が潤に言った。それは臣吾が普段家からジムまでの移動に使っているものだった。

「分かった」

「サンキュ」

そして、「じゃ、会長をよろしくね」と手を振る潤に史哉たちは別れを告げた。

「俺もタクシーまで手伝うよ」と史哉は伏見の右肩を支えた。伏見は完全に二人に身体を預けていた。

「重いな、このおっさん」

史哉が文句を垂れると「うるせえぞ、お前」と伏見が酒臭い息を吹きかけてきた。

「くさっ」

思わず顔を背ける。

「おめえも、チャンピオンの弟らしくするんだぞ。チャンピオンの弟だ、おめえは」

「はいはい」

虚ろな表情で喚く伏見に適当に相槌を打った。

大通りに出ると臣吾は手を挙げてタクシーを停めた。後部座席のドアが開くと臣吾は伏見を先に乗せ、あとに続いた。

「じゃあ」

史哉は手を挙げた。「気をつけて帰れよ」と臣吾が言うとドアが閉まり車の波にタクシーは飲み込まれていった。

「バイバーイ」

真帆は見えなくなるまで手を振っていた。

「さあ、帰ろうか」

「うん」

史哉と真帆は足を南の方面へ向けた。二人は蔵前駅から歩いて五分ほどの隅田川沿いにある賃貸アパートに住んでいた。

「あの二人いつ結婚するんだろうね」

真帆がポツリと漏らした。臣吾と潤のことだろう。史哉には余計なお節介にしか思えなかったが、真帆はしきりに気を揉んでいた。

「いいだろ、いつでも」

「だってそう思わない？」

「んなこと言っても二人の問題なんだから、余計な茶々入れるなよ」

「だってもう何年付き合ってるのよ」

「タイミングがあるんだろ、タイミングが」

「やっぱり今度の試合に勝ったらかな。新チャンピオンのインタビューで」

真帆はロマンチックなプロポーズを想像しているようだが、臣吾にはまるで似合わない。

「大変なんだよ、プロボクサーで食ってくのは。軽々しく結婚なんて口にできないんだ」

「でも潤さんかわいそうじゃない」

「潤さんも分かってるって、それくらい。それでいて兄貴と一緒にいるんだ。今度の試合は潤さんにとっても悲願なんだ」

真帆の安直な発想に史哉は少し強い口調で言い返した。

しかし、臣吾の将来について、史哉も考えないことはなかった。

母親の香《か》澄《すみ》を失った時、臣吾は十八歳だった。人生で最も希望に満ちた時期を絶望の中で過ごすこととなった。そのために潤とも一度は別れた。とにかく生きることに、そして弟の自分を生かすことに必死になる兄の姿をずっと見てきた。でも俺は兄貴の手を離れた。

これからの兄の人生には、今まで諦めてきた分、目も眩むほどの輝かしい彩りがあったっていい。もっと言えばそうあってほしいと願っていた。真帆との結婚を報告した時も、兄の労苦を踏み台にし自分だけ幸せになるような心苦しさがあった。自分がいなければ、兄はもっと早く世界に挑戦し、頂に上りつめていたかもしれない。潤とだって結婚していたかもしれない。「よかったな」と祝福してくれる兄を見て「ごめん」という言葉を飲み込んだ。

次は兄貴の番だ。潤は兄の苦しみを知り、そして支えてきてくれた相手だ。彼女と一緒になるというのは、臣吾にとって最良の結果に違いなかった。それを世界チャンピオンという冠と共に手にできるのならばこんなに素晴らしいことはない。

「本当にそうなのかな」

「そうだよ。だって――」

史哉は息を呑んだ。真帆の向こう側から横断歩道を渡って歩いてくる男に見覚えがあったからだ。二人は吾妻橋の前まで来ていた。

しかし咄嗟のことでどこの誰だったか思い出せなかった。仕事関係だったら挨拶をしないとまずい。大柄なグレーの作業着を着た六十代くらいの中年の男だった。下はスラックスだ。無造作に伸びた頭髪には白髪が交ざっている。どこか不気味な印象を受けるのは目が虚ろだからだろう。もしや、あまりよくない関係の人間だったか？　そうであるならば目が合って自分のことを気づかれたら分が悪い。顔を背けた。

一体誰だったろうか？

すれ違いざまに作業着に書かれた会社名のロゴを視界に入れたが、文字を目で追いきれなかった。男は吾妻橋の方へ歩いていく。

「今の人見覚えあるんだけどなあ」

「え、今の人？」

「うん、ほら、あの人」

振り返り、目で男を示した。

「私の知ってる人ってこと？」

「いや、分からない」

そう言った時、なぜか突然にその男の記憶が呼びさまされた。同時に不快に満ちた感情が蘇った。

古《こ》謝《じゃ》保《やす》志《し》。

忌まわしき名が脳裏で明滅した。

いや、まさか、そんなことがあるだろうか。

「思い出したの？」

史哉の異変に真帆は気づいたようだ。

「そうだ、担当先の役員だったかもしれない」

史哉は誤魔化した。

「え？　そんな偉い人には見えないけど」

「先に帰っててくれ。ちょっと挨拶してくる」

「ええ、あんまり遅くならないでよ」

「おう」

返事もそこそこに史哉は早足で男を追った。

男は吾妻橋を渡っていく。一体どこへ向かっているんだ。やがて橋を渡り終えると、そのまま直進し業平《なりひら》方面へ向かっていった。

尾行など人生で初めての経験だった。気づかれた時のことを考えると、急に心許なくなった。こんなことして何になる。馬鹿なことやめて帰ろう。そう躊躇う自分もいたが、目は男を捉えて離さなかった。

やがて浅草通りへ入ると、反対車線へ渡った。そして男はしばらく直進すると脇道に逸れ、通り沿いのコンビニへ入っていった。史哉も何気なさを装い店内へ入ると、雑誌コーナーで男が買い物を済ませるのを待った。間もなくすると男はレジに向かい、会計をすると店を出ていった。

史哉は距離を空けて男を追った。五分ほど直進すると男は角を曲がった。見失わないように足を速める。マンションやアパートが建ち並んでいるが、街灯も疎らで薄暗い道だった。初めて来る道で不安が募っていく。人気のない道を男は歩いていく。さっきのコンビニで飲み物でも買ったのか呷る仕草が目に入った。

　どこまで行くんだ、そう思った時、男が消えた。

　一瞬、見失ったのかと思ったが、どうやら道沿いの建物に入ったようだった。ここがあの男の家なのか。史哉は男が消えた建物の前で立ち止まった。コンクリート造の壁にタイルが貼られた古いアパートだった。

　壁に嵌め込まれた石板には「業平ビルト社員寮」という文字が彫られていた。社員寮ということは、あの男は「業平ビルト」という会社の社員なのだろう。

　あれから十五年が経っている。あいつは当時四十七歳だった。単純に計算すれば今は六十二歳だ。男の見た目は相応に思えた。あの男が服役していたのはたったの六年だ。とっくの昔に出所を果たしている。ここにいても何もおかしくない。

　史哉は建物から離れ、寮を俯瞰して観察した。薄闇ではあったが、所々に電気が点いており大まかには把握することができた。四階建ての建物で両脇を駐車場と二階建てのアパートに挟まれていた。駐車場側からは各部屋のベランダがよく見えた。それぞれのフロアに三部屋ずつあり、半分以上の部屋に電気が点いていた。間もなくすると、四階の一番奥の部屋の電気が点いた。あそこがあの男の部屋に違いない。

　史哉は顎が震えるほどに歯を食い縛っている自分に気づいた。あの男が古謝であるならば、あいつは自分たちとなんら変わらぬ権利を有し生きているということなのか。人の命を奪っておきながらそんなことが許されるのか。そしてなぜ、自分はその男がのうのうと生きている姿を見せつけられなければならないのか。

理不尽だ。ずっと考えないようにしてきたことだった。なぜ、運命は俺とあいつを再び交わらせたのか。願わくば見間違いであってほしかった。

史哉は社員寮の入口に近づいた。正面扉は閉まっていたが、ガラス張りで奥までよく見えた。

俺の見間違いであるならばそれが一番いい。部屋の前まで行き、表札でも確認すべきか。しかし、見つかった時のことが頭を掠めた。この寮には同じ会社の人間しか住んでいないのだ。すぐに部外者だと気づかれるだろう。

そう逡巡していると、正面扉の向こうの壁に集合ポストが設置されているのが目に入った。そしてそれぞれのポストにビニールテープが貼られ文字が書かれていた。住人の名に違いない。

あれだけ確認しよう。

史哉は正面扉に手をかけようとして止めた。ある種ストーカーまがいのことをしている後ろめたさが、ここに痕跡を残すことを躊躇させた。史哉はワイシャツの裾で手を包んだ。別に何か罪を犯そうとしているのではない。ただ住人の名前を確認するだけだ。そう思い切ると正面扉を引き、中に足を踏み入れた。

ポストは階層順に並んでいた。つまり四階のあの部屋は一番上。そしてその一番奥だ。

「四〇三」と記載された部屋の主。

そこには紛うことなく「古謝」という二文字が記されていた。

2

目眩がした。

母を殺した人間が今、すぐそこで息をしている。

しばらくその文字から目が離せなかった。

正面扉の向こうを走り去るバイクの音で我に返った。

誰か来るかもしれない。ここを出た方がいい。

史哉は建物の外へ出て、歩いてきた道を戻った。建物を振り返ることはしなかった。それは一瞬でこの世で最も忌む物体に変わっていた。

引っ越そう。

すぐにそう思った。こんな近くにあの男が住んでいては、心の平穏を保てる気がしなかった。真帆と暮らす賃貸アパートの契約はまだ一年以上残っているが仕方ない。説明すれば真帆も理解してくれるだろう。真帆には結婚を意識するようになった頃に、自らの生い立ちを全て話していた。

伏見ジムからも遠くない距離だ。兄にも伝えねばならないだろう。

いや——。

兄は今、十五年前の苦しみを乗り越え、積年の夢を摑もうとしている。もし臣吾にこの事実を話せば間違いなく冷静でいられないだろう。限界状態の戦いをしているところにこんな劇薬をぶちまければ、世界チャンピオンという夢は瞬く間に弾け飛ぶ。

駄目だ、兄貴には黙っておかねばならない。

それならば自分もここに留まるしかない。俺たちは一蓮托生だ。兄貴を置いて自分だけ逃げるような真似はできない。少なくともタイトルマッチが終わるまでは黙っておくべきだ。

自分だっていつまでもこの街で働くわけではない。好きな街だっただけに古謝の存在が恨めしかったが、転勤に合わせて引っ越しをすればいい。とにかく今はこのことを兄には話すべきではない。真帆にもまだ黙っておこう。

史哉は暗澹《あんたん》たる気持ちで吾妻橋を渡った。

母の命を奪った男が大した罰も受けることなく、自分たちの目と鼻の先で暮らしている。あいつさえいなければ、母に真帆との結婚だって報告できただろう。兄が世界チャンピオンに輝く姿も、もう少し早く母と見られたかもしれない。そうしたら母はどれほど喜んだことだろう。

なぜ、よりによってこんなに近くに暮らしているのだ。

なぜ、よりによってこの大事な時期にあいつと巡りあってしまったのだ。

この街で生活をする限りあいつの影が常に付き纏う。どこにいるかもしれないその姿に、あらゆる場所で疑心に駆られ、神経を擦り減らす。不幸な時間の始まりだった。

史哉は生気を取り戻せないまま家に着いていた。

「お帰り」

ドアを開けると丁度風呂場から真帆が出てきたところだった。「おう」と返事をすると史哉は目も合わせずにリビングに向かった。

「知り合いだったの？」

「いや、勘違いだ」

「なんだ、そうなの」

「ちょっと俺も風呂入る」

「うん」

真帆は勘がいい。余計なことを覚られたくなかった。史哉は箪笥から寝巻きと下着を取ると風呂場へ逃げ込んだ。

簡単に身体を洗い流すと湯船に沈んだ。どれほどそうしていただろう。背もたれに首を預け、天井を見上げた。何も考えたくなかった。ふと、新入社員時代にパートの主婦に言われた言葉を思い出した。「夜っていうのは、気を迷わせるの。だから夜悩んでいることなんて、朝起きてみたら馬鹿馬鹿しいことばかりなのよ」。確か仕事のストレスで眠れないと愚痴った時に言われたものだった。何気なく漏らしただけだったが、随分と親身になってくれた。今、俺が考えていることも明日の朝になれば、くだらないと思えるのだろうか。

考えるまでもないことだ。時には昼だろうと夜だろうと制御のできない感情は存在する。これ以上こうしていてもこの気持ちが収束することはない。あまり長風呂だと真帆に不審に思われるだろう。

史哉は風呂を上がりリビングへ出ると「はあ、のぼせたわ」と呟き、歯磨き粉を載せた歯ブラシを口に突っ込んだ。何も話したくなかった。やがて歯磨き粉が口の中で液化してくると洗面台で吐き出し、口をすすいだ。鏡に映る自分の顔は虚ろだった。

「疲れたから先寝るよ」

一人になりたかった。

「え、あっそう」

真帆はテレビのボリュームを少し下げた。

「おやすみ」

「おう、おやすみ」

寝室の奥に畳まれた布団を敷き、史哉は潜り込んだ。どちらかが先に寝る時は部屋の奥から使うのが二人のルールだった。

電気を消し目をつむる。だが頭が働いて仕方なかった。寧ろ鮮明に記憶が蘇ってきた。

悪夢のような過去が頭を駆け巡った。

当時、史哉は小学五年生だった。板橋の小さなアパートで、家族三人で慎ましく暮らしていた。

3

窓の外で雨が激しく降っていた。史哉は電気ストーブで足を温めていた。

下校前になって急に薄暗い雲が空を覆った。ただでさえ肌寒かったが靴に沁み込んだ雨が足を冷やした。朝の出がけに母親の香澄に持たされた傘がなかったら今頃、凍えていたことだろう。友人とクリスマスプレゼントを選びに玩具店へ行く予定だったが、これでは家にいるしかなかった。

仕方ない。宿題でも片付けるか。こういう時に兄ちゃんがいれば遊べるのにと思ったが、家にいてもシャドーボクシングばかりしている兄の姿を思い浮かべすぐに打ち消した。それに母親の香澄は宿題が終わるまでテレビを見せてくれない。こういう雨の日くらいは自らやる姿勢を見せておいても損はないだろう。

近所の印刷会社で正社員として働く香澄の帰宅はいつも十七時半ごろだ。まだ、二時間ほど時間はある。

史哉は食卓の椅子に座り、テーブルに漢字ドリルを広げ、漢字を書き写し始めた。雨音だけの空間が集中力を高めたのかもしれない。史哉は三十分もしないうちに漢字ドリルを終わらせた。雨足は穏やかになっていた。身体を一伸びさせると史哉はソファに寝転がった。そして宿題を終わらせた達成感からかそのまま眠りに落ちていた。

目を覚まさせたのはインターホンの音だった。怠さの残る身体を起こし受話器に出る。

「はい」

「すみません、板橋警察署の者なんですが」

警察署？

「はい」

来訪の目的が分からず、相手の言葉を待った。

「ご主人様はいらっしゃいますか？」

「父ちゃんならいません」

「お仕事かな？」

相手が子供だと分かったからか、声の主の口調が柔らかくなった。

「いいえ、何年か前に死んじゃいました」

予想外の返答だったのだろう。一瞬言葉に詰まるのが分かった。

「──そうか。それは悪かったね」

怪しい人かもしれない。学校で重ね重ね防犯教育を受けていた史哉は身体を強張らせた。迂闊に父親の不存在を話すべきではなかったか。

「ご家族の方は他にいるかな？」

「──母ちゃんと、兄ちゃんと」

自分より年長者がいるのだということを伝えたかった。

「そうか、大事な話があるんで、ちょっと出てきてもらえないかな？」

どうしよう。外へ出ることに大きな怖さを覚えた。しかし、見ず知らずの大人を拒絶し続けるだけの勇気はなかった。史哉はランドセルに取り付けている防犯ブザーを外して握りしめると、U字ロックをかけた状態で鍵を回しドアを開いた。

「はい──」

隙間から警察官の格好をした中年の男が見えた。

「ああ、僕は今お留守番かい？」

「はい」

「お兄ちゃんはまだ帰ってきていないんだね？」

警戒心剝き出しの史哉に対し、その警察官は目線を史哉の高さに合わせるようにしゃがみこんだ。史哉は思わず後ずさる。

「はい」

「お兄ちゃんはどこに行っているのかな」

「――学校」

「どこの学校だい？」

なぜこんなことを聞くのだろう。目的の分からぬ問いに不安が渦巻いた。

「成増高校」

「成増高校だね。お兄ちゃんの名前は？」

どうも様子がおかしい。この人は本当に警察官なのだろうか。

「芹沢、臣吾です」

男は笑顔を浮かべているが史哉の胸騒ぎは収まらなかった。本当に答えてよかったのだろうか。

「ありがとう」

その時ドアの陰から「成増高校、芹沢臣吾だ」という声が聞こえた。どうやらもう一人いるらしい。「はい」という返事が聞こえた。

「もう戻っても大丈夫だよ」

男に言われ、扉を閉めると鍵を締めた。そして部屋へ駆け戻った。一体何なんだろう。あんなこと答えてあとで母ちゃんに怒られないだろうか。何でこんな日に限って帰ってくるのが遅いのだろう。もう十八時半だ。いつもなら母ちゃんはとっくに帰ってきているはずだ。不安が膨らんでいく。

どれほど経っただろうか。玄関で音がした。

「史哉、俺だ」

連打されるインターホンの音と共に、臣吾の叫ぶ声が扉の向こうから聞こえた。

兄ちゃんが帰ってきた。だが油断はしなかった。史哉はＵ字ロックをした状態で玄関を開けた。

「史哉！」

臣吾の顔がそこにあった。その声色と表情に反射的に身を竦めた。何かよからぬことを予感した。

「開けてくれ」

ただならぬ雰囲気の臣吾の言葉に、史哉は扉を閉じてＵ字ロックを解除した。

「大変なことになった」

全開になった扉から臣吾が飛び込んできた。

「どうしたの？」

「母ちゃんが倒れた」

「え？」

「病院へ行くぞ」

「どういうこと？」

突如、胸に黒いものが広がった。史哉には臣吾の言葉が正確に理解できなかった。倒れたというのはどういう意味だ。転んだという意味か？　それとも、気を失っているということなのか？　今日も元気に送りだしてくれた母が病に臥している姿は想像できなかった。しかし、一体この兄の狼狽ぶりはなんだ。

アパートの外へ出ると道路にパトカーが停まっていた。そして先ほどの警察官が降りてきた。それを見てさすがに、緊急事態なのだと察した。

それから史哉は臣吾と共にパトカーに乗せられ病院へ向かった。臣吾は車中で自分の世界に閉じこもったように一点を見つめ、口を開かなかった。元々口数は多くないが、この沈黙が性格に由来するものではないことを感じた。

「母ちゃん、どうしたの？」

堪らず史哉は聞いた。臣吾は中々答えなかった。助手席の警察官が首を後ろに向け、気にかけるように臣吾を見た。

「刺されたって」

「刺された？」

「悪い奴に襲われたらしい」

想定外の答えだった。それは頭の中に築いていた予防線をいとも簡単に越えてきた。怪我や病気と言われた方が楽だった。朝まであんなに元気だったんだ。すぐに治るに決まっている、そう楽観的に捉えられただろう。だが今聞かされた「悪い奴」という言葉からはその悪の程度が知れなかった。

「助かるよね？」

史哉は臣吾の腕を摑んで揺さぶった。

「お医者さんが頑張ってくれている」

臣吾は前を向いたまま答えた。

「助かるよね？」

もう一度聞いた。

「信じるしかない」

全くこちらを見ようとしない兄の姿に最悪の事態が頭を過った。

そんな――。

病院に着くと二人は待合室に案内された。そして、すぐに臣吾が警察官に呼ばれた。自分は待っていろということらしい。臣吾は目の前の部屋の中に消えていった。何が起こっている。俺もその中に入れてくれ。心細い時間が続いた。

廊下の奥から人が駆けてくる音が響いた。香澄の父母である祖父母が看護師に連れられていた。

「じいちゃん、ばあちゃん」

甘えられる人間が現れた安堵感から史哉の目から大粒の涙が溢れ出した。

「史哉。兄ちゃんは？」

「あの中」

史哉は兄の入っていった部屋を指した。

「そうか」

二人の顔は青ざめていた。そしてその部屋から警察官が現れ、史哉をおいて二人は中へ入っていった。

やがて祖父母と臣吾が出てきた。史哉は三人の顔を見るのが怖かった。母がどういう状況なのかを三人は知っている。その表情からはきっと母の状態が察せられるはずだ。もし最悪の結末を迎えてしまったのだとしたら、そんなもの知りたくなかった。

「史哉――」

臣吾が自ら口を開いた。聞きたくない。史哉は俯き耳を両手で塞いだ。

「母ちゃんは、死んでしまった」

しかし無情にもその言葉は史哉の小さな手を通過した。

「やだ！」

覚悟していたからだろうか。それは現実なのだと頭はすぐに理解した。臣吾の手が頭に触れた。史哉は臣吾に抱きつき、その腕の中で号泣した。

葬儀の時に見た母の最後の顔は、何の苦痛も感じさせない穏やかなものだった。死化粧が生前の優しい表情を蘇らせてくれていた。母の姿を見るのはこれが最後になる。慟哭ののち、やがて訪れたのは憎しみだった。

どうして母ちゃんは死なねばならなかったのか。

その日から史哉と臣吾は母方の祖父母の家で面倒になった。祖父母も臣吾も史哉にテレビを見ることを禁じた。新聞も気づく頃にはどこかへしまわれていた。その意図は史哉にも分かっていた。テレビでは母が殺された事件が報道されている。それが史哉に与える影響を考えてのことだろう。だから史哉は母が一体なぜ、どのように、そして誰に殺されたのかを全く知らなかった。当然のように祖父母も臣吾もそれを話そうとしなかった。

史哉は臣吾に聞いた。

「犯人は捕まってるんだよね？」

「ああ、捕まってる」

「そいつはどうなるの？」

「これから、裁判で罰を決めるんだ」

「死刑になる？」

臣吾は驚いた顔をした。小学生の弟から「死刑」という言葉が出てくるとは思っていなかったのだろう。しかし小さな身体の中に、殺意を生むだけの大きな憎しみが詰まっていた。

「分からない。でも、偉い人が罰を決めてくれるんだ。大丈夫だよ」

史哉にとって犯人の罰は死刑以外にありえなかった。母はもう生きていないのに、当の加害者が牢屋にぶち込まれただけで生きながらえるなど何の罰でもない。だから、史哉には解せなかった。史哉の問いに答える臣吾の言葉に同じ熱量を感じなかったからだ。兄は一体犯人のことをどう思っているのだろうか。普段から感情が表に出にくい兄ではあったが、この時ばかりはもどかしさを覚えた。もうこの世に自分の家族は兄しかいない。この苦しみを共有し、闘うことのできるはずのたった一人の存在が遠く感じられた。

裁判の前日から、史哉は八王子にある父方の祖父母の家へ預けられた。既に史哉らの父である長男を亡くしている二人は、とてもかわいがってくれた。祖父母の家の玄関で臣吾は言った。

「これから裁判が始まる」

「俺も行く」

強く懇願する史哉に臣吾は首を横に振った。

「小学生は入れない場所なんだ」

それが嘘だと知るのは数年後のことだった。幼い史哉に母を殺した人間を見せたり、母が亡くなった時のことを聞かせたくなかったのだろう。

「分かった。ちゃんと死刑にしてきてね」

史哉は不満をぶつけるように言った。臣吾にそんな権限がないことくらい分かっていた。それでもそう言わずにいられなかった。兄は無言で頷いた。そして母方の祖父母と共に出かけていった。

夜、史哉を迎えにきた臣吾と祖父母に聞いた。

「どうだった？」

「まだ終わっていないんだ」

臣吾は淡々と答えた。一体どういう方向に裁判の舵が切られているのか。せめてそれだけでも知りたかったが臣吾は言葉を濁した。

「どうして教えてくれないの」

史哉は不満を爆発させた。自分はそんなに子供じゃない。母ちゃんが殺されたんだ。俺にも知る権利はある。

「本当にまだ何も決まっていないんだ」

だが臣吾は力なく言うばかりだった。祖父母たちが悲しそうに史哉に目を向けた。

それから裁判は何度も行われた。随所随所で臣吾は裁判の内容を教えてくれた。だが、臣吾の話は要領を得ず、史哉の気を惑わすだけだった。臣吾に情報をコントロールされている、そんな気がした。その史哉のもどかしさを助長するように判決は一向に出なかった。一体なぜこんなに長期化しているのか。

「次で判決が出る」

ようやく臣吾にそう告げられたのは裁判が開始して二年も経った時だった。史哉は中学一年生になっていた。それまでの臣吾からの情報では天秤がどう傾いているのか史哉には分からなかった。当時の祖父母の家にはパソコンはなく、スマホなど存在もしなかった。だが絶対的な正義があると史哉は信じていた。判決の日、裁判所から戻った臣吾は言った。

「ようやく終わった」

力の抜けた声だった。

「死刑になったの？」

史哉が知りたいのはその一点だった。

「死刑じゃない。でも刑務所に入ることになった」

それは全てを受け入れたかのような声色だった。史哉には理解できなかった。二年も待って出された結論がそれなのか。

「何でだよ」

史哉は臣吾の腹を殴った。鍛え上げられた腹筋が史哉の手を弾き返した。

怒りのやり場がなかった。泣き喚く史哉の肩を臣吾が強く摑んだ。

「史哉、よく聞け」

臣吾の目は何かしらの強い感情を宿していた。

「もう、裁判は終わった。犯人は刑務所に六年間閉じ込められる罰を受ける。もう、終わったんだ。史哉が犯人を殺してほしいなんていつまでも言っていたら、母ちゃんが悲しむぞ。それじゃ、殺人犯と同じだ」

その言葉に母の顔が浮かんだ。母ちゃんは今の自分を見てどう思うだろう——。

でも、母を殺した人間を殺してほしいと願うことはそんなに悪いことなのだろうか。果たしてそいつを許すことが正しいことなのだろうか。もし、犯人を許せないことが悪なのだとしたら、こんな理不尽があるだろうか。こっちは一方的に大切なものを奪われた。どう考えても悪いのは奪い去っていった人間のはずだ。どうしてそんな奴を許さないといけない。それに兄が言うように本当に母は許すことを望んでいると言うのか。臣吾の言葉が理解できなかった。

「そんな気持ちはもうここで捨てるんだ。母ちゃんは史哉が前を向いて生きていくことを望んでいる。もちろん父ちゃんだって、それに俺もだ」

そう言う兄の顔は久しく見ていないリングに立つ時の表情に似ていた。ゴングが鳴る前に対戦相手を強く見る目だった。揺るぎない決意の込められた目を今、自分は向けられていた。

もう何を言っても兄は動じない。

史哉は頷ずくしかなかった。これ以上、何かを言えばやはり母を悲しませることになる、そして父を悲しませることになる。何よりも目の前の兄を苦しめることになる。それを理解した。

兄のためにもこの気持ちは捨て去るしかない、史哉はそう決意した。

それから間もなくして、臣吾はこのまま就職すると史哉に話した。臣吾は裁判の日々に翻弄されている内に高校を卒業していた。だがボクシングでの推薦入学が決まっていた大学へは進学していなかった。当時は裁判を中心に臣吾の生活は回っていたから仕方のないことだと考えていた。だから裁判が終われば大学に行ってボクシングを再開するはずだ、そう思っていただけに史哉は臣吾の決断を受け入れられなかった。「ボクシングはどうするの」と臣吾に訊ねた。兄は「もうボクシングは極めたんだ」そう言った。史哉にはそれがすぐに嘘だと分かった。兄の目標は世界チャンピオンになることだったはずだ。そのために、来る日も来る日も自らに厳しいトレーニングを課し、日々精進していた。インターハイを制したくらいで満足しているはずがなかった。

大学に行くお金がないんだ、幼心に史哉は覚った。奨学金で大学に通う術もあったはずだ。だが、学費以外の面で年金暮らしの祖父母に負担を強いることを、臣吾の責任感が許さなかったのだろう。臣吾は自立し、二人で生きていくことを選択したのだ。

それでも史哉は納得できなかった。経済的に大学へ通うのは厳しいであろうことは理解できた。だがボクシングまで断つ必要はない。伏見ジムでプロのライセンスを取得し、世界チャンピオンを目指せばいいじゃないかと臣吾に訴えた。その時の兄の顔が忘れられない。「だから辞めるって言ってるだろ」と臣吾は珍しく声を荒らげた。その剣幕に史哉は何も言うことができなかった。

兄が望んでボクシングを辞めるはずなどない。自分の思慮の浅さを恨んだ。辞めたのは弟の自分がいるからなのだ。まだ幼い自分にこれからかかる費用は相当なものになる。仮にプロになれたとしてもファイトマネーで生活していけるのは、せいぜい日本チャンピオン以上の一部の選手だけだ。それも怪我をしてしまえば終わりだ。自分を育てるための一定の収入を得るには、正社員としてフルタイムで働く以外に道がなかったのだ。夢を取るか、弟を取るか。その選択を前に、兄はやむなくボクシングを捨てたに違いなかった。

しかし、兄にとってボクシングは人生ではなかったか。ボクシングを捨てることはつまり人生を捨てることじゃないのだろうか。その疑問を史哉は飲み込んだ。そして消し去った。自分の存在が兄の夢を霧散させたのだという事実から目を逸らすために。

それから少しして、臣吾は伏見の伝手で外資系の保険会社に就職が決まったと史哉と祖父母に話した。完全歩合制の実力主義のようだったが、兄は「頑張るよ」と言った。しかしまだ社会経験など全くない二十歳だ。いきなり社会に飛び出し、歩合制の保険営業をするなど無謀極まりない。祖父母は当然のように反対した。だが臣吾は頑として譲らなかった。「こんなの母ちゃんの苦しみに比べたら何でもない」と言った。その時に史哉は思った。兄がボクシングを辞めたのは経済的な理由だけではないのかもしれない。兄は母以上の苦しみを自らに課そうとしているのではないか。だから大好きだったボクシングを、夢を捨てたのではないか。その姿はあまりにもストイックに映った。過剰だと思った。最後は祖父母も説得を諦め、「苦しくなったらいつでも帰っておいで」と言って二人を送りだした。

そして二人で中野のアパートで暮らし始めると、兄はボクシングのことを忘れるかのように仕事に没頭した。一方で弟の自分に寂しい想いをさせまいと腐心してくれた。泊まりの仕事や夜遅くなることもあったが、できる限り朝食と夕食は二人で揃って食べるようにしてくれた。休みの日には旅行にも連れて行ってくれた。小遣いもくれた。臣吾は何一つ不自由のない生活を史哉に与えてくれていた。

そうして二年近くが経ち、史哉は中学三年生になっていた。

そんな時、テレビである殺人事件の裁判のニュースを目にした。「懲役十五年の判決」というテロップに違和感を覚えた。母を殺した男は懲役六年だった。あと四年で出所してくる計算だ。なぜ、ここまでの乖離があるのか。あの男はもっと重い刑罰に処されるべきではなかったのか。一体なぜなんだ。その時に改めて母の事件について全く知らないことを自覚した。当時は臣吾から聞かされた断片的な話の他に、史哉は何も知らなかった。臣吾に言われた通り、事件のことを考えないようにして生きてきていた。

しかし、もう自分は子供ではない。しっかりと自分の手で調べ、受け止めようとすべきではないか。家に臣吾のパソコンが一台あった。臣吾はまだ仕事から帰ってきていない。史哉はパソコンを起動させ、マウスを握った。

検索エンジンを開き、史哉は一度手を止めた。このキーボードを叩けば、再びあの時の悲しみ、悔しさに襲われることだろう。それに耐えうるだけの気持ちの強さが今の自分にあるだろうか。迷ったのは一瞬だった。このままでは自分は一生あの過去から目を背けて生きていくことになる。母がなぜ殺されねばならなかったのか。そこから逃げることは母に対する冒瀆にも思えた。

史哉は「芹沢」と自分の苗字のあとに「殺人」というワードを入力した。たったそれだけのことだったが、母は殺されたのだという無念が込み上げた。画面が検索結果に切り替わる。どれが母の事件を報じる記事なのか、パッと見ただけでは分からなかった。見出しには「責任能力」「心神耗弱」などの見慣れぬ言葉が連なっており、母のこととは無関係の記事だと思われたからだった。だが見出しの下に僅かに表示されている記事の内容の中に「芹沢香澄」の名を見つけた。史哉はクリックした。

〈一昨年十二月、東京都板橋区で帰宅途中の芹沢香澄さん（当時四十三歳）が殺害された事件で、東京地裁は六日、古謝保志被告（四十九歳）に対し、殺人罪で懲役六年の判決を言い渡した。懲役十五年を求刑する検察に対し、弁護人は犯行当時の古謝被告はアルコール依存症の離脱症状による心神喪失状態にあったとし、無罪を主張。古謝被告の刑事責任能力が争点となっていた。裁判ではアルコール依存症の離脱症状である「振戦せん妄」の診断書が証拠として提示された。これに対し古謝被告は「当時のことはよく覚えていない。ただ申し訳ない気持ちでいっぱいです。今後アルコールは一切飲みません」と供述した。裁判所は「被告人は軽度の振戦せん妄により、善悪の判断能力が低下していたと言うべきであるが、意識障害や健忘の度合いを勘案するに心神喪失状態にあったとは言えない」とし心神耗弱を認め、懲役六年の判決を下した〉

　啞然とした。

　一体なんだこれは。正確な言葉の意味は分からなかったが、文脈から要旨は汲み取れた。あろうことか母を殺した古謝という男は、酒のせいにして無罪を主張していたというのか。それだけで腸《はらわた》が煮えくり返る想いだったが、加えて懲役十五年の求刑に対し懲役六年という判決を勝ち取った。実際に裁判を見たわけではない。だがその文章からは古謝の悔悟の念など微塵も感じられなかった。人の命を奪っておいて、こんなことが許されるのか。反省の弁だって、刑を軽くするための口上にしか思えなかった。

　この判決は世間の反響を呼んだようだった。他にも様々な識者の意見が記載されたニュース記事やサイトが乱立していた。

　それらを読んでいるうちに事件の全容が見えてきた。

　あの日、香澄は仕事終わりに買い物のためにスーパーへ立ち寄った。そして買い物を終えて駐輪場へ戻った時だった。錯乱状態で迷い込んできた古謝に襲われた。意味不明な奇声を上げ、必死に抵抗する母に何度も何度も刃物を突き刺したという。あまりの凶暴さに誰も止めに入れなかったようだった。やがて警察により古謝が取り押さえられ、母は救急車で病院へ搬送された。しかし失血性ショックにより、死亡が確認されたのは間もなくのことだった。

その時の母の恐怖、痛みを思うと涙が止まらなくなった。買い物をしている母の姿が頭に浮かんだ。母は自分たち息子のために食材を選んでくれていたに違いない。その数分後に人生を終わらされるなどとは露ほども思わずに。

ふざけやがって。ふざけやがって。絶対に許せない。

史哉は震える腕で古謝が陥っていたという「振戦せん妄」について調べた。それは重度のアルコール依存症患者が、アルコールの摂取を中断、減量した時に起こる症状の一つだった。過剰摂取によりアルコールが常に体内にある状態に慣れてしまうと、逆に体内からアルコールが抜けきった時に身体が危険信号を発し、異常をきたすらしい。それを離脱症状と言い、身体の震え、幻覚などを伴うのが「振戦せん妄」という症状だった。精神科医によれば当時の古謝は幻覚、幻聴に加え、迫害妄想に陥っていた可能性があるとのことだった。つまり、あの裁判における古謝は凶悪な殺人者などではなく、不幸な病人に過ぎなかったということだ。あの蛮行は古謝自身の意思によるものではなく、ある種の病が古謝を突き動かした、そういう結論だった。裁判が二年もかかったのはその判断が困難を極めたからのようだった。もし弁護士の主張通り、心神喪失が認められていたら、無罪になっていた可能性すらあった。そして、控訴することもできたが検察はその選択をしなかった。それが司法の限界であるということに幻滅を禁じ得なかった。

しかし、どんな御託を並べようと、母には何の罪もない。本を正せば古謝のアルコールの過剰摂取が原因だ。そこには飲酒をしようという古謝自身の意思が間違いなく存在する。人の命を奪いながら、自らの潔白を主張する神経が理解できなかった。酒に対する嫌悪感が生まれた。そうして記事を捲っているうちに、古謝保志の顔写真が目に焼き付いていった。裁判時は頭を丸めていたため、その見開かれた目と、重力に引っ張られ弛んだ顔中の皮膚がより強烈に印象に残った。還暦を迎えていると言われても違和感のない顔だった。そして刑期には裁判のために勾留されていた期間も一部含まれていることを知った。古謝が捕まった時から起算すると既に四年が経過している。懲役六年の古謝はあと三年半ほどで自由の身になるようだった。

臣吾が事件について話そうとしてこなかったのは、この事実があるからではないだろうか。こんな理不尽な殺され方と、不条理な判決を史哉が受け入れ切れるとは思えなかったのだろう。それは賢明な判断だった。今、史哉の身体と頭はたぎっていた。この激情を臣吾は一人で抱えてきたのだ。あの日、臣吾の腹を殴ったことを心の中で詫びた。この気持ちを押し殺し、兄は当たり前の日常を取り戻すために、史哉を不安にさせないために生きてきたのだ。自分には考えられない苦汁を嘗めてきたのだ。

やはり知らなかった方がよかったのかもしれない。史哉は後悔した。結局、知ったところでできることは何もない。古謝に復讐を果たすこともできない。余計に無念を募らせるばかりだった。兄の配慮を踏みにじったばかりに自らを苦しめることとなってしまった。

その苦しみを臣吾に吐き出したかった。しかしそんなことをしたら、兄までも苦しめることは理解していた。

もう仕方がないのだ。諦めの言葉が胸に落ちた。

やはりこの殺意は捨て去るしかない。兄の存在が再びそう決意させた。


やがて真帆がゆっくりと寝室に入ってきた。もう既に寝ていると思っているのだろう。忍び足で布団に入り込んだ。かつて真帆にこの話をした時のことを思い出した。自分の中の憎悪が露見しないよう慎重に言葉を選んだ。真帆は生気が抜けたように放心していた。


もし、この世に神がいるのだとしたら、なぜこんな酷い仕打ちをするのかが分からなかった。

事件後、史哉はあの土地へ足を踏み入れたことがなかった。あそこに行ったら、どうしても日々の生活の中であの惨劇の断片に触れてしまう。それが怖かった。そうやって何かを犠牲にしながら、史哉は臣吾と共に当たり前の日常を取り戻してきた。高校生活、大学生活、就職、そして結婚。多くの人間が通る道を当然のように通過し、臣吾もそれをいつも祝福してくれた。もちろん母のことを忘れたことなど一日もない。

　それでも、その凄惨な過去に囚われず、自分たちの人生は確実に明るい光の差す方へ進んでいたのだ。それなのになぜ、神はこの期に及んであいつを俺の目の前に引きずりだしたのだ。

　こんな仕打ちを受ける覚えはまるでない。

　今、自らの胸に湛えているのは、これまでに感じたことのないほどの憎悪だった。だが、それは今になって生まれたものではなく、思い返せばずっと心の奥底で息をしていた。

　俺は古謝への殺意を捨て去れてなどいなかったのだ。そのことを自覚した。ただ、兄の存在が鎖となって縛りつけていただけなのだ。

でも、当然だと思った。これほどの激情を簡単に捨て去れるはずなどなかったのだ。

その殺意が今、急激に肥大し鎖を軋ませている。

一体どうすればこの情動は収まるのか。

今夜はとても眠れそうになかった。

4

緊張感のない車の中で、史哉はアクセルに右足を乗せていた。

あっ、と思った時には遅かった。今の交差点を右だった。史哉は江戸通りを北上していた。まだ顧客とのアポイントまで時間に余裕はあった。仕方ない、次を右折して元の道に戻ろう。

史哉の勤めるイーストライフの浅草支社は、雷門の南側を走る旧日光街道沿いのオフィスビル四階に事務所を構えていた。近隣に上野支社もあるため浅草支社は主に隅田川以東を営業エリアとしていた。

今までならば吾妻橋を渡って営業活動をしていたが、あの日以降、史哉はその道を避けていた。遠回りになることもあったが、やむを得ないことだった。史哉が調べたところによると、「業平ビルト」はその社名通り吾妻橋の向こう側の業平地区に事務所を構える建設業者のようだった。橋を渡った先は古謝の生活圏に違いない。自らその地に足を踏み入れることなどできるはずもなかった。

あれから二週間が経ち、十一月に入っていた。

今は幾分落ち着いてはいたが、当初は古謝の影が瞼の裏に張り付き、抗しようのない憎しみの波に襲われた。眠りも浅くなり、日中眠気を覚えることが増えていた。このままではいけない。結局、あの男を見つけたところで、自分には何もできない。復讐でも果たすか？　そんな馬鹿な。真帆との家庭もある。臣吾は世界タイトルマッチを控えている。それら全てが水泡に帰す。俺たちはとっくの昔に前を向いて歩き始めたんだ。

　耐えるしかない。そうするしかないんだ。

　早くこの支社から転勤したかった。異動してきて一年が経ち、ようやく顧客との壁が払拭され始めてきていたが、そんなのは些細なことだ。年末に向けて支社長の新家《しんや》が発破をかけていたが、史哉は自らの仕事が精彩を欠いていることを自覚していた。同僚らが日々地道に実績を上げていく中、顧客との面談でも身が入らないことが続いた。

　これでは悪循環だ。しっかりしなくては。

　そう考えた時、視界で何かが点滅するのを感じた。バックミラーだった。パトカーのランプが点灯していた。

「前を走る、白の軽自動車、停まってください」

　アナウンスがパトカーから発せられた。

　俺のことか？

　一体なんだ。周りの目が自分を見ているような気がした。大事にされたくない。史哉はわけも分からないまま、路肩に車を停めた。背後にパトカーが停車し、運転席と助手席から二人の警察官が降りてくるのがサイドミラーに映った。史哉は窓を開けて待った。

「すいませんね」

体格のいい中年警察官と若手警察官の組み合わせだった。

「はあ」

「あそこの十字路あるじゃないですか？　あそこ今通ってきましたよね？」

見ていただろうに事実確認してくる警察官に、試されている気分になった。嘘を吐けばたちどころに印象を悪くする。かといって不意打ちを食らったようで気分が悪かった。

「ああ、そうですかね」

「うん、そうです。私たち見てましたから」

だったら聞くなよと、胸の中で舌打ちした。

「あそこ、一時停止しませんでしたよね？」

「ちょっと覚えてないですけど」

「いや、停まってなかったんですよ。あそこに一時停止の看板ありますよね」

警察官が後ろを指差す。裏面で分からなかったが逆三角形の標識があり、路面に「止まれ」の白い字があった。

なんだそんなことか。きっとあの辺に停車して引っかかる車を待っていたに違いない。そして不注意な車を見つけて嬉々として駆け寄ってきたわけだ。

「すみません」

抵抗したい気持ちをグッと堪え素直に謝った。軽い罰金程度で済むのならさっさと終わらせた方がいい。アポイントにも遅れてしまう。

「この辺はよく通る道なんですか」

「営業エリアですけれど、この道は初めて通りました」

「そうですか、気をつけてください」

史哉の殊勝な態度に中年の警察官もそれ以上咎めようとはしなかった。

「すみません」

「じゃ、免許証貸してください」

史哉が免許証を渡すと、若い警察官が何かを書き写していく。

「じゃ、最後に、ここに判子代わりに親指にインクつけて押してもらえますか」

中年の警察官がバインダーに挟まれた紙と、朱肉を差し出してきた。まるで犯罪者のようだ。

指紋を採られることに抵抗はあったが、「事務的なものですから」という言葉で史哉は押させられていた。

「はい、じゃあ、これ反則金です。一週間以内に銀行か郵便局でお納めください」

警察官から渡された紙には七千円と書かれていた。くだらないことで結構な出費になってしまった。しかし、悪いのは自分だと言い聞かせ、不満を飲み込んだ。

「まあ、お兄さんはゴールド免許ですから、三ヶ月違反しなければ減点は取り消されますよ」

大した罰じゃないですよとばかりに、中年の警察官は言った。

「分かりました」

「じゃ、気をつけてください」

二人の警察官は作ったような笑みで史哉を送りだした。

　史哉はゆっくりとアクセルを踏み、運転を再開した。「運転中は運転に集中します」という朝礼での唱和が思い出される。これくらいなら、会社には黙っておいてもバレないだろう。
古謝のせいだ、と思った。あいつの存在が俺に余計なことを考えさせる。理不尽な話だ。俺には何の罪もないはずなのに、またしてもあいつに生活を狂わされている。このままではこの街から出ない限り、まともな日常を送れない。あまりに理不尽だ。

　ふと思った。

　俺がおかしいのだろうか。

　今の自分は誰にも言えない醜い感情を抱いている。例えば真帆にこの想いを曝け出したらどんな顔をするだろう。過去に話した時とは状況が違う。今は手の届くところに古謝が存在するのだ。自分の激情に怯える真帆の顔が浮かんだ。周りにこんな悍《おぞ》ましい人間がいるだろうか。近しい人人の姿が頭に浮かんだが、この憎悪と彼らの姿はまるで相容れなかった。

　同じ境遇にあるはずの臣吾でさえも同じだった。二人の間では、いつしか古謝のことを口にするのはタブーになっていた。だから、この十五年間、兄から古謝への憎しみを聞いたことは一度もなかった。それだけでなく、臣吾は常に前を向いて生きていた。自らの生い立ちに弱音も恨み言も一切吐くことはなかった。まるで端から古謝への憎しみなど存在しないかのようだった。片や俺はどうだろう。古謝という男を心の底から憎んでいる。

　俺は冷酷な人間なのだろうか。

　不意に寒気がし、史哉は身をよじらせた。たった今警察から解放されたばかりだというのに、車が不安定にふらついた。

慌ててハンドルを元に戻すと、小さく首を振った。

そんなはずない。

俺は母親を殺されているんだ。そして反省するどころか、平然と無罪を主張した男と再会してしまったんだ。そうなれば誰だってその人間に憎しみを抱くだろう。俺はおかしくなんかない。

そうだろ、兄貴？

思わず兄に問いかけた。

答えが欲しかった。臣吾があの過去とどう向き合っているのか、古謝のことをどう思っているのか、それがどうしようもなく知りたくなった。

自分をこの迷宮から救い出してくれるのは兄しかいなかった。

5

ジムの中が少しずつ騒がしくなってきていた。十八時を過ぎ、学生や仕事終わりの会社員が顔を出す時間帯になっていた。

数年前には想像できなかった光景だ。臣吾がプロに転じた頃の伏見ジムは困窮していた。そもそもボクシングジムの経営は競技人口の減少で決して楽なものではない。そこに加え当時は別の問題が伏見ジムに翳を落としていた。

ジムのスポンサーであったある企業の社長が覚醒剤所持で逮捕されたのだ。加えてジムに所属する有望株の選手もその社長から覚醒剤を購入していたとして逮捕された。それを端緒に他のスポンサーも離れ、会員も半減していた。伏見の疲弊していく様からジムが自転車操業に陥っていることが窺い知れた。一体なぜそんないかがわしい人間と契約をしてしまったのか、伏見を問い質したい気持ちに駆られたが、それを聞くのは野暮なことだった。世の中綺麗事ばかりでは生き残っていけないことくらい、保険の営業で嫌と言うほど学んでいる。こうして自分がボクシングをやる場を与えてもらえているのは、伏見の清濁併せ呑む大胆さと狡さによるところもあるのだ。仕方のないことだったのだ、臣吾はそう思うことにした。

　そして憔悴する伏見に臣吾はスポンサー探しの手伝いを志願した。伏見は経営不振は自分の責任だと拒否したが、自分のパーソナルスポンサーを探すのだと言って説き伏せた。平身低頭の日日を思い出す。何とか複数の企業や個人からスポンサー契約を勝ち取ったが、さすがの伏見もスポンサーとの関係性に非常にナーバスになっていた。

　こうして今の繁栄を取り戻したのはここ一年程度のことだった。更に、自分が世界チャンピオンになれば、金銭面においても宣伝面においても大きくこのジムに還元することができる。伏見や老朽化した設備を見るとより拳に力が入るのは、決して気のせいではなかった。

　臣吾はジムのリング脇で腹筋運動のメニューを終えたところだった。今日の練習はこれで終わりだ。さっきまで付き添っていた伏見はジムの入口で会員たちを迎え入れていた。

　汗を拭いながらリングでトレーナーとミット打ちをする選手を見やった。原《はら》田《だ》健《けん》太《た》のパンチがミットを打つ乾いた音と、吐き出す息がジム内に響き渡る。何ラウンド目かは分からないが、苦しそうな声とやや鈍った動きに疲労の色が窺えた。

　タイマーが三分経ったことを告げると、健太は「アアッ」と声を上げその場にへたり込んだ。

丁度終わったところのようだった。

「とんだ体たらくだな」

臣吾はリングロープ越しに健太を見下ろした。健太は何か言い返そうとしたようだが息が上がり言葉になっていない。

「インターハイ制したくらいで満足してるんじゃねえぞ」

臣吾は敢えて強い言葉を健太に投げた。

「うるせぇよ」

鋭い視線とは対照的にようやく形になった声は小さく消えた。まだ言いたいことはあったが、これ以上言っても余計に不貞腐れるだけだろう。仕方なく臣吾は汗を流すためにシャワー室へと入った。

健太は三年ほど前に伏見が「金の卵だ」と言ってどこかから連れてきた選手だった。当時はまだ中学三年生だった。臣吾は健太の入門に反対した。長髪を金色に染め、耳にピアスをしたその姿はこのジムの風紀を乱すと思ったからだ。見学に来た時の態度も終始気怠そうにしており、印象は最悪だった。

また噂ではあったが、別のジムを素行不良を理由に破門同然で追い出されたという話も聞いていた。ましてや当時は覚醒剤の一件でスポンサー探しに奔走していた頃だ。規律が何よりも必要とされるタイミングで、何故こんな不良を入門させようとするのか理解できなかった。反対したのは臣吾だけではなかったが、伏見はそれらを押し切り健太を入門させた。だがいざその動きを見ると才能の一端は確かに感じられた。間もなく高校生になると健太はいきなり県大会で優勝し、インターハイでベスト8に食い込んだ。実力を見せつけられると不満を持つ者たちも黙るしかなかった。それが健太の悪態を増長させた。

練習態度は以前にも増して悪くなり、遅刻など日常茶飯事で厳しいメニューは手を抜いた。それでも翌年にはインターハイ準優勝の成績を収め、健太は真面目に練習に取り組む選手をあからさまに見下していた。ジムのほとんどの人間が嫌っていたが、その実力の前に皆唇を噛んでいた。臣吾は伏見にジムの不和を生むと何度も破門を進言したが、「まあそう目くじら立てんな」とかわされるばかりだった。伏見からすれば経営の面から言っても有望な選手に辞められるわけにはいかなかったのだろう。

俺が言うしかない。臣吾はこのジムで健太を叱責する唯一の人間になっていた。そんな臣吾を健太は露骨に煙たがり、今年のインターハイでかつての臣吾と同じスーパーフライ級チャンピオンになった時には「俺が正しかっただろ」と宣った。才能だけで上りつめてしまった実力は認めざるを得なかったが、それは不幸なことに思えた。臆面もなく「世界を獲る」という姿を見るたびにその気持ちは強くなっていた。

シャワーを浴び外へ出ると「おい臣吾、客だぞ」と伏見の叫ぶ声がした。伏見の視線の先にいたのはスーツ姿の史哉だった。

「なんだ、お前か」

ここは元々史哉も通っていたジムで顔見知りも多い。休日に顔を出すことがあったが、仕事終わりというのは珍しかった。

「お疲れさん」

史哉が労ってきた。

「なんだよ」

「なんだよって、なんだよ」

「何しに来たんだ」

「飯でもどうかと思って」

「なんだよ、いきなり」

「話したいことがあって」

「なんだよ」

「うん、あとで話すよ」

もったいをつけるような口振りだ。わざわざ顔を突き合わせて話さねばならないことってなんだ。すぐに思い当たった。もしや子供が生まれるか――。しかし史哉は浮かない表情だった。めでたい話ではないのかもしれない。

「まあいいけど、潤と約束してるんだ」

「そっか、じゃあ、またにした方がいいか」

「別にソニャールに行くって言ってあるだけだ。今日が最後の晩餐なんだ」

それは試合に向けて、明日から減量に入るということだった。試合が終わるまで自由な食事はできない。毎回、臣吾は「最後の晩餐」と言って好物を満腹になるまで食べていた。ある種の儀式だ。

「そっか」

史哉が迷った表情をしたのは一瞬だった。

「じゃあ、ちょっとお邪魔させてもらおうかな」

「先行ってていいぞ。クールダウンするから」

「いいよ、ちょっと見学させてもらう」

「そうか」

そう言うと臣吾はマットの上で開脚し、ストレッチを開始した。その横で史哉はジムの練習を見ていた。

三十分ほどで臣吾はクールダウンを完了すると「失礼します」と練習を見守っている伏見に挨拶をした。すると「これで美味いもん食ってこい」と伏見が裸の一万円札をポケットから出した。

「いや、この間ご馳走になったじゃないですか」

臣吾は固辞した。

「いいから持ってけ。伏見ジムのルールだ。最後の晩餐は俺が出す」

伏見はそう言うと無理矢理臣吾のポケットに一万円札を捻じ込んだ。

「すみません、ご馳走になります」

断っても無駄なのは長年の付き合いで分かっている。「ありがとうございます」と臣吾が頭を下げると史哉もそれに倣った。

「それじゃ失礼します」

二人はジムの階段を下りた。伏見ジムは浅草から隅田川沿いを北上した雑居ビルの二階に構えている。南下していけばソニャールへ辿り着く。

「そんなつもりじゃなかったんだけどなぁ」

史哉が言った。

「まあ、いい。ありがたく貰うのが礼儀だ」

臣吾は撚れた一万円札を丁寧に財布にしまった。そしてビルの前の空き地に置いてあった通い用のロードバイクを転がして歩いた。

「あの若い子、中々センスありそうだね」

史哉が言った。健太のことだろう。

「見てたのか」

「うん」

「お前に分かるのか」

「これでも昔やってたんだぜ」

史哉は辞めてしまったもののボクシング自体は今も好きなようだった。臣吾の試合を含めよく現地で観戦していた。選手を見る目は養われているのかもしれない。

「センスだけだ」

臣吾は斬り捨てた。健太を褒める気にはなれなかった。

「厳しいね。あんな若い子にも」

「客観的な意見だ」

臣吾はそう言うと「なんだ話したいことって」と話を切り替えた。

「えっ」

本題を忘れていたかのような反応だった。

「今年はどうするかと思って、母ちゃんの墓参り」

不自然な間の後に史哉が言った。

「そのことか」

毎年、父母の命日には二人で練馬にある墓を参っていた。来月は母の命日だ。

「今年は兄貴が練習で忙しければ、俺一人で行ってくるよ」

「そんなわけにいくか。お前は休めるのか？」

「うん、大丈夫だよ。有休は申請してある」

「そうか」

「でも今年はいい報告があってよかったよ」

タイトルマッチのことを言っているのだろう。

「試合が決まったくらい何でもない」

「何言ってんだよ。母ちゃんも応援してたんだから」

「それを言うなら去年だっていい報告はあっただろ」

史哉の婚約を示唆した。

「今年はより一層だよ」

臣吾は「そんなことはない」とだけ言った。

間もなく二人はソニャールの前に到着した。臣吾はロードバイクを入口に停めチェーンキーをかけると店内に入った。ジムを出る時にラインで潤に史哉と行くことを伝えていた。潤は待ち構えていたように「いらっしゃい」と迎え入れた。店内は今日も盛況だった。

「こんばんは」

臣吾の後ろから、史哉が顔を出した。

「ああ、史哉君。いらっしゃい」

「どうも」

史哉が会釈した。

潤は空けておいてくれた奥のテーブル席に二人を案内した。

「最後の晩餐なんだろ。好きなもの食べなよ」

席に着くなり史哉がメニューを広げて見せてきた。

「会長の奢りなのに偉そうに言うな」

「会長、いつもごちそうさまです」

史哉が調子よく手を合わせた。

「俺はもう決まっている。お前も食べたいもの頼めよ」

これから一ヶ月半もの間、制限された食事しかとれなくなる。いやでも最後の食事には気が入った。

「うん」

史哉がメニューを捲り少しすると「決まった」と言った。

「すみません」

臣吾は潤を呼んだ。

「とりあえずサラダ、オムライス、デミグラスハンバーグ、ナポリタン、牡蠣フライ、それぞれ一つずつ。お前は？」

「ポテトで」

「それだけか？」

「うん。そんなに腹減ってないんだ」

「なんだよ。威勢はよかったくせに」

「家に帰ったら真帆ちゃんの手料理があるんでしょ？」

潤が史哉に言った。

「いや、あいつも今日は友達と食べてくるって言ってましたから」

「なんだ、そうなんだ。残念ね」

潤は「じゃ、ごゆっくり」と言うと厨房へ忙しなく消えていった。

「で、他にもあるんだろ？」

「何が？」

「話だよ」

「え？」

「墓参りの件ならラインでもすればいい。わざわざ来たのは別の話があったんじゃないのか？」

「いや――」

史哉は口ごもった。図星のようだ。

「トレーニングは順調かなと思って」

「なんだよそれ」

「絶対に勝ってほしいからさ」

「それでわざわざ監視に来たわけか」

本当にそれだけだろうか。

「別にそんな大袈裟な話じゃないけどさ、実際どうなの？」

「お前に心配されるほどじゃない」

「ならいいけど」

そう言うと、史哉はコップの水を口に含んで、その話を終わらせた。

それから臣吾は最後の晩餐に舌鼓を打ち、史哉は仕事や真帆との生活など当たり障りのない話題を繰り広げた。史哉は本当に食欲がないのかポテトを摘まむだけだった。

「さっきさ、母ちゃんの墓参りの話しただろ」

史哉がそう切り出したのは、臣吾が全ての料理を胃に収め、トイレから戻ってきた時だった。

「ああ」

「あれから十五年だ」

臣吾は史哉をジッと見た。「あれ」がいつのことを言っているのか聞くまでもない。避けたい話題だった。

「母ちゃんにも父ちゃんにも観せてあげたかったよな、今度の試合」

「馬鹿なこと言うな」

考えるだけ虚しい仮定の話だった。

「兄貴はこの十五年、あんなことがなかったらって考えたことある？」

「やめろ、そういう話は。そんなこと考えても仕方ない」

答える気にならなかった。

「でも――」

「もちろん、忘れたことなんか一度もない。一度もだ。でも、ずっとあのことを考えながら生きていくことはできない」

食い下がる史哉の言葉に重ねて言った。

「結婚もしたんだ。自分の将来だけを考えろ」

「恨んでないの？　あいつのこと」

誰のことを指しているのかは明らかだった。この十五年間、史哉との間では避け続けてきた話だった。一体何の意図があってこんなことを――。

臣吾は小さく息を漏らした。

「昔言ったよな。そういう感情は捨てるんだ。考えても仕方のないことはある」

「でもさ――」

「やめろ、史哉。その気持ちはお前に何も与えてくれない。それどころか奪っていく。本来であれば幸せな時間さえも」

史哉は何か言いたそうだったが、臣吾は続けた。

「俺もお前も、新しい人生をスタートさせたんだ。やり場のない感情に支配されていたら、その人生を生きる意味を失くしてしまう」

過去は変えられない。使い古された言葉だったがそれが真理だった。できるのは今ある光を守っていくことだけだ。これまでもそうやって生きてきた自負があるからこそ、淀みなく言葉が出てきた。

「時間は前にしか進んでない。前を向け」

一方的に捲し立てたが、史哉は「そっか」と言った。

「そうだよな」

今の言葉がどこまで響いたのかは分からない。しかし、史哉は臣吾の言葉を自分の中で咀嚼しているように見えた。

「変な事聞いてごめん。兄貴のタイトルマッチのこと考えてたら、ついさ」

「俺のせいか」

臣吾は知らぬ内に強張っていた表情を崩した。

「そういうわけじゃない」

「用が済んだなら帰るぞ」

そう言うと伝票を持って立ち上がった。店の入口には入店待ちの客の姿があった。

「はいよ」

会計を済ませると潤に見送られ二人は店を出た。

6

ゆっくりとした目覚めだった。時計の針は八時半を指していた。真帆の布団を見ると、もう空だった。寝室の扉の向こうでは包丁がまな板を叩く音がした。史哉は立ち上がりカーテンを開けた。目の前の隅田川に朝日が反射している。並行する道路を車が走っていった。

「おはよう」

扉を開けリビングへ顔を出した。

「おはよう」

キッチンに立つ真帆が顔を上げた。

「なんか、手伝おうか？」

「大丈夫、簡単に作ったから」

「そうか、ありがとう」

キッチンから味噌汁の出汁の匂いが香ってきた。史哉は食器棚からコップと箸を取り出しテーブルに並べる。

「でも、お昼食べるから少しだけだよ」

「ああ、そうか」

「何、ああそうかって。今日の予定忘れてたでしょ？」

「いいや」

「今のは絶対忘れてた」

「寝起きだからだよ。昨日も確認されてるのに忘れるわけないじゃん」

今日は、真帆の「建築の研究」のために代官山へ出かけることになっていた。真帆は元々イーストライフの同期社員だったが、昨年より念願だった建築士として代官山の建築設計事務所で働き始めていた。だが事前準備の様子から察するに、それは大義名分であって、新しくできたパンケーキ屋へ行くことが真の目的のようだ。晩ご飯も真帆の指示を受け、水炊きの店を史哉が予約していた。

真帆が食卓に並べたのは白米、味噌汁に納豆、サラダという極めてシンプルなメニューだった。

「文句ある？」

「何も言ってないだろ、別に」

「目は口ほどに物を言うのよ」

「これは眠いという目です」

「あっそう」

「そして、とても美味しそうだという目でもある」

事実、これで十分だった。ここのところ食欲がなかった。古謝の存在が体調に影響を及ぼしているのかもしれない、腰の辺りが痛むのもきっとその影響だろう。しかし、もう古謝のことに気を取られるのはやめにしよう。前だけを向いて生きるんだ。

臣吾には自分の感情と共鳴する答えを期待していた。けれども、兄の答えはそれに反するものだった。

――そういう感情は捨てるんだ。

――前を向け。

かつて言われたことと全く同じだった。だが、今回はそこにこれまでの兄の人生の歩みが重なった。僅かなずれも許さないその生き様を見せつけられてきた今、史哉はただひれ伏すしかなかった。

兄は自分とは次元の違うところにいる。そんな兄にこの殺意をぶちまけたら、心から失望することだろう。兄のように捨て去ることができないのは自覚していた。それでもこれまでのように抑え込むことはできるはずだ。昨晩の兄の言葉は、膨れあがった殺意をより強く心の奥底に縛りつけてくれていた。

「なんか鼻につく。今日のお昼奢りね」

「なんでそうなるんだよ」

「いいから、いいから。奢ってくれれば許すんだからさ。早く食べて出かけよう」

そう言うと、反論を阻止するように箸で摑んだご飯を史哉の口に突っ込んだ。

こんな日常を素直に大切に思えるなら、古謝への殺意を封じることには大きな意味がある。確かにその通りなのかもしれない。

「何笑ってるの」

真帆が蔑むように史哉を見た。

「いや、別に」

史哉は味噌汁で口の中のものを胃に流し込んだ。

代官山に着いたのは十一時を回った頃だった。

「晴れてよかったね」

昨日までの天気予報では曇りだったが、太陽は存在を主張するように地上を照らしていた。駅を出た二人は早速目的のパンケーキ屋へ向かった。

「ねえ、今更代官山で建築の研究ってどういう意味だよ？」

史哉は皮肉を込めて真帆に訊いた。

「どういう意味って？」

「だって毎日通勤してるじゃん」

「あのね、私は遊びに来ているわけじゃないの。たまには落ち着いて足を止めないとね」

「さっきから全然立ち止まってないけどね」

「腹が減っては戦はできないの。まずは美味しいもので腹ごしらえ」

「あっそう」

モダンな建物が軒を連ねる道を歩いていくと、「ここがうちの会社」と真帆が白塗りの建物の前で立ち止まった。「ＣＣデザイン」という社名が鉄製のプレートに記載されていた。モノトーンの建物に丸い大きな窓ガラスが嵌め込まれており内部が丸見えだった。

「ええ、お洒落だなあ。いいなあ」

率直な感想が口から漏れる。

「いいでしょ？」

「うん。きっと給料もいいんだろうな」

「お粗末な感性。もっとインスピレーションとか湧かないの？」

「なんだよ、それ」

「こういう建物作りたいな、とか」

「別に建築家志望じゃないし」

「あっそう」

「パンケーキ食べにきたつもりだったし」

「あっそう」

「うん。真帆の勉強になればそれでいい」

「あっそう」

「夢だろ、こういう建物作るのが」

「そうだけど」

「俺は応援してる」

真帆は眉間に皺を寄せ、史哉の態度の変化を訝しんだ。

「どうしたの急に。変なの」

「時間は前にしか進んでないんだぜ」

兄の言葉を言ってみた。口にすると、余計に染み入るのではないかという気がした。

「何、急に。気持ち悪いなぁ」

「別に」

言ったあとで気恥ずかしさを覚えた。

「でも、ありがとう」

そう言うと、真帆は屈託なく笑った。


真帆との出会いは三年前の春だった。

新卒でイーストライフに入社した史哉が配属されたのは新宿支社だった。大型の支社にもかかわらず、リーマンショック後の就職氷河期の影響か、配属された新入社員は二人だけだった。そのもう一人が七海《ななみ》真帆だった。

しかし、大した交流もないまま半年が経過していた。配属された課が違ったため、一日顔を合わせないことも珍しくはなかったのだ。また、当時は同期会が頻繁に催され、真帆はよく参加しているようだったが、史哉はそういう場が苦手で敬遠していた。真帆のみならず、接点のある同期もほとんどいなかった。

そんな時、「諸橋《もろはし》君たちがたまには芹沢君も連れて来いって」と真帆に誘われたのだった。諸橋というのはいかにも社交的で、同期の中でも中心的な存在の男だった。だが、彼らが本気で自分を誘っているとは思えなかった。「パス」の一言で片づけると真帆に肩を摑まれた。

「いいじゃない、たまには来なさいよ」

半ば怒りを含んでいるようにも見えた。

「私ね、同じ支社なのに芹沢君のこと何も知らないの」

確かに会話はせいぜい業務上の報連相程度で、プライベートな話をした記憶はなかった。

「皆から私にも問題あるんじゃないかって言われてるんだから。だから、絶対に来なさいよ」

真帆は強い口調で言った。

そうして強引に連れていかれた同期会は二十人近くが参加しており、部屋に入った瞬間から居心地の悪さを覚えた。彼らはしょっちゅう会っているだろうに、メンバーが増えるごとに歓声を上げ再会を喜んでいた。諸橋らも最初こそ珍しがって史哉に話を振ってきたが、自分は盛り上げることができるわけでもない。孤立するのにさして時間はかからなかった。そんな史哉に罪滅ぼしのつもりか真帆が隣に座り話しかけてきた。

「もう二度と来ないからな」

小声で恨み言を言う史哉に「ごめん」と真帆も小さく詫びてきた。

しかし翌月曜日、真帆は「同期会やろう」と懲りずに誘ってきたのだった。

「だから、行かないって」

「違う違う、支社の同期会」

「は？　二人しかいないじゃん」

「そう、行こうよ二人で。先週のお詫び」

「え？」

「いいからさ」

ここでも真帆は強引だった。一瞬躊躇ったが、真帆相手であれば必要以上に気を遣うこともないだろう。そんな居心地のよさを同期会の時に密かに覚えていた。史哉は「行くか」と答えていた。

そして食事が進んでも烏龍茶しか注文しない史哉に真帆は「芹沢君はお酒全く飲まないの？」と聞いた。

「酒なんか大嫌いだ」

史哉は嫌悪感を剝き出しにして答えた。真帆は不自然なものを感じたのか「そう」とだけ言い、それ以上追及してこなかった。

「芹沢君は何でこの業界に入ったの？」

真帆は話題を変えた。「受かったからだよ」と答えると、真帆は「何それ」と言った。実際、大学生の時の史哉にとって最も大事なのは就職することだった。この就職氷河期に企業を選んでいる余裕などない。入れればどこでもよかった。臣吾から独り立ちし、兄の負担を減らすことが何よりの優先事項だったのだ。だがそんなことを真帆に話す気はなかった。真帆だって話されても困るだろう。

「七海こそどうなんだよ」

「まあ、私もそうなんだけど」

「同じじゃんか」

「でも私は建築設計がしたいって思いがあって就活してたの。受かんなかったけど。なんにも考えてない芹沢君と一緒にしないで」

真帆が都内の大学の建築学科を出ていたことを思い出した。

「でも、もうその夢は諦めたんだろ？」

意地悪な質問をぶつけた。

「諦めてないわよ。まだ」

「嘘つけ」

「嘘じゃない。私は後世に残る建物が作りたいの」

「そんな就活生みたいなことよく言えるな」

無垢な夢を語る真帆を蔑むように言った。

「いいよ、別になんて言われたって。私の夢だから」

真帆は気を悪くしたようだったが、僻《ひが》みであることは自分で分かっていた。どうせ自分なんか駄目だ。あの事件以降、周囲から向けられる憐憫の眼差しは史哉の中に劣等感を蓄積させていた。しかし、一方の臣吾が世界チャンピオンになると言って会社を辞めたのは、その少し前だった。不遇な境遇に一切の言い訳もせずに、自分の夢に走った。それなのに自分は何をしているのだろう。当時の史哉はそんな葛藤の中にいた。思わず真帆に食ってかかった。

「半年もサラリーマンやってたら分かるだろ。そんな夢語って働いている人なんかいないんだよ。やりたくない仕事を生活のためにやってんだ」

「つまらない男」

二十三歳の女子には不釣合いに大人びた軽蔑の言葉だった。その言葉は史哉の中に波紋を起こした。認めたくないことをはっきりと言葉にされてしまった。結局俺は過去に囚われ続けている。後味の悪い飲み会だった。

史哉は真帆のその評価を覆そうと躍起になった。知らず知らずの内に仕事に精が出るようになった。徐々に実績が上がるようになると、それを真帆に認めさせたくて今度は史哉から真帆を同期会と称し食事に誘った。真帆は驚いていたが、気疲れせずにいる時間はあっという間に過ぎていった。

それから二人は終業後によく食事に行くようになり、いつしかよく笑う真帆の顔に愛嬌を覚えるようになっていた。そして史哉が丸の内の本社へ異動するのをきっかけに交際が始まった。その頃から真帆は働きながら夜間のスクールに通うようになり、やがて二級建築士の資格を取得した。ほどなくして転職したのがこの「ＣＣデザイン」だった。真帆は真帆で史哉に「諦めた」と言われたことがずっと頭の中にあったらしい。

兄にしろ真帆にしろ、自分のやりたいことに突き進む姿は余りに眩しかった。兄に敵わないのは幼い頃に悟っていた。しかし真帆には負けたくなかった。真帆の隣にいる以上、劣った存在にはなりたくなかった。その甲斐あってサラリーマンとしては順調に階段を昇っていた。そして今年の春に、入籍をし一緒に暮らし始めたのだった。

「ああ、美味しかった」

店の外へ出るなり真帆が感想を口にした。一見住宅街のような界隈に水炊きの銘店はあった。日中、代官山の高低差のある道を歩いたせいで足はパンパンに張っていた。

「いやあ、美味かったな」

期待に違わぬ味だった。

「でも全然食べてなかったじゃない」

「馬鹿みたいに食べるもんじゃないんだよ」

昼間はパンケーキを食べただけだったが、例によって空腹を感じていなかった。

「最近食欲なくない？」

「仕事のしすぎかな」

冗談のつもりだった。ここのところの自分の仕事ぶりは決して胸を張れるものではない。日常を取り戻すためにも、来週からまた身を入れてやらなければならない。

「悩みとかあるんだったら私に言ってよ」

真帆がしおらしく言った。

「別にそんなものないよ」

「本当かしら」

真帆が足を止め、史哉の顔を覗き込むように見た。

心の内を見透かされているようで、史哉は目を逸らした。

「なんだよ」

「そんなに俺のことが心配か？」

からかうと真帆は照れを隠すように「別に」と言って、史哉の腰の辺りをバシッと叩いた。

「痛っ」

鈍い痛みが走り、史哉はその場に腰を落とした。

「ちょっと大袈裟」

真帆は笑ったが、冗談ではなかった。痛みは腰を中心に広がっていった。身体の内部が侵されていくような気色の悪さがあった。それが胃の辺りにまで及んだ時、史哉は覚った。これは最近の食欲不振に起因するものだ。苦痛に顔が歪んだ。その様子に真帆も史哉がふざけているのでないことを察したようだ。

「ごめん、そんな強く叩いたつもりなかったんだけど」

「いや、ここのところずっと違和感があったんだ」

「えっ、大丈夫？」

「大丈夫だと思うけど」

「ちょっと病院で診てもらった方がいいんじゃない？　食欲もないし」

「いや、大丈夫だって」

これまで大病を患ったことはなかった。それに病院は母親の臨終を思い出す。極力避けながら生きてきた。

「月曜日の仕事前に行ってきなよ。フレックス出社してさ」

イーストライフでは勤務時間のフレックス制が推奨されていた。史哉は月曜日の午前中は一週間のスケジュールを整える目的でアポイントを入れないようにしていた。行こうと思えば都合は付けられる。

「いや、大丈夫だって」

そう言ったが、痛みはまだ広がっていた。

「行ってきな、何もなければそれでいいんだから」

真帆が強く訴えた。

「分かったよ」

そんな大したことじゃない。そう思ったが、真帆の表情には翳が差していた。

7

月曜の朝の病院は想像以上に混みあっていた。

両国にある総合病院で、会社の健康診断を受けそびれた時に受診した際の診察券が財布に入っていた。

史哉は受付開始と同時に手続きを済ませていたため、それほど待たされずに診察室へ呼ばれた。

「今日は腰の辺りが痛むと」

四十代くらいの内科医は事前に記入してあった問診票を見て言った。「御厨《みくりや》」と名札に書かれている。髪をオールバックに固めた風貌と、低く落ち着いた声は患者に安心感を与えるだろう。

「ちょっと、腰の辺りに痛みを感じるんです」

「どんな痛みですか？」

「何か疼くような」

こんな表現で伝わるだろうか。

「いつぐらいから？」

「あまり自覚はなかったんですけれど、一ヶ月前くらいから違和感はあったような気がします。そしたら一昨日、急に痛くなって」

真帆に叩かれたことは伏せておいた。

「今も痛みますか？」

「そうですね」

寝起きはそこまで感じていなかった痛みが、徐々に強くなってきていた。

「ちょっと触りますね？」

御厨が椅子から立ち上がり史哉の腰をさすった。

「この辺りでしょうか？」

「そうですね」

一瞬、御厨の眉間が歪んだように見えた。

「夜は眠れていますか？」

「一応眠れてはいますが、まあ、痛みはありますね」

この二日、痛みで寝付けたのは深夜を過ぎ睡魔が強くなってきてからだった。

「この辺りは？」

御厨が腰から腹、背中と触診をしていく。

「他に痛むところはありますか？」

「いや、特にないですけれど」

「ちょっと目を開けてください」

御厨が史哉の目の上下の皮膚を指で開いた。

「はい口開けて」

続いてペンライトのようなもので喉を照らし、金属の棒を突っ込む。

「はい大丈夫です。食欲はどうですか？」

「ちょっとだけですけれど落ちてる気はしてます」

「もしかしたらストレスかもしれませんが」

史哉は苦笑いを浮かべてみせたが、御厨は表情を変えなかった。

「そうですか。体重に変化はありますか？」

「いや、どうでしょう、最近量ってませんから」

問診票には六十八キロと記入していた。

「じゃ、ちょっとそれに乗ってみましょう」

御厨が床に置かれた体重計を指した。史哉はジャケットをハンガーにかけると体重計に乗った。デジタルの数値が目まぐるしく変わっていく。

六十五キロ。

やはりここのところの食欲減退が影響しているのだろうか。

「少し減っていますね」

「そうですね」

「分かりました。いくつか検査をしましょう。お呼びしますので、診察室の前でお待ちください」

「分かりました。よろしくお願いします」

史哉はジャケットを着直すと、診察室を出た。外で待っていると間もなく若い女性の看護師に

「芹沢さん」と呼ばれた。そして検査の案内を受けた。それぞれ受診場所が違うようだった。最初に血液を採取され、レントゲン、超音波検査と続いた。腰の痛みくらいでここまでするものなのか。病は気からと言うが、段々と気が滅入ってきた。この調子で午後の出社に間に合うだろうか。

　検査が終わったのは十一時前だった。診察室の前で待っていると、やがて名前を呼ばれ御厨の前に座った。

「芹沢さん、今日はこれからお仕事ですか？」

　スーツ姿を見てそう思ったのだろう。検査結果を言われると思っていただけに、その第一声は不自然なものに感じられた。

「はい、そのつもりですが」

「そうですか。もし可能であれば、追加の検査を受けていただきたいんです」

　可能であればと言ったが、強くそうすることを求める響きがあった。

「何か見つかったんですか」

　不安が口を衝いた。

「まだ分からないんですが、幾つか確認したいことがあったんで」

　御厨が言葉を選びながら話しているのが伝わってきた。

「分かりました。会社には連絡を入れておきます」

「すみませんが、そうしていただけると助かります」

　史哉が病院の外で会社に病欠する連絡を入れると、課長の守谷《もりや》は「お大事に」と間延びした声で了承した。口頭で引き継ぎを済ませ院内に戻ると検査が再開した。検査室に入れられると、初めて見るCTスキャンに怖さを覚えた。それから検査着に着替え、機械の上に横になった。起動音がした。狭い空間に閉じ込められるような気がして、史哉は目をつむった。だが、案外に検査自体は早く終わった。昼食をとって待っていて構わないという。

院内のコンビニでおにぎりを買い、庭で食べると、診察室の前で史哉はまた待たされた。長い時間に感じられた。何か悪いものが見つかったのだろうか。もしそうであるならば、真帆に言われなければ来ていなかっただろうから礼を言わねばならない。史哉は気を紛らわすために置かれていた漫画雑誌を手に取り読んだ。

「芹沢史哉さん」

少しすると天井のスピーカーから女性の声で呼ばれた。

史哉は診察室へ入った。

「芹沢さん、入院してもらうことになるかもしれません」

史哉が椅子に座るなり御厨は口を開いた。

入院？　一体何が見つかったんだ？

「……はい」

心許ない返事が口を衝いた。御厨の説明を待った。

「ちなみにご家族は？」

その問いかけは暗いものを想起させた。

「妻が、いますが」

「ご両親は？」

「もう二人とも他界しています。あとは兄が一人」

祖父母も既に亡くなっていた。

「そうですか。奥様はお仕事をされていますか？」

「はい」

「ご来院いただくことは可能でしょうか？」

「今、ですか？」

「今すぐは難しいでしょうが、夕方でも夜でも構いません」

そんなに緊急性の高い事態だというのか。口の中が急速に渇いていった。

「なぜですか？」

「これからの方針を一緒に考えていきたいんです」

「一体、何が見つかったんですか？」

御厨が史哉の顔を凝視した。宣告に耐えうる精神を持ち合わせた人間なのか見極められているような気がした。

「芹沢さんは、膵臓癌《すいぞうがん》だと思われます」

身体が強張った。

「え？」

そんな——。

史哉は御厨から目を逸らすことができなかった。

俺は死ぬのだろうか。唐突な死への恐怖に視界が歪んだ。

「どういうことですか？」

「こちらをご覧ください」

御厨は診察台の横のモニターを史哉に見せた。身体の内部がそこには映っていた。これが俺の体内か。

「ここを見てください。この影になっている部分が癌です」

そう示されても、史哉にはそれが異常なものなのか分からなかった。

「腰の痛みは神経に癌が広がったことによる痛みでしょう」

癌が広がっている。早期発見ではないということか。だとすれば、それはどれほどの進行度合なのだろうか。聞くことができなかった。御厨もそこまでは言及しなかった。

「ですから、奥様を交えてこれからのことをご相談しましょう」

「……はい」

御厨は励ますように言ったが、史哉は力なく頷くことしかできなかった。

そして看護師に見守られるように診察室を出ると、そこの長椅子に腰を落とした。

ポケットからスマホを取り出した。

真帆、真帆――。

〈今日、病院来れるか？〉

真帆を極力心配させたくなかった。

すぐに手の中でスマホが震えた。真帆からの返事だった。ずっと気にして連絡を待っていたのかもしれなかった。そう思うと胸が苦しくなった。

〈どうだったの結果？〉

まだ真帆はその深刻さに気づいていない。

〈それを話してくれるって〉

文字だけで伝えることなどできない。そう送るしかなかった。

真帆は会社を早退し十六時くらいに着くと送ってきた。

それから史哉は庭で時間が過ぎるのを待った。スマホを弄れば簡単に膵臓癌について調べられる。だが悪い方へばかり想像が傾き、そんなことはできやしなかった。適当に芸能ニュースなどを捲った。くだらないゴシップばかりだった。そうして太陽に当たっていると、徐々にさっきの宣告が嘘のように思われてきた。それに癌はもはや治らない病気ではない。急な宣告に気が動転しているのだ。

真帆から連絡が入った。

〈着いたよ〉

史哉は内科の前へ来るよう伝えると、待合室へ向かい看護師に妻が来た旨を伝えた。

診察室の前に現れた真帆の表情は一昨日の笑顔が嘘のように硬直していた。その顔を見て再び現実に引き戻された。

「大丈夫？」

「ああ」

吐息のような声が漏れた。

「まだ分からないの？」

真帆が迫るように聞いてきた。

「芹沢さん、どうぞ」

間髪を容れず看護師が診察室から顔を出した。お陰で自分の口から事実を伝えずに済んだ。

「担当医の御厨と申します」

二人が席に着くと御厨が名乗った。

「芹沢の妻です。主人は何かの病気なんですか？」

真帆は堪え切れない様子だった。会社からここまでどれほどの不安を抱えてやってきたのだろうかと思うと居たたまれなくなった。御厨が史哉の顔を見た。史哉は頷いた。自分の口から言うことなどできない。御厨は頷き返し、口を開いた。

「ご主人は、膵臓癌です」

「えっ」

真帆は絶句した。そしてゆっくりと史哉の顔を見た。

「治るんですか？」

史哉は意を決して聞いた。そんな酷なことを真帆に聞かせるわけにはいかなかった。

「芹沢さんの癌はかなり進行しています」

覚悟をしていたからだろうか。それともまだ現実感を伴っていないからだろうか。史哉の心の波は驚くほど平坦だった。

「そんな」

真帆の声には既に涙が交じっていた。

「できるだけ早く入院して治療をする必要があるでしょう」

「治るんですよね」

真帆が詰め寄った。

「最善を尽くします。我々のできることは全てやるつもりです」

それは御厨の誠心誠意の言葉に違いなかった。だが、「治る」と断言しないその言葉に史哉は何の力も感じることができなかった。

俺は、やはり死ぬのだろうか。

呆然とする中で言葉が口を衝いて出た。

「あとどれくらい生きられるんですか？」

真帆が再び史哉を見た。目が見開かれているのが横目にも分かった。

御厨は医師として適切な宣告の言葉を探っているように見えた。

「――それは治療次第です」

完治しないことを認めたも同然の答えだった。そして御厨は続けた。

「ですが、もし目安を教えてほしいということであれば――あと半年とお伝えいたします」

史哉と真帆は病院の前で待っているタクシーに乗り込んだ。この密閉された空間で運転手という第三者の存在はありがたかった。彼がいなければ溢れ出る感情をコントロールできなかっただろう。一方の真帆は隣で俯いたまま肩を震わせていた。運転手もただならぬ雰囲気を感じ取ったのか、行き先だけ聞くと一切口を開かなかった。

アパートの前でタクシーを降りた。既に陽が落ち、ビル群が夜景を作っていた。

「すまないな」

部屋に入るなり史哉は真帆に言った。弱っている真帆を見ると自分は冷静でいなくてはならないと思わされた。だが同時に真帆は、抑え込んでいたものの制御が利かなくなってしまったようだった。部屋の中に嗚咽が響いた。

まさかこんな状態でこの部屋に戻ってくるなんて、朝には夢にも思っていなかった。俺はあと半年で死ぬ、そう思った途端、自らに突きつけられた現実が恐怖となって襲いかかってきた。

嫌だ、そんなの絶対に嫌だ。

史哉は寝室に入り扉を閉めると布団に倒れ込み、顔を埋めた。止めどなく涙が溢れた。どれほどそうしていたか、分からない。

「史哉、ご飯食べるでしょ」

真帆の声がした。泣き疲れ、返事をする気力もなかった。

「一緒に食べよう」

真帆に起こされるようにして、史哉は無言で立ち上がった。

「明日、会社に病気のことを言ってくる」

食事を終え、処方された鎮痛薬を飲むと史哉は言った。御厨には早期の入院を言い渡されていた。

「うん」

その時、兄の顔が浮かんだ。臣吾にもこのことを伝えなければならない。それは史哉にとって最も辛いことだった。兄はどれほどショックを受けるだろうか。自分のことよりも兄のことが心配だった。父を失い、母を失い、唯一の肉親となった弟をも失う。それに自分たちはただの兄弟ではない。二人でここまで生きてきた。互いにとって唯一無二の存在だった。

それ以上考えるのをやめた。また感情が昂ってしまいそうだった。

真帆に対しても伝えたいことは山ほどあったが全てを飲み込んだ。今ここでそれを吐き出せば、互いに支えていられなくなる気がした。

テレビから流れるバラエティ番組の笑い声が、遠い世界のことのように思えた。だが、それがあることが辛うじて二人の部屋の均衡を保ってくれていた。

それから風呂に入り、点けっぱなしのテレビを見ていた。寝られる気がしなかった。

このままこうして朝を迎えればいい。

「ねえ、一緒に寝ようよ」

真帆が言った。もう零時近くになっていた。

「そうだな」

辛いのは自分だけじゃない。真帆もその悲しみを抱えているのだ。自分だって、真帆といる方が落ち着いていられるだろう。

史哉は布団に潜り込んだ。隣に真帆が寝転がる。そして電気を消した。互いの吐息だけが聞こえた。ここでこうして布団を並べて寝るのは、もう今日と明日で最後かもしれない。史哉は寝返りを打ち真帆に背を向けた。これまでの真帆との日々が思い出された。一昨日まであんなに楽しかったはずなのに、こんなに短い時間で世界は変わってしまうのか。何気ない時間や日々がとてつもなく愛おしいものに思われた。

背中に真帆の手がそっと触れるのを感じた。温もりがパジャマの生地を通して伝わってくるようだった。そして真帆が背中に顔を埋めた。

泣いているのが分かった。ずっと真帆はそうしていた。

史哉も動かなかった。

俺もこのままでいたい。

時間なんて止まってしまえばいい。

ずっと、ずっと、このままで。

その願いは闇の中へ溶けるように消えた。

8

アラームが鳴るより前に目が覚めていた。まだ雨戸の隙間に朝日はなかった。

すぐに昨日のことが思い出された。あれは夢だったのかと期待したのは一瞬だった。脳裏に残る、黒い澱《おり》は現実であることを史哉に知らしめた。

こんな精神状態でも眠れてしまうのか。いくら病に蝕まれようと自分の肉体は生きるための生命活動を継続している。浅い眠りだったが、僅かでも暗澹たる世界から誘ってくれた。

「おはよう」

背後で真帆の声がした。

「起きてたのか」

「うん。でも史哉も起きてよかった」

「どうして」

「少しでも一緒にいたいから」

「馬鹿なこと言うな」

「馬鹿じゃないよ」

昨夜に比べればいくらか気力を取り戻したようで史哉は安心した。

「会社行ける？」

「当たり前だろ。すぐそこなんだ」

病状を報告した時、周りはどんな反応をするだろうか。あまり大袈裟に騒がれたくなかった。

「夜に兄貴のところへ行ってこようと思う」

いずれ伝えねばならぬのなら早い方がいい。やむを得ない判断だった。

「私も一緒に行く」

「そんなに一緒にいなくてもいいだろう」

「違うよ、馬鹿」

肩を叩かれた。それが妻の務めだと真帆は感じているようだった。

史哉はカーテンと雨戸を開けた。やはりまだ外は闇だった。いつものように隅田川を赤く染める朝日がないことが無性に寂しかった。

それからゆっくりと朝の準備をしていると、やがて外が明るくなってきた。明けない夜はない、そんな言葉が浮かんですぐに消えた。

朝食をとると、史哉は真帆と一緒にアパートを出た。いつもならば職場の近い史哉の方が出社は遅かったが、家に独りでいるとどうしようもない虚無感に襲われそうな気がした。

史哉は真帆を駅まで送った。何を話していいのか分からなかった。それでも、隣に真帆がいるだけで、僅かでもこれまでの日常が感じられ落ち着くのは確かだった。駅までの時間はあっという間だった。

「気をつけてね」

「大丈夫だって。また夜に連絡する」

「じゃ」

真帆が駅の構内へ消えていく。急に一人になる心細さを覚えた。真帆の姿が見えなくなっても史哉は中々そこから動けずにいた。これから自分のしなければならない報告の重さがのしかかってきた。

会社近くの喫茶店でコーヒーを飲み、時間を潰した。出勤前のサラリーマンの喧騒が不安をいくばくか紛らしてくれた。臣吾に「今日の夜、空いてる？」とラインを送った。

九時前になると史哉は喫茶店を出て支社へ向かった。支社のエレベーターには幸いにも史哉以外誰も乗ってこなかった。出社するなり課長の守谷や同僚に急遽休みを取ったことを詫びた。守谷の「大丈夫か」という問いに、史哉は「ちょっと休むことになるかもしれません」と告げた。

「なんかあったのか」と守谷は聞いてきたが、ここで詳しくは話したくない。そこへ支社長の新家が出社してきた。社員が立ち上がり、口々に挨拶をする。「ちょっと、支社長に言ってきます」そう言って史哉は守谷の元を離れた。

「支社長。昨日は急に休み、申し訳ありませんでした」

「大丈夫だったのか？」

　ジャケットを椅子の背もたれにかけながら聞く姿には、「大丈夫だったんだろ」というニュアンスが多分に含まれていた。史哉は「ちょっと応接室でお話ししてもよろしいでしょうか」と聞いた。すぐに新家は何かしらを覚ったように史哉の顔を見た。史哉はその目を見つめ返した。新家は「分かった」と短く答えた。

　二人は社員らが朝の準備をする中を縫って、支社長の応接室へ入った。

「どうした？」

　ソファに腰をかけると新家は声を落として聞いた。

　史哉は息を吐いた。

「実は、膵臓に癌が見つかりました」

「は？」

　新家は口を開いたまま固まった。

「医者にはすぐにでも入院した方がいいと言われました」

「それは――」

　どこまで踏み込んで聞いていいのか新家も分からないでいるようだった。

「あと半年だと宣告を受けました」

一息に言ってしまいたかった。

「できることならば明日から入院した方がいいと」

これは逃れられない現実なんだ。自ら口にしたことでそれが身に染みた。だが真帆の時と同様で、自分より衝撃を受けている人間を前にすると、自分の心は不自然なほど落ち着いていた。

「そういうわけです。申し訳ありませんが、明日から出社することができません」

「――分かった」

ようやく新家は言葉を絞り出した。

「今日は、もう帰りなさい。何か対応しなければならないことがあるのであれば言ってくれ。こっちでやっておく」

史哉は進捗中の案件や、調整済みのアポイントを告げた。皮肉なことに古謝に気を取られ業務に集中できていなかったため、進捗している案件は多くなかった。

「もし思い出すことがあったら、ご連絡します」

「分かった。皆には言わない方がいいか？」

「とりあえず、伏せておいてください。体調不良で入院しているとだけ伝えていただければ」

「分かった。芹沢、気休めかもしれないが、もし、俺にできることがあるのならば、遠慮なく言ってくれ」

「ありがとうございます」

史哉は頭を下げた。

「それと、退職の手続きは――」

　もう戻ってこられないのだから退職する気でいた。

「そんなことは構わない。休暇扱いで処理しておく。家族のためにも給料は、貰っておけ」

　新家の目が赤くなっていた。これ以上話していたら、史哉自身も目の腫れが引くまで帰れなくなってしまうだろう。

「ありがとうございます。以上です」

9

　朝のロードワークから戻った臣吾はジムで、シャワーを浴びるために更衣室で服を脱いでいた。ランニングショーツから心拍数や距離を計測するために入れておいたスマホを取り出すと、ラインが入っていた。史哉からだった。「今日の夜、空いてる？」というメッセージだった。今度はなんだ。ついこの間会ったばかりじゃないか。

〈何の用だ〉

　仕事中だろうに返事はすぐだった。

〈話したいことがある〉

　また話したいことか。もったいをつける史哉にもどかしさを覚えつつも「分かった」と一言返した。

〈やっぱり昼はどう？〉

〈仕事じゃないのか？〉

〈色々あってさ〉

煮え切らない返事だった。

〈構わないが、飯はソニャールに行く〉

土曜日から減量期間に入っている。元々は自分で管理してやっていたが、いつからか潤がソニャールで用意してくれるようになっていた。店内の料理の匂いに食欲との格闘は避けられないが、トレーニングだけに集中できる点でありがたいことこの上なかった。

〈ソニャールに行く前に少し話せないかな？〉

ソニャールで共に昼食をとる気はないということか。食事制限をする兄に気を遣ってのことだろうか。

〈じゃあ十二時に来てくれるか？〉

〈ジムの前のテラスでいい？〉

史哉が指定してきたのは隅田川沿いの散策路だった。伏見ジムの選手がロードワークでよく走る道だ。

〈構わない〉

それだけ送ると臣吾はシャワー室へ入った。

シャワーを浴びて練習場へ行くと数人の若いボクサーが練習をしていた。彼らはジムの空いている昼間に練習をし、夜はバイトで生活費を稼いでいる。そうやって世界を目指しているのだ。

かつては自分も覚悟を決めその道を歩もうとした。しかし自分が実際に歩んできたのはそれよりも険しく遠回りの道だった。だからこそ自覚もしている。今度のタイトルマッチを制することは彼らを叱咤激励することにもなる。これからの伏見ジムを引っ張って行くのはこの若いボクサーたちだ。その彼らに道を示すことも自らの役割なのだという使命感を抱いていた。

その中に健太の姿を認めた。マットの上でアップのつもりかストレッチをしていた。今日は火曜だ。学校ではないのか。

「何してんだ、お前」

「あ？」

健太が気怠そうに顔を上げた。

「練習だよ。悪いのかよ」

「学校はどうした」

「いいだろ、別に」

その口振りから察するにサボったに違いなかった。

「ここは不良の駆け込み寺じゃねえんだ」

「なんだよ、練習しちゃ悪いのかよ」

「身の入らない練習なんかしない方がましだ。さっさと帰れ」

「うるせえな。噛ませ犬の癖に偉そうにすんなよ」

その言葉で練習場の雰囲気が変わったのを感じた。このジムに臣吾を腐すようなボクサーはいない。彼らは各々の練習に取り組んでいたが、明らかに健太に対する敵意を強めていた。これ以上ここで口論をしても彼らの練習の邪魔になるだけだ。

「おい、健太」

伏見だった。会長室から顔を出していた。

「ちょっと来い、学校から電話だ」

チッと舌打ちをして健太は会長室へ消えていった。いいタイミングだった。

臣吾は息を吐くとミット打ちのためにグローブを手にはめた。


十ラウンドのスパーリングを終え、時計を見ると十二時になるところだった。臣吾の練習方法は徹底していた。質を求めるのは当然のこととして、とにかく量にこだわった。年齢に加え、ボクシングから離れていた期間が長いことをハンディと捉えていた。それを埋められるのは練習量だけだ。今時流行らないスタイルかもしれなかったが、こうして結果へ繋がっていることが自信を深めさせていた。

再びシャワーで汗を流すと、トレーニングウェアに着替えてテラスへ向かった。

史哉は花壇のブロックにトレンチコートを羽織ったスーツ姿で座っていた。

「どうだい調子は？」

「絶好調だ。心配には及ばない。お前の方こそどうなんだ。仕事中だろ」

「ボチボチだよ」

「景気の悪い返事だな」

硬い史哉の表情に臣吾は不穏な空気を感じ取った。臣吾は史哉の横に座った。

「なんだ話って」

「あのさ——」

史哉は顔を正面の隅田川の方へ向けた。穏やかな流れが牧歌的な雰囲気を醸していた。

「体調が悪くて、昨日病院に行ったんだ」

「病院？　どこか、悪いのかお前」

急な話に嫌な予感がした。

「どうやら、そうみたいだ」

「そうみたいだって——」

臣吾は史哉の顔を見た。

「膵臓癌だって言われた」

史哉は尚も前を向いていた。

「え？」

想像もしていなかった病名に臣吾は言葉を失った。

「ごめん」

「——大丈夫なのか、お前」

「分からない」

「分からないって病院の先生は何て言ってるんだ。どうするんだ、これから」

矢継ぎ早に言葉が口を衝いて出た。

「明日から入院する予定」

史哉がこちらを向き臣吾の目を見た。

「あと、半年だって」

瞬時に鼻の奥がツンとした。

「嘘だろ……」

「ごめん」

弟の発した言葉の意味は理解できていた。だがそこに現実感が伴ってこなかった。

史哉が余命半年――。

「真帆ちゃんは知っているのか？」

史哉は頷いた。その目からは涙が溢れていた。

「――何でだよ」

自分の声が震えていることに気づいた。

「何で、お前が」

臣吾は頭を掻きむしった。

「何でだよ」

「ごめん、こんな大事な時期に」

「そんなことはどうだっていい」

臣吾は花壇のブロックを叩いた。

「どこの病院なんだ？」

「両国総合病院」

「今日はこれからどうするんだ？」

「とりあえず、入院の準備をするよ」

「明日の何時だ？　俺も一緒に行く」

「いいよ、練習があるだろ」

「馬鹿野郎、そんなこと言ってる場合か」

臣吾は声を荒らげた。

「十時に予約を取ってある」

史哉が力のない声で答えた。

「分かった」

弟を不安にさせぬよう臣吾は力の限り平静を装った。

10

強い兄を持ったことに史哉は感謝した。

最後には臣吾の声に震えはなくなっていた。肉親の死に直面するのが三度目となると、精神的にも強くなるのだろうか。兄のその姿は史哉を僅かばかり安堵させた。人の困惑する姿を見るのはもう嫌だった。

しかしこれから兄はもっと強く、もっと大きくなっていく。その軌跡をこの目で見るつもりでいた。だが、その未来は陽炎のように彼方で揺れていた。

史哉は臣吾と別れ、吾妻橋に足をかけていた。あの日以来避けていた場所だったが、街を一望できるこの橋が史哉は好きだった。

首都高を車が走って行く。高架橋を高い音を立て電車が渡っていく。観光客を乗せた水上バスが隅田川を進んでいく。そして、それらをスカイツリーが見下ろしている。

こんなにもたくさんの人々が生活を営んでいる世界から自分は弾き出されてしまった。

なぜ、俺が――。

以前、吾妻橋を歩いて渡った時のことが思い出された。古謝を尾行した時のことだ。あれからたったの数週間で自分がこんな状態になるなんて。

なぜ、あいつは生きながらえているのに、俺は燃え尽きねばならないのだろうか。あまりに理不尽だと思った。

不意に心の奥底が疼いた。この数日、縛りつけてきた感情だった。臣吾は新しい人生を歩むためにそれを捨て去るのだと言った。しかし、今の俺に残された時間は多くない。この感情を制御することに意味などあるのだろうか。

目をつむり会ったばかりの臣吾を想った。

今、兄貴は一人で俺の死を覚悟していることだろう。せめて、母ちゃんが生きていれば、悲しみを分かち合うことのできる肉親がいれば――。母ちゃんが殺された時、俺たちは二人だった。幼かった自分は当然としても、兄の臣吾にとっても弟の自分の存在は前を向かせるものだったはずだ。だが、これから兄は一人でそれと対峙をしていかなければならない。

せめて母ちゃんが生きていれば。あの男さえいなければ。

拳を握りしめた。頭の中に現れた古謝の脳天に鉄槌を振り下ろした。何度も、何度も、何度も。

お前が死ね。

お前が死ね。

食い縛られた歯が顎を震わせていた。涙が目から溢れた。

そして再び目を開いた時、史哉は悟った。

そうだ、これは使命なのだ。俺が授かった使命なのだ。

なぜ、神が俺と古謝を引き合わせたのか。その理由が分かった気がした。

全て必然だったのだ。

肥大した殺意は固く縛りつける鎖を粉砕した。

空がさっきよりも青く見えた。

11

目が冴えわたっていた。

今日の朝は何か嫌な夢を見た気がして目が覚めた。

しかし、内容は全く覚えていなかった。不愉快な胸騒ぎだけが波紋として残っていた。

「朝ご飯はオムライスね」

真帆が史哉の好物を言った。

「そんなに朝から頑張らなくていいよ」

「いいの、これからはしばらく病院食でしょ。普通の食事が恋しくなるんだから」

明るく振る舞う真帆を見て史哉の目頭は熱くなった。

昨晩も買い物袋をぶら下げて帰宅すると、食欲のない史哉のためにつまみ程度の量の品を幾つも食卓に並べた。

これから真帆はどれだけの寂しい時間を独りで過ごすのだろうか。それを想うと真帆の笑顔が痛々しいものに見えてならなかった。ただ一つの救いは建築士としての夢が真帆にはあるということだった。その夢がきっと真帆を前に歩ませてくれる。

真帆の未来を奪ってはならない。

そう考えた時、僅かに残っていた心の揺らぎはピタリと止まった。

もう、それしかない。

これは最後の真帆の手料理だ。一口ずつ噛みしめるように食べた。

朝食をとると史哉は着替えをした。真帆は史哉の下着などを鞄に詰めていた。

「何も持たないの？」

手ぶらの史哉を怪訝そうに真帆は見た。

「スマホがあれば、何とかなるだろう」

「え、何それ。なんか必要だったら言ってよ、持っていくから」

「大丈夫だよ」

そうして準備を終えると、二人は呼んでいたタクシーに乗り込んだ。

病院に着くと、待合室にはもう臣吾が来ていた。

「おはようございます」

真帆が臣吾に挨拶をした。

「おはよう」

臣吾の顔には僅かに髭が伸びていた。

受付で診察券を提示すると、間もなく名前を呼ばれた。

御厨は臣吾の姿を認めると神妙な面持ちになった。親族に現実を突きつけるのは仕事といえど心に負荷をかけるに違いない。

「史哉の兄です」

「御厨です」

挨拶を済ませると御厨は現在の病状について事細かに説明していった。それを聞いて、やはりもう自分は助からないのだと感じた。しかし、絶望感はなかった。もちろん死ぬのは怖かった。だが、やがて来るその日を俺はただ怯えて待つのではない。

「これからの治療方針ですが、放射線療法や抗癌剤による化学療法が中心となります」

既に手術をできる状態になく、延命措置しかできないということだった。

「先生」

詳細を説明しようとする御厨を史哉は遮った。

「はい」

「入院を取り下げられないでしょうか？」

「え？」

真帆と臣吾の声が重なった。御厨だけはただ黙って史哉を見ていた。きっとこういう患者も少なくはないのだろうと思った。

「どうしてでしょう」

「僕の命はどうあがいても長くないんですよね？」

「だから入院して治すんだろ」

臣吾が怒りを押し殺した声で言った。

「治らないんだって」

自分でも驚くほどに声が冷たく響いた。

「史哉」

真帆が史哉の腕を摑んだ。

「それは入院せずに、在宅療養をご希望ということですか？」

御厨は史哉の意図を理解したようだった。落ち着いた口調だった。

「そうです」

「そんなことができるんですか？」

真帆が聞いた。

「在宅療養を希望される方もいらっしゃいますね」

御厨は判断を迷っているようであった。

「残された時間を病院ではなく、自宅で過ごさせてください。少なくとも身体が動くうちはそうさせていただけないでしょうか。人生に悔いを残したくないんです」

その言葉は御厨だけでなく、臣吾と真帆にも向けたものだった。

「そうですか」

「それでちゃんと治療できるんですか」

臣吾が御厨に詰め寄った。

「定期的に抗癌剤治療を受けるために通院してもらいますが――」

「抗癌剤治療も結構です」

「何言ってるんだ」

臣吾が声を張った。

「副作用に苦しめられたくありません。痛み止めだけ処方してくだされば大丈夫です」

抗癌剤の副作用については昨日ネットで調べていた。これから自分のやろうとしていることは高い集中力と体力を要する。吐き気やだるさなど身体に変調をきたす可能性のある抗癌剤治療は避けたかった。

「抗癌剤を使わなかったら、病の進行を早めます」

「分かっています」

「芹沢さんのことはご家族の皆さんも考えています。一度、ご家族で――」

「必要ありません。誰に何と言われようと、僕は拒否します」

異論を挟ませまい。史哉は敢えて強い言葉で言い放った。

「史哉！」

「兄貴、悪いけど、自分の人生は自分で決めさせてくれ」

「なんだとっ」

臣吾の唾が顔に飛んだ。

「落ち着いて、史哉」

真帆が再び史哉の腕を摑んで止めに入った。

「芹沢さん、在宅療養となればご家族のご協力は欠かせません」

御厨が宥めるように言った。

「はい。だから、二人には、理解してほしい」

史哉は俯き加減に言った。

臣吾の荒い呼吸だけが聞こえた。

「奥様はどう思われますか？」

御厨が沈黙を破った。

「私は――」

「真帆も心配しなくて大丈夫だ。今まで通り暮らせばいい。本当に駄目になった時は、ここで先生のお世話になります」

史哉は御厨に頭を下げた。

「そしたらもう一日皆さんで考えますか？」

御厨は臣吾と真帆に向かって言った。

「いえ、大丈夫です」

真帆の声だった。

「お義兄さん、ごめんなさい」

真帆は臣吾の方を向いて、そして頭を下げた。

「それが史哉の意思だって言うならそうさせてあげてほしいです」

臣吾は黙ったままだった。

「兄貴、ごめん」

診察室を出て長椅子に並んで座ると、史哉は臣吾に詫びた。

「昨日一日考えて出した結論なんだ」

「気が迷ってるだけだろ」

「もうゴチャゴチャ考えてる時間はないんだ。その時間がもったいないんだ」

残された時間は短い。決して自棄になっているわけではない。自ら望んだ終末であることを分かってほしかった。

だが無理もない。病状を告げられたのは一昨日だ。これだけ短い時間で冷静な判断をできているとは思えないのだろう。しかし今、自分の中には死への恐怖を上回る使命感があった。

「そんなこと、言うな」

臣吾は呆然と壁を見つめていた。母が亡くなった時でさえ強く振る舞っていた兄の心の乱れがありありと窺えた。必死になって幼かった自分を育ててくれた兄の気持ちを踏みにじったようで、胸が痛んだ。

それから処方された薬を受け取ると、史哉は真帆とタクシーに乗った。

「兄貴。ごめんな」

窓を開けて再び臣吾に言った。

「謝るな、馬鹿」

「今度の試合は絶対に応援に行くから。絶対に勝ってくれよ。俺のせいで――」

話していて涙が溢れてきた。

「絶対に勝つ。馬鹿なこと言うな」

臣吾は表情を変えずに言った。

「それじゃあ、もう練習に戻った方がいいんじゃない」

「そうさせてもらう」

「じゃあね」

史哉は窓を閉めると前を向いた。発進していいのか迷う運転手に「行ってください」と告げた。

タクシーの中で史哉は無言だった。隣に座る真帆も口を開かなかった。家に戻ったらすぐにしなければならないことがある。気が重くなった。それは昨日構築した計画の中の最初の関門でありながら、最も避けたいものであった。しかし、そこを通過しない限り先へは進めない。

アパートの部屋に戻ると、真帆はバッグに詰めていた史哉の下着などをしまい始めた。

「ねえ、お昼食べる？」

「え、そうだな」

一瞬迷ったが、再び真帆の手料理を食したら、決意が揺らいでしまいそうな気がした。

「大丈夫だ。あまり、腹減ってないんだ」

「そっか」

寂しそうな横顔だった。

もう、今しかないと思った。

「真帆、ちょっと話したいことがある」

「何？」

出しぬけな申し出に真帆の顔に不安の色が浮かんだ。

「そこに座ってくれないか」

史哉は食卓の椅子を指した。向かいに史哉は座った。

「何、急に」

動揺が見えた。

「とりあえず座ってくれ」

真帆はゆっくりと椅子を引き腰をかけた。

「俺なりに一日かけて考えたことを話す。納得いかないこともあるかもしれない。でも、俺の最後の願いだと思って聞いてくれ」

真帆は返事をしなかった。

「まずは結婚したばかりだというのに、こんなことになってしまって本当に申し訳ない。この通りだ」

史哉は頭を下げた。

「史哉が謝ることじゃないでしょ」

「でも、本当に真帆には申し訳ないと思っている。今日もわがままを言って悪かった」

「いいの、まだこの生活が続けられるんだと思ったら、そっちの方がいいかなって私も思ってるの」

　気丈に言う真帆の顔が見られなかった。

「でもな、俺が寝たきりになるのも時間の問題だ。いつ急変するとも限らない。仕事のある真帆に余計な負担はかけられない」

「大丈夫。会社には説明してある。会社もサポートしてくれるって。うちの会社、そういう意味でも働きやすいの」

「駄目だ。真帆にとってもこれからは仕事で大事な時期になるはずだ。俺はこれ以上真帆に負担をかけたくない」

「別に負担だなんて思ってない」

「今は、だよ。これからどんどん俺は悪くなっていく。俺のせいで苦しむ真帆を見たくない」

「何が言いたいの？」

　鋭い言葉だった。

「俺と、これ以上一緒にいるべきじゃないってことだ」

　真帆の表情は変わらなかった。史哉の真意を初めから察していたかのようだった。

「俺は近い将来、死んでしまう。このまま、一緒にいようがいまいが、どっちにしたって真帆の前から姿を消すんだ。これ以上、真帆の人生に俺が余計な足跡を付けぬうちに――」

「馬鹿じゃないの」

テーブルを叩く音が響いた。

「何でそういう話になるの？　慰めてほしいわけ？　辛いのは自分だけだと思ってるわけ？」

「違う、これが俺たちにとって一番いい結論なんだ」

「そんなはずないでしょ？　こんな状態の史哉を私に見捨てろって言うの？」

「そうするしかないんだ。まだこれから、人生はやり直せる。真帆だったらすぐにいい男をつかまえられるさ」

最後は刺々しくなった空気を和ませようと、冗談めかして言った。

「やり直すって、私の人生はここまで失敗だったってこと？　史哉と結婚したことは失敗だったってこと？」

「そういうわけじゃない。これは俺のわがままだ。いつか来る真帆との別れが怖いんだ。このままだと真帆に迷惑をかけながら死んでいく。真帆の人生を邪魔したくない」

「邪魔なわけないでしょ」

「じゃあ俺が死んだあとどうするつもりだ！」

つい語調が荒くなった。

「たとえば再婚したい人が現れたらどうする？　きっと俺の死に目に会ったら、真帆はいつまでも俺に囚われる。新しい人生を始めることに二の足を踏むことになる」

「そんなの今考えることじゃないでしょ」

「俺は真帆の人生に負担をかけたくない。真帆は自由になった方がいい。今だったら間に合うんだ」

「意味分からない」

真帆の声に涙が交じった。最初の関門の堅牢さは想像通りだった。だがここを破らねば先には進めない。

「じゃあ、史哉はこれからどうやって生きていくつもり？」

「ここを出ていく。会社からまだ給料は出るし、貯金もある。単身のアパートくらい借りられる。保険だって下りる。生活には困らない」

「違う。残りの時間何をしていくつもりなの？」

「色々だ。人生に悔いを残さないようにやりたいことをやり尽くすんだよ」

「なんなの、それは？」

「なんだっていいだろ。もう真帆には関係ないことだ」

突き放すように言った。

「私、分かってるから」

涙を拭った手の下から現れたのは射貫くような目だった。

「何がだよ」

「史哉が本当にしようとしてること」

「なんだよ」

「復讐でしょ？」

耳を疑った。

「ほら、当たった。すぐ顔に出るから」

真帆は再び涙を拭うと笑った。挑発的な仕草に映った。

「何を言ってるんだ」

「気づいていなかったかもしれないけど、最近毎晩のようにうなされてた」

「何がだ」

「毎日のように古謝、古謝って」

息が止まった。

嘘だろ――。

「前、すれ違った男、古謝だよね」

真帆の勘のよさを侮っていた。こんな形でいきなり計画が破綻するとは――。

「最初は何言ってるのか分からなかった。でも、毎日聞いてたら段々何にうなされているのか分かってきた」

そんなに毎日夢に出てきていただろうか。

「昨日の夜は、古謝を殺してやるって、死ねって、何度も何度も言ってた。怖いくらいに」

今日の不愉快な目覚めの理由はそれだったのか。自らの手に鉄槌の感触が蘇った。そうだ、俺はそれをあいつの脳天に何度も振り下ろした。

だが、認めるわけにはいかなかった。

「それは夢だよ。そんなことを俺がするわけないだろ」

「ううん、分かるから私には」

真帆は確信しているようだった。まるで脅迫されているような感覚だった。寝言という薄弱な根拠で、どうしてここまで強く迫れるのか理解できなかった。

「やめて、そんな馬鹿なこと」

「だからしないって」

「誤魔化さないで。史哉、嘘つくとすぐ分かる」

真帆は強く史哉を見つめてきた。動揺するな。史哉はその目を睨み返した。

「俺が人殺しだなんて、馬鹿なことを言うな」

「じゃあ、どうして入院やめたの？」

「言っただろ、残された人生を自由に生きたいんだよ」

「私がいると不自由なわけ？」

「違う」

「じゃあどうして？」

「誰にも迷惑かけたくないんだ。これから俺はどんどん弱っていく。真帆に負担をかけたくない」

「嘘ばっかり」

もう何を言おうと真帆の史哉に対する疑念は取り払えないように思われた。弁明できるだけの言葉も思いつかなかった。

「本当にやめて！　史哉にはそんなことしてほしくない」

「だから違うって言ってるだろ」

ただ否定するしかなかった。俺が別れを決意したのは、何も復讐を止められたくなかったからだけではない。自分の勝手で真帆の人生を壊したくなかった。そこまで理解してくれ。

「とにかく、私に別れる気なんてないから」

真帆はきっぱりと言った。

「いい加減にしてくれ！」

「だったらちゃんと納得できる理由を言ってよ。人殺しなんて何があったってやっていいわけないでしょ？　そんなことも分かんないの？　馬鹿じゃないの」

軽蔑するような眼差しで真帆は言い放った。

「お母さんを殺されてその上で病気にまでなって、自分がかわいそうだとでも思ってるの？　かわいそうだったら何をしてもいいって思ってるわけ？　そんなの誰も同情するわけないでしょ？　いいかげん大人になりなさいよ！　善悪の区別も――」

「うるさい！　お前に何が分かるんだ。俺の気持ちの何が分かるんだよ。お前みたいに幸せな環境で生きてきた人間に分かるわけないんだよ。俺の気持ちなんか」

頑なな真帆に遂に気持ちが切れてしまった。

「分かるわよ、私だってもしお母さんが殺されたら――」

「分かるわけないだろ。勝手な想像で物を言うな。俺のこの気持ちなんか分かるわけないんだ、あんな奴殺されて当然なんだ。何が分かるだ――」

真帆の憐れむような目で我に返った。

「ごめん」

真帆が謝った。

「今、私酷いこと言った。史哉の本音が聞きたくてわざと、酷いこと言った」

思わず大声を発してしまっていた。他の部屋に届いていないことを願った。

「やっぱりそうなんだね」

「違う、今のは――」

「大丈夫、無理しないで」

「だから違うって」

「確かに私には想像することしかできない。でも私が史哉と同じ境遇に置かれたら、そういう決断をしないって言いきれる自信がない」

「だから――」

「だから、協力する」

「は？」

何を言っているんだ。

「協力って――」

「復讐に、協力するよ、私」

一転して諭すような口調になった。

「馬鹿なこと言うなって」

「だってそうしないと、あんまりでしょ……」

真帆の声に涙が交じり、言葉を詰まらせた。

「何言ってんだ」

「最初は、私も耐えるしかないんだって思ってた」

「そうだよ、耐えるしかない」

「でも、史哉が病気だって分かって、昨日の夜あんなに苦しんでいるのを見て、史哉はどんな気持ちで自分の病気を受け入れたんだろうって、残りの時間をどんな気持ちで生きていくんだろうって、なんであいつは生きているのに自分はって。そう考えたら、史哉がかわいそうで――」

真帆は言葉を詰まらせた。

「私には史哉を止められない。だって、こんなのあんまりでしょ？」

テーブルに真帆の涙が落ちた。

「史哉だけに手を汚させられない」

呆然とした。それが真帆にとっての正義であり、俺に対する愛情なのだろうか。正しい倫理観とは一体なんなのか、史哉には分からなくなっていた。

だが、真帆は真っ当な人生を歩める人間だ。こんなことに巻き込んではならない。

「真帆、俺の人生はもうすぐ終わる。でも、真帆の人生はまだずっと続くんだ。いくらでも幸せになることができるはずだ。その未来を放棄するようなことをしちゃ駄目だ」

真帆がゆっくりと顔を上げた。

「だったら、絶対に捕まらないようにすればいいじゃない」

まるで心が全て見透かされているようだった。

「真帆――」

「そうでしょ？　捕まらないように一緒に考えよう、完全犯罪を」

「完全犯罪って――」

その空想じみた言葉は真帆にあまりに似つかわしくなかった。

しかし、その通りだった。

古謝に天誅を下す。それが昨日、吾妻橋で見出した使命だった。この巡り合わせは神からの導きなのだ。母親を殺されてから初めて神の存在を意識した。そこに思い至った時、一瞬だったが死への恐怖が消えた。余命を宣告されてから初めてのことだった。死に怯えている時間などないのだ。あいつを殺すためには入院などしていられない。

しかしすぐに臣吾の顔が浮かんだ。ただ一人の肉親である臣吾を「殺人犯の兄」にすることは絶対にできなかった。兄は今、自らの人生を輝かせるための岐路に立っている。世界チャンピオンという栄誉、そして潤との将来。これまでの人生、兄はほとんどの時間と金を弟の自分のために費やしてきた。そこから解き放たれ、ようやく自分の人生を切り開こうとしている。その兄の未来を閉ざすことだけは決してあってはならない。

この殺意はより強く縛りつけるしかないのか。

でもこれは使命なのだ。

一体どうすれば――。

並行していた二つの線が一点で交わった。

完全犯罪だ、それしかない。兄の未来を守るためにはそれしかない。それが史哉の出した結論だった。

そのためには真帆と別れるしかなかった。共に暮らしていたらこの計画を隠し通すことはできないだろう。それにもう俺は真帆の愛してくれた芹沢史哉ではない。殺人を決意した外道を歩む男なのだ。そして何より真帆も「殺人犯の妻」にすることはできなかった。万が一にも失敗すれば真帆の人生までも狂わせる。もう俺の人生からは離れて真帆の人生を歩むべきだ。今生の別れだ。その想いで切り出した話だった。

だが目の前の真帆は史哉の想像を大きく裏切った。

「殺人に協力するなんて——」

本当に、お前は真帆なのか。背筋に寒気が走った。

「完全犯罪」

突如その言葉が蠱惑的な響きを持って史哉の心を揺さぶった。その精度を上げるのであれば一人よりも二人の方がいいかもしれない。

「私は大丈夫だから、絶対に捕まらないようにすればいいんだから」

「真帆——」

もし、その道を選ぶのならば、俺はもう、真帆に愛情を感じる資格などない。真帆はミッションを完遂するためのただのパートナーだ。

そう思うと、迷いのない真帆の目に頼もしさすら覚えた。

切なさが去来する。

もう今までのような関係には戻れない。

別れを決意していたはずなのに、矛盾した感情がこみ上げた。

古謝は次々と俺から大切なものを奪っていく。

脳裏に古謝の醜悪な顔が浮かび上がった。

許さない。

次は俺の番だ。

待っていろ、古謝。

貴様の命を奪いにゆく。

12

冷たい夜気に体温だけでなく気力までをも奪われていくようだった。

久方ぶりの夜のロードワークだった。いつもであれば練習の最後に長距離を走る体力など残っていない。出がけの伏見の怪訝な顔から逃げるように臣吾はジムを飛び出していた。いつもと変わらぬ賑やかなジムは昨日から異世界へと姿を変えていた。居心地の悪さを禁じ得なかった。何も知らぬスタッフらに無理して平静を装う余裕はなかった。練習に全く身が入らなかった。一人になって気持ちを落ち着けたかった。

しかし一人になっても同じことだった。史哉が入院と抗癌剤治療を拒否したという事実が心を揺らがせていた。

一体、何を考えていやがるんだ、あいつは。

一時間ほどして臣吾はジムへ戻った。しかし気持ちの波は全く収まっていなかった。

「おい、臣吾」

練習場へ戻るなり、目敏く伏見が声をかけてきた。

「ちょっといいか？」

正直、誰かと話などしたくはなかった。だが伏見は有無を言わせぬ調子でついて来いとばかりに会長室へ突き進んでいく。臣吾は抗うことができずに伏見の後を追った。

「座れって」

会長室の扉を閉めると伏見が言った。臣吾は言われるがままにパイプ椅子を広げた。

「どうだ、調子は？」

「ボチボチです」

「そうか」

伏見の返答はそれだけだった。今の会話には特に意味はなさそうだった。

「大事な時期のお前に言うべきか迷ったんだけどな――」

伏見は意味深長に切り出した。

「健太の奴なんだが、辞めるって言いだした」

「そうですか」

健太はこれまでにも何度か辞めると言いだしたことがあったから、特段驚きはなかった。その度に伏見が説得に赴くのを目にしていた。才能はあっても所詮その程度の志だ。

「今度は本気らしい。インターハイで優勝して、やる気がなくなったとよ」

「どうせ遊びたいだけでしょうが、やるもやらないも本人の自由です。やる気がないなら辞めればいいんです」

突き放すように聞こえたかもしれないが、それが偽らざる本心だった。

「でもな――」

「なんでその話を僕に？」

「もったいないと思うだろ、お前も」

それだけが理由なのだろうか。今一つ腑に落ちなかった。

「どうでしょう。才能はあるかもしれませんが、あの程度の意識じゃ簡単に抜かれますよ。別の選手に力を注いだ方がよっぽど効率がいい。ジムの雰囲気も間違いなくよくなるでしょうし」

伏見の意に反することは分かっていたが、本心をオブラートに包む余裕はなかった。

「そうか。お前は健太に厳しいからな」

伏見が含みを持たせた。そういうことか。

「僕のことも言っていたんですか？　あいつは」

「いや、そういうわけじゃないが――」

言葉を濁したが、健太は煙たい臣吾の存在も辞める一因であると言って、伏見を余計に困惑させているに違いなかった。俺に対する短絡的な意趣返しだ。一体なぜ伏見はそこまで健太の肩を持つのだろうか。だが、恩のある伏見の苦悩する顔は見たくなかった。その臣吾の心情を分かった上で匂わせるのが伏見の狡さだったが、憎む気にはなれなかった。

「それとこれは黙っていてほしいんだが――」

「分かりました、会長」

伏見が何か言いかけたが臣吾は言葉を重ねた。

「今度、ジムにあいつを連れてきてください。気持ちが変わるか分かりませんが説得しますよ」

「本当か？」

「ええ、多少の荒療治になるかもしれませんが」

説得と言ってもこちらが折れて甘い顔をするのは筋が違う。

「お手柔らかに頼むぞ」

「それは分かりません」

臣吾は真顔で答えた。

「悪いな、こんな時に」

「いえ、大丈夫です」

そう言うと臣吾は席を立った。

「でも、どうした。こんな時間にロードワークなんて」

伏見は臣吾の格好を見やって言った。やはり、伏見の目は誤魔化せないか。

告げるべきか迷った。これ以上心労をかけたくはない。だがいつか言わねばならぬ時がくる。

それならば今言ってしまった方が楽だった。

臣吾は再び椅子に腰を落とした。

「会長、実は史哉が――」

13

翌日、真帆はいつもと同じように出勤していった。

一見すれば以前と何も変わらぬ一日の始まりだったが、状況は大きく変わっている。部屋に一人になり、史哉は虚空を見つめた。

昨晩、史哉は古謝を発見した経緯について真帆に話した。真帆はよからぬことが起こったことを感じ取っていたと言った。あの時のことを話していると徐々に自身に熱が帯びてくるのが分かった。醜い自分が曝け出されていた。こんな感情を真帆に見せるのは初めてだった。幻滅しただろうか。しかし真帆の目はそれこそ史哉が初めて見る冷たい色をしていた。真帆は仲間になったのだと痛感した。そして、その存在が自分の気持ちを強くしていることを否定できなかった。だが、心の内には真帆を加担させることへの抵抗が残っていた。それに真帆には仕事もある。「計画はひとまず俺が考える」と真帆に言った。

身体を大きく伸ばし、血流を促した。

完全犯罪。

文字に起こせばたった四文字の言葉が史哉の前に立ちはだかっていた。

日本の優秀な警察の目を欺き、逃げおおせる。そんなことが自分に可能なのだろうか。いざその難題と向き合ってみると、自分は途方もなく無謀なことに挑もうとしているのだと今更ながら気づかされた。

とりあえず、情報を集めることから始めるしかなかった。俺に残された時間は長くない。そうやって自分の死と冷静に向き合えるのが、古謝に起因しているというのは何とも皮肉な話だった。

検索のためにスマホのロックを解除するとラインが一通来ていた。浅草支社の同期の間宮《まみや》　誠《まこと》だった。人当たりのいい誠とは比較的馬が合った。

〈お前、なんかあったのか？〉

史哉の身に異変があったことは察しているようだった。突然会社に来なくなれば当然だろう。しかし、まさか友人が余命宣告を受けているとは夢にも思っていまい。だが、本当のことは伝えられない。これ以上、自分の周りの人を悲しませたくない。問題を先送りにしているだけかもしれなかったが、考えたくはなかった。

〈ちょっと入院することになった。盲腸みたいなもんだよ。しばらく、留守にするけど寂しがるなよ笑〉

返信はすぐだった。

〈どこの病院だよ。皆で見舞いに行くぞ〉

〈品川の方の病院だけど、落ち着くまで面会禁止なんだ。悪いな〉

やむなく嘘のメッセージを送った。すぐに返信があったが、史哉はもう開かなかった。

集中するんだ。

史哉は仕切り直し、検索エンジンを開いた。そして文字を打ち込もうとして手を止めた。

万が一にも古謝を殺害したことを警察に疑われた時、こんな検索履歴を見られたら弁明のしようがない。履歴から削除しようと、警察の力を持ってすれば復元など造作ないはずだ。家のパソコンも然りだ。そうなるとネットカフェくらいしかないか。たしか一つだけネットカフェの会員証を持っていたはずだ。しかし、自分が容疑者になった時のことを考えるとそれを使うのも憚られた。きっと、俺が何を調べていたのかなど、すぐに突き止められるだろう。

免許証を偽造して、新たな会員証を作るか。

よからぬことが頭を掠めた。

史哉は自分の免許証をカードケースから取り出した。このカードの硬質な作りを再現するのは自分の技術では難しいだろう。だが表面的に似せることくらいはできるかもしれない。史哉も仕事柄、免許証で本人確認を行うことがよくあったが、形式的な作業に終始し、その真贋を疑ったことなどなかった。ましてやネットカフェの店員はバイトの若者ばかりだろう。その目を欺くことは案外たやすいのではないだろうか。

史哉は自宅のコピー機に自分の免許証を置き、カラーコピーをした。吐き出された紙をカード状に切り取り、カードケースに入れた。カードケースの曇りが多少の粗は誤魔化してくれそうだ。問題は硬さだが他の硬質のカードと一緒に入れておけば、触っても紙だとバレにくい。仮に疑われるようなことがあれば、奪い返してそのまま逃げればいいのだ。最悪、警察に届け出られる可能性はあるが、軽微な犯罪だ。変装していけば特定されることもないだろう。

史哉はパソコンを開きエクセルを起動した。そして、手元の免許証を参考にそのデザインや表記を再現していった。氏名は丁度テレビに現れたタレントの名前からそれぞれ拝借し「森野《もりの》剛史《つよし》」と記載した。住所は適当に新宿区下落合のアパートとした。問題は顔写真だ。コピーを取られる可能性を考えると自分の顔は使いたくはない。そうかといってあからさまな他人の顔も使えない。辛うじて本人確認が可能な線を攻めねばならない。史哉はネットで顔の系統の近い写真を見つけると、アプリで小太りに加工を施した。わざわざ顔を凝視してまで本人確認をされることはないだろう。それに免許証の顔が不細工に映るのは人間の悲しい性だ。自分だと言われればそう見えるし、他人だと言われれば他人に見える絶妙な顔写真が完成した。変装を加えれば雰囲気が変わったと捉えられるくらいで済むだろう。元々凝り性な性格だ。こういう作業は嫌いではなかった。サイズや色合いなどを数回調整したあと、三十分ほどで両面が完成した。悪くない。本物と見比べても遜色のない出来栄えだった。それをハサミで切り出すと、薬局のポイントカードの表裏に、両面テープで接着する。カードケースにしまってみると、それは正真正銘、免許証に違いなかった。自分が顧客に出されても疑いもしないだろう。これで完成だ。早速試してみたかった。

　史哉は着替えをし、近所のネットカフェへ向かおうとして足を止めた。そうだ。史哉はスマホを取り出し位置情報機能をオフに設定した。危ない。ここから行動経路が発覚したら元も子もない。それにまずは変装道具を買いに行った方がいい。

　衝動で動いてはいけない。警察は何を糸口に真相に辿り着くか分かったものではない。慎重に慎重を重ねるべきだ。史哉は簞笥からリバーシブルのダウンジャケットを取り出し羽織った。表がグリーンのチェック柄で裏返すとネイビーになっている。万が一にも逃亡するような事態になれば有効だ。そしてスキー用品のニット帽を被った。ズボンは今穿いているジーンズでいいだろう。顔もできれば雰囲気を変えておきたい。あるものと言えばマスクくらいだったが、とりあえずこれでいい。

そしてリュックサックを持ってアパートを出ると、蔵前駅へ向かった。買い物も極力この近辺は避けた方がいい。足がつかぬようICカードではなく切符で入場すると新宿へ向かった。新宿駅の東口へ出ると、新宿通りを東に進んだ。少し歩いたところにある衣類の量販店へ入った。一般的なカジュアルな衣類から、作業着まで扱っている大型店舗だった。自分の服装の趣味が反映されるものは避けたかった。史哉は五階にある作業着売り場へ向かい、比較的カジュアルなグレーの作業着を購入した。これであれば、何度か見かけた程度では記憶にも残らないだろうし、ネットカフェにも溶け込めそうだ。併せて売っていた靴と作業帽も購入した。

それから店を出ると駅の方向へ戻り、途中にあったパーティ用品等を扱う雑貨店へ入り伊達眼鏡を購入した。

そして史哉は百貨店のトイレの個室に入り着替えをした。着ていたものをリュックサックに詰め、人の気配がなくなるのを待って個室を出ると、鏡で出来栄えをチェックした。最初は見慣れぬ我が姿に違和感を覚えたが、変装自体に不審な点はないだろう。

確認を終えると史哉は百貨店を出て、チェーン展開しているネットカフェへと向かった。浅草にもある大手だ。万が一、免許証の偽装がバレた時のことを考えると、多少離れた新宿店の方が安心できた。ここで会員証さえ作れれば、浅草の店舗でも使えるはずだ。史哉はエレベーターの中で偽造した免許証を取り出し、氏名と住所を改めて確認した。そして呼吸を整えると中へ入った。受付にいたのは学生と思しき若い女だった。

「いらっしゃいませ」

史哉は無視をした。多少柄の悪い人間を装った方が、舐められずに済むだろう。

「会員証はお持ちですか？」

「いや」

「ご利用には会員証が必要になります。お作りしてよろしいでしょうか？」

「うん」

「それではこちらの用紙をご記入ください」

そう言って女は申込用紙を差し出した。ペンを受け取り、筆跡を崩してさっき作った偽名を書いていく。

書き終わると記入用紙を反転させ店員に見せた。

「ご本人様を確認できるものはありますか？」

「免許証でいい？」

「はい、結構です」

史哉はカードケースを取り出し「はい」と言ってカウンターに見えるように置いた。ここで確認しろとばかりに、史哉はカードケースから手を離さなかった。内心の焦りを必死に隠した。もし不審に思われたら、一目散に逃げるんだ。店員の目が免許証に向くたびに、手に汗が滲んだ。しかし、店員は疑う様子もなくその場で免許証と記入用紙を見比べていく。顔写真と史哉の顔を見比べることもなかった。そして最後に免許証番号を紙に記載した。

「はい、ありがとうございます」

店員が本人確認作業を終えた。すぐに会員証が偽名で作られた。これで自由にネットが使える。

「十五番のお部屋です。突き当たりを右です」

史哉は番号札を貰い、案内された部屋へ入った。

リクライニングの椅子に腰を落とし、一息を吐いた。

案外簡単だ。このまま全ての計画が上手くいけばいい。

史哉は椅子に座り直すと、検索エンジンを開きキーボードで「完全犯罪」と打ち込んだ。

画面が切り替わる。

〈完全犯罪とは――〉

一番上に出てきたサイトを開いた。

〈完全犯罪とは犯行実行後に犯行の実行者が法的に裁かれない状況を指す。主に以下のような状況である〉

〈①加害者が捕まらない〉

〈日本国内において殺人などの重犯罪の検挙率は八割前後という高い数値を誇っているが、逆説的に言えば残りの二割は逃げおおせているということである。二〇一〇年に殺人罪については公訴時効が撤廃されたが、日本には時効成立により完全犯罪が達成された事件が数多くある〉

二割が逃げおおせている。その数字が多いのか少ないのか史哉には分からなかったが、あまり参考にできるものではなかった。今回の場合は自分が加害者であることが発覚した時点でアウトだ。捕まろうが逃げおおせようが、臣吾と真帆に加害者の親族であるという烙印が押されれば、彼らの未来は閉ざされる。

史哉は続きを読んだ。

〈②犯行が発覚しない〉

〈被害者の遺体が発見されず、行方不明で処理される、遺体は発見されるが事故や自殺として処理されるといったものが挙げられる〉

これは無難な方法かもしれない。犯行が発覚しなければ、当然加害者も存在しない。警察による捜査も行われない。

新たにタブを開き「行方不明者」と検索をかけた。

〈日本では年間八万件もの行方不明者届が警察に届けられている〉

こんなにいるのか。サイトに書かれたその数は想像を遥かに超えていた。これだけの人間が行方不明になっているのであれば、そこに古謝を紛れ込ませることは案外たやすいかもしれない。何かしらの方法で古謝を人目のつかないところへおびき寄せ、殺害し死体を山中などに埋めて処分する。至極単純だが自らを安全圏に置けるいい方法だ。

それに、と思った。古謝を殺すなら、できる限り苦しめてやりたかった。母の香澄は古謝に何度も刺され死んでいった。その時の母の恐怖と苦しみを考えると、生温い方法では釣り合わない。徹底的に苦しめてやりたかった。この方法であればそれが可能だ。

ふと、血の気が引いた。俺はこんなに残虐な人間だったのか。心の内に現れた感情に愕然とした。

「仕方ないだろ」

史哉は画面に向かって独り言ちた。誰だって俺と同じ境遇に見舞われれば同じことを考える。兄貴だってきっと――。

俺にはこれしかないんだ、残された時間でできることが。俺にも人生を豊かにするだけの時間と夢があればよかった。それがあればこんな道は選ばなかっただろう。でも不幸なんかじゃない。これは俺だけに遺せる唯一の生きた証なんだ。

史哉は息を吐き出し気を取り直すと、パソコンの画面に目を戻した。

〈しかしそのほとんどが発見され、最後まで行方の分からないのは数百人から数千人である〉

気持ちが急転直下した。さすがにそうか。八万人もの人間が忽然とこの世から姿を消すはずもない。更に行方不明者に関するニュース記事を見ていくと、「警察は何らかの事件に巻き込まれたとみて捜査している」といった文言が目立った。失踪に至る必然性がなければ、事件性を疑われると考えた方がいいかもしれなかった。

古謝が失踪する理由。過去に殺人を犯した人間だ。その過去を知る人間から脅された、というものが浮かんだが、それはまさに事件性以外の何物でもない。それにだ。もしその線で警察が捜査を展開した場合、真っ先に疑われるのは自分と兄ではないだろうか。殺人事件の被害者遺族が、すぐ近くで生活していることが分かれば、どんなぼんくらな刑事だってそこに復讐の臭いを嗅ぎ付けるはずだ。

そうなると行方不明者として捜査されるのはリスクを孕む。それに殺害したあと、遺体を運ばなくてはならない。自分は車を持っていない。レンタカーを借りるとしたら免許証が必要だろう、当然、本物は使えない。そうかといってさっきのような誤魔化しが車を借りる時に通用するとは思えなかった。それか車を買ってしまうか。しかし、もしも犯行時に車を目撃されれば、持ち主はすぐに特定されるだろう。

やはり「正攻法」で殺害するしかないだろうか。殺人で処理されても、そこに自分を結び付けられなければいい。例えば物盗りの犯行に見せかけるのはどうだろうか。古謝の自宅を物色中に、現場を古謝に押さえられ殺してしまった。ありえない話ではないだろう。あの社員寮は古びてはいたが、コンクリート造に見えた。音は響きにくいはずだ。一つの可能性として検討の余地はある。

　更にそこにアリバイがあったとしたらどうだろう。仮に物盗りの偽装がバレてしまい自分に疑惑の目が向いたとしても、同時に二つの場所に人間は存在しえない。真帆に嘘のアリバイを証言してもらうか。いや、そんなの駄目だ。親族の証言が証拠能力など持つはずもない。

　何か方法はないものか。ネットを漁っているとミステリマニアが作ったと思われるアリバイ工作の方法が列挙されたサイトを見つけた。

〈犯行時刻・死亡推定時刻を誤認させる〉

〈例えば物盗りの犯行に思わせて、真の犯行時刻でない時間に物盗りの音を隣人に聞かせ、その時刻を犯行時刻と誤認させるというものです。加えて何らかの方法で現場に別の人物をおびき寄せ、その人物を物盗り犯と誤認させることで自分から警察の目を逸らす合わせ技もあります〉

　それはないだろと呆れ果てた。捕まった人物はすぐに無実を主張する。こんな杜撰な方法で警察の目を欺けるはずがない。それに検死をすれば死亡推定時刻はすぐに割り出されるはずだ。フィクションの世界の話だとしても粗すぎる。

　そこまで考えて思い至った。検死か。自分は犯罪の初心者だ。どういう方法を取るにせよ、警察を欺くのであれば法医学の世界についても知っておく必要があるのではないか。史哉は更に一つタブを開き「法医学」と打ち込んだ。

〈検死は事件性のあるものは当然ながら、事故死、自殺に加え、自然死であっても病院以外で死亡した場合などには行われることがある〉

殺人であれば当然検死にかかるわけだ。やはりしっかりと理論武装せねば、致命傷になりうる。

〈死亡推定時刻は死後硬直の進行度合、死斑の状況、直腸温度などから逆算をして割り出される〉

つまり遺体の状況を偽装することで、誤った死亡推定時刻を警察に割り出させることができるということのようだ。遺体の周りの温度を調整したり、遺体の向きを変えたりすることで、その反応の出現を早めることも遅らせることも可能らしい。しかし少しでも不審な点を残せば命取りになる。検死の存在は念頭に置いて計画を練らねばならないが、極力、検死に至らぬ方法を選択するべきだろう。

史哉はメモを取ると、アリバイ工作のページに戻った。

〈時限装置による殺人〉

〈時限式の装置を起動させ、その装置が被害者を殺害している時に、自分はアリバイを確保する方法です。ＦＡＸ送信を活用した放火や、氷を使った時限装置というものが挙げられます〉

死因の偽装が不要という点では魅力的なアイディアだった。問題はその装置を開発できるかということであったが、一考の価値はあるかもしれない。

それ以外にも「犯行場所を誤認させる」「被害者自身のアリバイを工作する」といったものが挙げられていたが現実的ではないと却下した。他のサイトも漁ったが参考になりそうな情報はほとんどなかった。やはり、完璧なアリバイ工作の方法などネットに転がっているはずもない。史哉は椅子の背にもたれかかった。

もしくは殺人以外の方法を考えるか。何も殺人に固執することはない。病死、自殺、事故死——。殺人として捜査さえされなければ古謝の死と自分が結び付けられる可能性を小さくできる。しかし法医学について全くの門外漢の自分に病死の偽装などできるはずもない。自殺についても古謝に動機がなければ不審死と判断されるだろう。

消去法で残ったのは「事故死」だった。

「事故死」で検索をかけ、一番上に出てきたサイトを開いた。交通事故死に関するサイトだった。交通事故か。史哉は眉をひそめた。確かに明らかな交通事故現場を作り上げられれば、自分を捜査の蚊帳の外へ置けるだろう。しかし、それを偽装する場合、加害者と古謝の両方を意のままに操る必要が出てくる。難易度は極めて高い。それに無関係な第三者をこの計画に巻き込みたくはなかった。だが、検索結果一覧には交通事故のサイトが続いた。

ようやく見つけたのは「家庭内の事故死」というページだった。

〈家庭内における事故の死者数は、交通事故による死者数のおよそ四倍いることが調査により分かっている〉

意外な情報に史哉は思わず画面を覗き込んだ。

〈高齢者の死亡が多く、入浴時のヒートショックや失神による溺死、窒息死について、階段の踏み外し、段差へのつまずきによる転倒、転落が上位を占めている〉

そういうことか。更に「特に飲酒後にこれらの事故は多発しており——」と飲酒の危険性を訴えていた。仮に偽装するとしても検死を乗り越えるのが困難と思われるものばかりだった。辛うじて可能性があるとしたら階段の踏み外しによる転落死だろうか。例えば眠らせた古謝を階段に横たわらせ、何らかの時限装置により階段から転落させる。これならば自分のアリバイも確保できる。しかし古謝の生活圏内で落下する蓋然性のある階段となるとあの社員寮の階段くらいだろう。仮に時限装置の開発に成功しても住人に気づかれるのは必至だ。

一体どうすればいいだろうか。

こうなると改めて社員寮に行く必要があるかもしれない。結局ここでいくら考えようと、それは机上の空論に過ぎない。より具体化させるためには、現場を知る必要があるだろうし、古謝の生活リズムを知る必要もある。それを知らずして古謝を転落死させることは不可能だ。

史哉は以前調べた「業平ビルト」のホームページを開いた。安っぽい仕上がりで、ホーム画面には「工事のことなら当社へお任せください！」とポップ体の文字が躍っている。会社概要をクリックする。創業昭和四十三年、事業内容は建設工事、土木工事、土地造成。資本金一千万円、従業員数四十二名、住所……。その他、施工実績など一般的な情報が記載されていた。公共工事から民間工事まで幅広く取り扱っており、それなりの事業規模の中小企業のようだった。社長挨拶というページでは短髪の中年の男が笑顔でガッツポーズを作っていた。きっとこの社長は、自分のところで働いている人間が、かつて残虐な殺人を犯したことなど知りもしないのだろう。

史哉は改めて本社事務所の住所を確認し、ノートに住所と簡単な地図、そして電話番号を書き写した。何しろスマホは使えない。

気づいたら昼食もとらずに十五時近くになっていた。ただネットで調べていただけなのに随分と時間が経ってしまったようだ。あまり空腹は感じていなかったが、メニューにあったポテトを注文して簡単に摘まむと史哉はネットカフェを出た。

そして近くの家電量販店でデジカメを購入した。計画を練る上で写真は必須だが、スマホにあの社員寮の写真は収められない。もし警察の捜査の手が自分に及んだらこのデジカメごと棄ててしまえばいい。

最後に雑貨屋で侵入のための作業用手袋を買うと、史哉は蔵前へ戻った。

14

ポケットに入れたスマホの震えで史哉は目を覚ました。まだ時刻は朝の五時半だ。この早い起床に真帆を付き合わせられないと、マナーモードでアラームを設定していた。

史哉はゆっくり身体を起こすと、立ち上がった。

「もう行くの？」

暗闇から真帆の声がした。図らずも起こしてしまったようだ。

「ああ」

古謝の朝は何時から始まるのか分からない。早めに待ち伏せをして様子を窺うしかなかった。

「何か作ろうか？」

「大丈夫だよ、コンビニで買っていく。そんなに腹も減っていない」

「そう」

「まだ寝られるだろう、寝た方がいいって。ちゃんと仕事できないぞ」

少しの間の後に「分かった。ありがとう」という返事が聞こえた。

「じゃ、行ってくる」

「行ってらっしゃい」

真帆は反射的に言ったのだろうが、殺人を企てるために家を出ることを忘れそうな言葉だった。史哉は首を振りその余韻を消し去った。余計なことを考えるな。

史哉はリビングで昨日買った作業着に着替えた。作業帽、マスク、伊達眼鏡といった顔の装飾物はポケットにしまい込んだ。変装したところをアパートの住人に見られたらうまくない。

部屋を出ると外はまだ暗かった。寒気が身に応える。階段を下り、駐輪場に停めてある自転車の鍵穴にキーを挿した。買い物用に真帆と一台ずつ買ったものだった。

それに跨ると史哉は浅草橋の方向へ南下した。業平は大通りを行けば歩いて行けなくはない距離だったが、念のための策だった。浅草は路上の防犯カメラも多く、やろうとしていることを考えれば人目を避ける必要がある。自転車で迂回しながら行くのが最善と判断してのことだった。

途中、顔の装飾を施すと、コンビニで朝ご飯を購入し錦糸町方面へ向かった。そして家々の密集する住宅地を縫って業平の方向へペダルを漕いだ。やがて近くの公園へ着くと自転車を停め、歩いて社員寮へ向かった。

時刻は六時半前だった。僅かに東の空が赤く染まり始めていたが、そんなに目に付くことはないだろう。住宅街も起き始めたばかりで、通勤するサラリーマンと何度かすれ違った程度で人通りはまだ少ない。

角を曲がると家々の奥に社員寮の三、四階部分の通路が見えた。薄暗い蛍光灯が点いているだけでそこに人気はない。そのまま社員寮の前を通過しベランダ側へ回ったが、まだどこの部屋も灯りは点いていなかった。ベランダ側の隣地には白いバンが狭いスペースに四台停まっていた。壁面に「佐倉商事　事務機器・文具」と書かれている。近隣の事務機器販売業者の駐車場のようだ。入口にかけられたチェーンを跨いで史哉は中に足を踏み入れた。ここであれば車両の間に隠れれば道からは見えないし、社員寮との間にもブロック塀が設置されているため、一階の住人に見つかることもないだろう。そこでしばらく息を潜め観察していたが社員寮には一向に動きはなかった。しかし、いつ業者の者が来るか分からない。これ以上ここに居座るのは危険だ。場所を変えた方がいい。

　別な場所はないかと駐車場を出て周囲を見たが、朝の住宅地だ。どこにいても不自然に目立つ気がした。先に業平ビルトの事務所へ行ってみるか。出勤時間の目安さえ掴めれば次回はもっと時間を絞って社員寮で張り込みができる。

　史哉は昨日確認した事務所へ向かった。歩いて五分程度の場所だった。同じような会社の建物が肩を寄せあう一画にその事務所はあった。六階建てでこの辺りでは高い方の建物だったが、社員寮に負けず劣らず随分と古い建物に見えた。コンクリートの壁中にヒビが入っている。事務所の中は電気が点いておらず暗かった。やはりまだ誰も来ていないのだろう。しかしここにもずっといたら目立ってしまう。史哉は社員寮からの通り道に自転車を置いた公園があったのを思い出し、そこへ向かった。

　ここならば社員寮から出勤する社員が通るはずだ。史哉は園内の手摺に腰を掛け、コンビニで買ったおにぎりを頬張って待った。

やがて空の色が紅から青に変わり時刻も八時を過ぎたが、古謝はおろか社員と思しき人間すら史哉の前を通らなかった。既に辺りには生活の音が活発になり始めている。別の道から向かったのではないか、そう懸念し史哉は社員寮へ一度戻った。だが、いくつかの部屋はカーテンが開けられていたものの、古謝の部屋のカーテンは閉められたままだった。出勤はまだのようだ。隣地の駐車場にもまだバンが停まっていた。

史哉は、社員寮を折り返すと再び事務所の通りを覗いた。しかし、事務所にはまだ人の気配はなかった。

すると事務所の横の建物から、短髪の男が現れ、隣の事務所の入口に手をかけるのが目に入った。会社の関係者か。男は鍵を扉に挿し込んでいた。そして、扉を開けようと一瞬こちらを向いた時の顔が、昨日見たホームページの社長の写真と重なった。作業着にスラックスというラフな出で立ちで、いかにも町の建設会社の社長といった風体だ。よくよく隣の建物を見ると白を基調としたスタイリッシュな居宅だった。社長の自宅に違いない。

ということは、きっとこれから社員が続々と出勤してくるだろう。社員寮への道を引き返すと、案の定社員と思しき作業着姿の男たち数人とすれ違った。だがその中に古謝の姿はなかった。

見逃していないか不安になったが、社員寮へ着くと丁度一人の男が入口の扉から出てくるところだった。重い足取りでこちらに向かって歩いてくる。史哉は正面から男に近づいた。社長と同じようにスラックスに作業着姿だった。ハリのない頭髪は散らかり、皮膚の垂れ下がった顔は気怠そうに見えた。

古謝だった。

こうして正面からはっきりとこの男の顔を見るのは初めてのことだった。

こいつが母ちゃんを殺した。

生気のない相貌はそれだけで生理的な嫌悪感を覚えたが、その顔が凶暴に変容するのを想像し顔を背けた。その時の母はどれほどの恐怖を覚えただろうか。正視できなかった。

古謝とすれ違う瞬間、思わず息を止めた。

背後であくびする音が聞こえた。史哉はその背中を見た。

まるで何事もなかったかのように、こいつは生きている。改めて目の当たりにした不条理な現実に史哉は拳を握りしめた。

絶対に殺してやる。

古謝の姿が角に消えるとスマホの時計に目をやった。八時五十分。九時があの会社の始業時間といったところのようだ。建設業者は朝が早いイメージがあったが、業平ビルトは随分とのんびりとしているようだ。

それから史哉は少し間隔を空けて古謝のあとを歩いて追った。古謝の勤務場所が間違いなくあの事務所であることを確認したかったからだったが、案の定、古謝は公園の前を通過し事務所へと入っていった。

「よし」と頷くと史哉は社員寮へ戻った。

いよいよあの社員寮に侵入する。史哉は歩きながら作業用手袋を手に嵌めた。

外から見た社員寮は閑散とし、人の気配は感じられなかった。だが、全ての入寮者が出勤しているかは定かではない。まだ誰かいるかもしれない。ゆっくりと社員寮の入口に近づいた。万が一防犯カメラが設置されていても顔が映らぬよう、俯き気味に歩いた。しかしここであまり不審な動きも見せられない。史哉は意を決し社員寮の正面扉に手をかけた。中を窺う。誰もいない。音もしなかった。

行くぞ。

史哉は思い切って扉を引き、身体を滑り込ませるように素早く中へ入り込んだ。周辺視野で周囲を観察した。防犯カメラのようなものは視界に入らなかった。さっきの事務所にしてもこの社員寮にしても、見た目からしてセキュリティに気を遣っているような印象は受けない。油断は禁物だったが、過剰な警戒をして動きをぎこちなくするくらいなら、割り切って動いた方がよさそうだった。

史哉は集合ポストを見た。これらの住人の目をかいくぐり古謝を葬らねばならない。しかしよく見ると、三〇三号室と、四〇二のポストには住人の名前は貼られていなかった。そこは古謝の階下の部屋と隣室だ。空室なのだろうか。

顔を上げると、真っすぐ続く通路には三つの部屋の扉が並んでいた。

物音はしなかった。

だが不在の確認をしなければ、この建物で身動きを取れない。一部屋ずつ呼び鈴を鳴らしていくしかない。もし住人が出てきたらという恐怖もあったが、その時は水道局員のフリをして乗り切ろう。それに隣地はアパートであったが、幸いにも通路に接しているのは壁面だ。人目につくことはないだろう。

史哉は一番手前の一〇一号室の前に立った。「東城《とうじょう》」という名の書かれたビニールテープが部屋番号の下に貼られていた。呼び鈴を押すと部屋の中からその音が漏れ聞こえてきた。史哉は固唾を呑んで気配を窺った。

出てくるなよ、絶対に出てくるなよ。

その願いが通じたわけではないだろうが、人の気配はなかった。史哉はドアに耳を当てた。そして手を伸ばし、再度呼び鈴を押した。耳を澄ます。やはり音はなかった。この部屋は不在だ。史哉は胸を撫で下ろした。

そのまま隣の部屋へ進んだ。幾分最初より気が楽だった。同じようにして呼び鈴を押す。この部屋も不在のようだった。この時間帯は全員出勤していると考えていいのではないか。案の定、次の部屋も不在だった。

それを確認すると、正面扉の脇から延びる階段で二階へ上がった。一階と同じように二階も部屋が三つ並んでいた。呼び鈴を鳴らしていくがいずれも不在だった。

三階から上は隣のアパートの壁がなかった。史哉は通路の壁に隠れるようにしゃがんで部屋を確認していった。この階も他の階と同様に不在だった。唯一違うのは古謝の階下の部屋である三〇三号室には、名前の書かれたテープが貼られていないということだった。やはりここは空室なのだろう。

四階も四〇一号室は不在だった。そして想像通り、四〇二号室も名前が貼られていなかった。呼び鈴を押すが気配はない。ここも空室と考えていいのかもしれない。

残すは古謝の部屋だけだ。当然不在であることは分かっていた。それでも史哉は呼び鈴を押した。高い音が響く。

この奥で、母を殺した人間が生活している。悍ましい感情が湧き上がる。史哉はドアノブを摑んで回してみた。鍵がかかっていた。当たり前か。

この寮には今、住人は一人もいない。わずかに気が楽になった。

史哉は階段まで戻ると、下の踊り場に目をやった。転落死を偽装するならばこの階段か。階段はそれぞれのフロアを「く」の字で繋いでいる。史哉は踊り場の手摺から下を覗いた。落下したらそこは隣地の駐車場との間に設置されたブロック塀だ。高さも軽く十メートルはある。頭から落下すれば確実に死に至るだろう。だが、問題はこの手摺をどう越えるかということだ。史哉の胸の下辺りに手摺はある。古謝の身長はもう少し高いかもしれないが、誤って転落することはありえない。事故を装うなら階段を踏み外し踊り場へ転落したというものの方が説得力を持つだろう。古謝をここで眠らせて頭から踊り場へ落下させる。だがこの高さの転落で確実に死に至らしめるためには、相当に打ちどころが悪くなくてはならない。時限装置を仕掛けるにしても高いクオリティが求められる。そして何よりここは住人の通り道だ。彼らの目に付かぬはずがない。やはり実現性の低い考えか。

その時、四階の更に上に階段が続いていることに気づいた。屋上があるのかもしれない。上を覗き込むと階段の向こうに鉄柵状の扉が設置されていた。階段を上りドアノブを回してみたが当然のように鍵がかけられていた。屋上を活かすことはできなそうだ。

いずれにせよ、この社員寮でそれを遂行するならば、古謝だけでなく、住人全員の生活リズムを摑み、帰宅時間も把握する必要がある。

電話をして営業時間を確認してみよう。史哉はリュックサックからノートを取り出した。メモしてあった業平ビルトの電話番号をスマホに打ちかけた。駄目だ、自分のスマホからでは余計な履歴が残ってしまう。どこかに公衆電話はなかっただろうか。

史哉は階段を下り、社員寮を出た。誰にも見られていないだろうか。史哉の前を中年の女性が自転車で走り去っていった。建物から出てきた作業着の男のことなど気にも止めていないだろうが、思わず下を向いた。

そして、大通り沿いに公衆電話を見つけると、史哉はノートを見ながら番号をプッシュした。

「お電話ありがとうございます、業平ビルトです」

高い女性の声がした。

「あの、そちらって何時まで営業してますか？」

いきなり無礼な物言いだとは思ったが、巧い言い回しを用意していなかった。

「夕方の五時まで営業しておりますが」

やや険のある声で返ってきた。

「そうですか。ありがとうございます」

「よろしいですか？」

「はい」

「じゃ、よろしくお願いします」

ガチャリと電話は切れた。不審な電話と思われたかもしれなかったが、公衆電話からだ。足が付くことはない。とりあえず、十七時までは営業をしていることが分かった。その時間まで住人は戻ってこない可能性が高い。だができる限り確実な時間を知りたかった。事務所か社員寮での張り込みを考えたがまだまだ時間がある。体力的にもきついし、効率が悪い。何より人目につく可能性がある。何かいい方法はないだろうか。

そうだ。

史哉は近くのコンビニへ行くと、セロハンテープを購入した。

そして社員寮へ戻ると、史哉は各部屋のドアの下部にセロハンテープを千切っては貼り付けていった。ドアが開けば剥がれる仕組みだ。夕方にセロハンテープが剥がれていなければこのドアは開けられていないということだ。透明のセロハンテープであれば貼られていても気づかれにくいだろう。咄嗟に思いついたものだったが、我ながらいい方法だと思った。そして同時に寮の各所を写真に収めていった。

それが終わると公園に停めておいた自転車に乗り、自宅へ戻った。途中、時計を見ると時刻は十一時を回ったばかりだった。まだそんな時間だったか。擦り減らした神経はとうに一日分を越えていた。

史哉は自転車をアパートに置くと、雷門の近くにある昨日のネットカフェの浅草店へ向かった。昨日の会員証で受付を済ませ、案内された部屋に入ると部屋の灯りを落とした。暗くした方が集中できるような気がした。そして椅子に座るとデジカメに収めた社員寮の写真を捲った。どこかに完全犯罪を達するためのヒントが隠されているはずだ。

まず考えたのは時限装置の仕組みだった。他の住人の目があることは確かだったが、時間帯を深夜に設定するなど、彼らの生活リズムを把握できれば、人目に付かず遂行する方法があるかもしれない。

階段の写真を見た。ここからあいつを落下させる方法——。氷や板を使う方法が頭に浮かんだ。しかしいずれの方法も何かしらの痕跡が残ってしまいそうだった。やはり時限装置など、漫画の世界じゃあるまいし実現は困難なのだろうか。

それから思考を巡らせいくつかの方法が浮かんだが、警察の存在が常に立ちはだかった。完全犯罪を目論むとなると現実的ではない。どこかにヒントはないだろうかと何度も目を凝らして写真を見たが、一向に有効な手段は浮かばなかった。

クソッ。椅子の肘掛けを何度も叩いていた。

気づけば時刻は十六時を回っていた。もうすぐ仕事を終えた古謝が社員寮へ帰ってくる可能性がある。その時間を正確に把握しておきたかった。

史哉はネットカフェを出ると自宅に戻り、自転車で社員寮へ向かった。朝と違って学生や主婦の姿が目に付いた。少し人通りが増える時間帯のようだ。公園に自転車を停めると社員寮まで歩いていった。各部屋の扉に貼付したセロハンテープは、全てそのままの状態で残っていた。やはり同じ会社の人間が住んでいるのだから、日中は皆不在なのだ。また、通路の壁にしゃがみこめば外の視線からも姿を隠してくれる。計画を練るとしても、この社員寮は日中ならば高い確率で安全圏にあると考えていいかもしれない。

史哉はそのまま事務所へ向かった。こちらも事務所の周囲は近隣の住民が往来し、朝よりも活気があった。まだ十七時まで五分ある。営業時間中だから古謝もまだいるはずだ。史哉は公園で古謝を待つことにした。手摺に座っていても街灯で照らされた道がしっかりと見えた。

そして十七時半を過ぎた頃だった。

来た。

朝と同じ格好の古謝が一人で道を歩いていく。他の社員の姿はない。

きっと古謝は正社員ではないのだろう。その姿を見て史哉は思った。年齢も若くはない。辛うじて嘱託社員のような形で雇われているから、残業もなく規則正しく終業時刻に退社しているのではないか。古謝が見えなくなると史哉は立ち上がり公園を出た。

後を追っていくと、古謝は社員寮へ向かうルートを外れ大通りへと向かっていった。一体どこへ行く気だ。

大通りに出ると古謝はコンビニに入った。ここが目的地か？　目立たぬよう史哉も店に入ったが、古謝は入口に置かれた競馬新聞を手に取るとレジで会計を始めた。史哉が店内を一周すると丁度古謝も店を出るところだった。そして古謝はスカイツリー方面へ向かって歩きだした。古謝の向かう先に東京メトロの看板が見えた。地下にある押上駅へ続く階段だ。もしや押上駅から電車に乗ってどこかへ行くつもりかもしれない。

そう思っていると予想通り古謝は階下へと進んでいった。史哉は一定の距離を保ちながら尾行した。この先は都営浅草線の改札だ。もし電車に乗るのであれば履歴の残るＩＣカードは使えない。史哉は古謝を追い越し券売機へ向かった。しかし、どこで下車するか分からない。とりあえず浅草線の終点である西馬込までの切符を購入すると、ちょうど古謝が改札を通過するところだった。史哉はその後ろに続いた。そしてホームに着くと、古謝は三崎口行きの電車に乗り込んだ。史哉も隣の扉から乗った。古謝の動きを目で追う。少しの間、動きはなかったが浅草で停まると古謝が降車するのが見えた。人混みの中、見失わぬように史哉も続いた。古謝はそのまま改札を通過した。浅草が古謝の目的地のようだ。一体ここで何をする気なのだ。浅草の街を古謝は進んでいく。

この方向は――。

そこはホッピー通りだった。大衆酒場が軒を連ねる界隈は、既に酔客で賑わっていた。史哉は今日が金曜であることを思い出した。まさかここで金曜の夜を満喫しようという気か。ましてや酒を飲む気ではないだろうな。ふざけんなよ。確証のない想像だったが強い怒りが湧いた。

だが、古謝はホッピー通りを通過していった。違うのか。そう思うと古謝が路地裏に入っていった。そして足を停めた。「串吉」という看板の店の前だった。年季の入った店構えだった。まだ十八時だったが扉からは笑い声と焼き鳥の匂いが漏れていた。

明らかに飲み屋といった風体の店だ。まさか本当に酒を飲みに来たというのだろうか。そうであるならば裁判の時の「今後アルコールは一切飲みません」という宣言は、やはりその場凌ぎの戯言だったのか。もし古謝がここで飲酒しているのであれば――許せない、絶対に許せない。

世論に問いたかった。そんな男を殺すことが果たして罪なのかと。俺は何も間違っちゃいない。

史哉は扉に手をかけた。その姿を目にすることは、自分を復讐へ猛進させてくれるはずだ。

扉を開け店内に足を踏み入れた。テーブル席が四席とカウンター席のこぢんまりとした店内だったが既に先客が多くいた。

「いらっしゃい」

気風のいい中年の女店員に人差し指を立て、一名であることを告げるとすぐにカウンターへ通された。

思わず足を止めた。

右隣に座っていたのは古謝だった。

15

その距離は余りに近すぎた。

やがて殺人の加害者と被害者になる関係だ。何が糸口になってしまうか分からない。必要以上の接触は避けたかった。

史哉は着席することを躊躇したが、隣の客を見て退店したように思われたら店員の記憶に残りかねない。それに純粋に興味が湧いた。史哉は古謝という男のことを何も知らなかった。母を殺したこの男は一体どういう人間なんだ。これから殺そうとしているこの男は一体どういう人間なんだ。

史哉は顔を見られぬよう左へ身体を傾けるように席に着いた。古謝は一人でポテトサラダを摘まんでいた。そして細長く畳んだ競馬新聞を熱心に読んでいた。古謝の手元には茶色い液体の注がれたグラスが置かれている。烏龍茶だろうか。間違ってもアルコールなど――。

「お客さんどうします？」

女将のような店員が注文票とペンを手に構えている。客のペースなどお構いなしだ。

「え――」

メニューに目を通す。

「じゃあ、串の盛り合わせ」

看板メニューと思われる一番大きく書かれた品を注文した。

「飲み物はいいですか？」

「じゃあ、烏龍茶で」

「かしこまりました」と言うと、女の店員は厨房に向かって、注文の品を叫んだ。

史哉は隣の古謝の動きや音に神経を研ぎ澄ませた。

息遣い、咀嚼音、飲み込む音、全てが古謝の生存を認識させ、対照的に失われた母の命を想起させた。こいつによって母は命を奪われた。そんな人間が生命を維持する行為を許されているのはなぜなのか。

「はい、烏龍茶。それとこちらお通しです」

女の店員がテーブルにグラスとポテトサラダの入った小鉢を置く。史哉は軽く頭を下げて謝意を伝えた。烏龍茶の入った透明なグラスは古謝のグラスと同じ色に見えた。やはりあれは烏龍茶なのだろうか。

「大将、串の盛り合わせ」

古謝が手を挙げて史哉と同じものを注文した。

「あいよ」

そのかけ合いを見るに古謝はこの店の馴染みの客のようだった。こうして終業後に来る習慣があるのかもしれない。思えば初めて古謝を目撃したのも金曜日の夜だった。場所も吾妻橋だった。この店から帰る道中だったのだろうか。

間もなく史哉の元に串六本が皿に載せられて運ばれてきた。食欲は全くなかったが、注文した以上手を付けないわけにはいかない。食べやすそうなつくねの串を口に運んだ。

　古謝は全く話もせずに、一人黙々と競馬新聞を読みながら出された品を貪り食っていた。その姿からは古謝が孤独に生活していることが窺い知れた。家族などいるはずもない。こいつは誰のために生きているでもない。生き物の本能としてただその心臓の鼓動を響かせているだけなのだ。お前なんか死んだって誰も困らない。誰も悲しまない。お前に生きている価値なんかない。

　右手で掴んだ串が震えていた。

「烏龍茶おかわり」

　古謝の声が耳に入った。やはり烏龍茶のようだった。本当に酒は断ったのか。考えてみれば、あの後古謝は徹底的にアルコール依存症の治療を受けさせられたはずだ。断酒できていたとしてもおかしくはないのだ。苦々しさが込み上げる。古謝の改善された姿など見たくなかった。

「はいよ」と言って女の店員がテーブルにグラスを置いた。

「あんた、明日も府中かい？」

　女店員が気安く古謝に話しかけた。きっと女店員は古謝が殺人犯であるなど夢にも思っていないことだろう。そして隣にいるのがその被害者の息子であることも。

「まあ、給料入ったかんな」

　古謝が肉を頬張りながら言った。

「全部擦っちまうなよ。今月はツケなしで頼むぜ」

　厨房から大将と思しき男が軽口を叩く。

「大丈夫だよ。確率的に言ったらそろそろ大当たりが出る」

古謝は品なく笑った。否定しないところを見ると、競馬で大枚をはたいた時はツケ払いで済ますこともあるのだろう。それでいて競馬に興じることを臆面なく宣うのは常連だとしても不遜な態度に思えた。

「そしたらツケの利息頼むよ」

「またまたご冗談を」

「トイチだ」

「ひでえ話だな。ヤクザかよ」

「それを払うか、うちで豪遊するかだな」

大将が冗談めかして言ったが、内心本気なのではないかと思った。

「豪遊するような店じゃねえだろ。年増しかいねえしよ」

「なんだと、クソジジイ」

女店員が古謝の頭をトレーで叩いた。

「いてえな」

「大体ね、あんたは賭け方がせこいから当たっても儲けが少ないのよ」

「そんなことあるか。緻密に計算してるんだ。明日は間違いなく万馬券だ」

「聞き飽きたわ、それ」

「楽しみに待ってろよ。豪遊してやるからよ」

その姿からは、かつて読んだ記事に書かれていたような殊勝な態度など微塵も感じられなかった。酒は断てたのかもしれないが、人間の本質は何も変わっていない。こいつは既に許された気にでもなっているのだろうか。償いは終わったとでも思っているのだろうか。

「それじゃ、明日は早いから今日は帰るよ。家帰って明日の準備だ」

古謝が席を立ったのは二十一時を回った時だった。その口振りからするに、普段はもっと長居しているのだろう。以前古謝と出くわしたのも二十二時を回った時間帯だった。古謝が席で会計を済ますと「ごちそうさん」と言って店を出ていった。

史哉も丁度いい頃合いだとばかりに会計を済ませ、外へ出た。五十メートルほど前方に古謝の姿が見えた。来た道をそのまま引き返していくようだ。古謝は浅草駅を通り過ぎ、吾妻橋を渡っていった。やはりこれが古謝の帰宅ルートのようだ。あの日も串吉からの帰路だったに違いない。三十分ほどかかるだろうが、帰りが徒歩なのは電車賃を浮かす狙いでもあるのだろうか。

ポケットに入れたスマホが震えた。

〈どこにいるの？〉

真帆からだった。文字だけで絵文字も何もないメッセージが真帆の不安な心境を訴えるようだった。そうだ、古謝に気を取られ、真帆に何の連絡もしていなかった。「古謝を追っている」と打ちかけて消した。古謝の痕跡をスマホに残してはならない。

〈今日はもう少しかかりそう。すまない〉

それだけ送って、前を見ると古謝の姿が消えていた。

どこに行った。真っ直ぐ延びる浅草通りに古謝の姿はなかった。一体どこへ消えた。焦りを覚え四方へ目をやると、脇道のコンビニから古謝が出てきた。古謝を初めて目撃した日に入っていったコンビニだった。買い物をしていたようだ。

そして古謝が手にしていたものを見て史哉は止まった。

五〇〇ミリリットルの缶ビールだった。

そんな、馬鹿な。

しばらくそこから目が離せなかった。やはり古謝は酒を断ってなどいなかったのか。

いや、ノンアルコールかもしれない。史哉はそのラベルを記憶すると店内に駆け込みビールの陳列棚を見た。間違いなかった。あいつが持っていたのはれっきとしたビールだ。あの日もそうだった。コンビニで買ったものを呷っていたではないか。あれも酒だったのではないだろうか。

史哉はコンビニを出て古謝を追った。

やがて右折し閑散とした通りに入ると、古謝は缶ビールを呷りだした。

史哉は自分の呼吸が激しくなっていることに気づいた。古謝の悪辣さを目にすることは自らを奮い立たせるはずだと思っていた。甘かった。それは想像をはるかに超える激情を史哉にもたらしていた。

やはり、あいつは自分が犯した罪を露ほども反省していないのだ。いや、違う。あいつには端から罪の意識などなかったのだ。あの裁判でのこいつの弁は全て嘘だった。あの裁判で下された判決は間違っていた。古謝が串吉で酒を飲まなかったのも、本能的に人目のある場所での飲酒を避けているだけに過ぎないのではないか。

古謝は社員寮へと姿を消していった。階段を上る音がした。やがて古謝の部屋の電気が点いた。

あいつはあの部屋で十五年前と何も変わらぬ生活をしているのだ。

俺は絶対にあいつを殺さねばならない。その想いを強くした。

そのためには計画の立案が急務だった。残された時間は多くない。寸分たりとも無駄にはできない。

史哉はベランダ側へ回り、他の部屋に目を向けた。それぞれのフロアで一部屋ずつ電気が点いていた。恐らく、単身者用の社員寮だ。若い独身者も多いのだろう。まだ二十一時半過ぎだ。夕食がてら飲みにでも行っているのかもしれない。

ふと閃くものがあった。

古謝がもし、あの時と変わらぬ飲酒をしているのだとしたら、かなりの摂取量であるはずだ。それはつまり過度な酩酊状態になるということを示す。昨日調べた「家庭内の事故死」の項目の一つが思い出された。

〈飲酒後の入浴は危険〉

〈飲酒直後に入浴をすると体温が高まることで血液の循環がよくなる。そのためアルコールが全身に回り平衡感覚が乱れる。また、全身へ血液が行き渡る反面、脳や心臓の血液が不足し、失神や心臓発作などを引き起こす可能性がある。そして浴槽内で失神した場合、目を覚まさずにそのまま溺死することもある〉

これだ。

心臓発作に期待するのは余りに馬鹿げている。だが溺死なら可能ではなかろうか。酒を暴飲した古謝は風呂場で失神しそのまま浴槽内で溺死した。事故としてはありえないものではない。それに古謝の部屋の階下の部屋と隣室は空室だ。多少なら荒いことをしても、音は他の住人には届きにくいだろう。

できるかもしれない。

しかしその場合、古謝の部屋に侵入する必要がある。あの部屋に侵入できなければただの画餅だ。古謝が在宅時に鍵をかけていない可能性に懸けるのは馬鹿馬鹿しかったが、確認しておく価値はある。史哉は周囲を見回した。他に通行人はいない。あそこまで行って施錠を確認するだけなら数分でできるはずだ。他の住人が帰ってくる前に終わらせたい。

史哉は作業用手袋を嵌めると社員寮の扉を引いた。日中と同じように堂々とすればいい。音だけなら帰宅している住人も別の住人が帰宅した音だと思うだろう。慎重になり過ぎて妙な音を立てる方が問題だ。少なくとも四階は古謝以外にまだ誰も帰ってきていない。

史哉は中に入ると足早に四階まで上った。

そして足音を忍ばせ古謝の部屋の前で止まった。壁の上部で回転する換気扇から漏れてきたのはシャワーの音だった。どうやら玄関のすぐ横が洗面台と風呂場のようだ。そして上機嫌な鼻歌がそこに混じって聞こえてきた。

しめた。

古謝は今まさに入浴中のようだ。

安全であることが分かると、史哉はドアノブに手をかけ手前に引いた。

閉まっていた。

当然の結果と言えたが落胆した。部屋に入れなければこの計画は話にならない。どうにかここを開けさせる方法を考えねば。だが長居はできなかった。史哉は階段を下り社員寮を出た。

どうにかならないものか。史哉は自転車を置いたままにしてある公園まで歩きながら考えた。

簡単な事だ。

ピッキングをすればいいじゃないか。古謝の入浴中にピッキングし、部屋へ侵入する。そして、入浴中の古謝を襲い、そのまま浴槽に沈め溺死させる。

たったそれだけのことだ。

だが、果たしてピッキングなど俺にできるだろうか。

不安を覚えたが、古謝の酒を飲んでいる姿を思い出し、一気に霧が晴れた。

史哉は夜空を見上げた。屹立するスカイツリーが目に入った。

できるか、できないかじゃない。

やるしかないのだ。

16

〈ピッキング　方法〉

翌日は昼前からネットカフェに入り浸っていた。

犯罪まがいの情報にもかかわらず多くのサイトが出てきた。こんなにピッキング方法が蔓延していて果たしていいのだろうか。しかし、今に限ってはありがたいことだった。

「鍵のタイプ別防犯解説」というサイトをクリックした。

〈住宅の鍵には一般的にシリンダー錠と言われるものが使われ、それらは五つのタイプに分類される。一つ目がディスクシリンダー錠である。かつては日本の住宅の多くで利用されており、鍵穴が逆「く」の字になっているのが特徴だ。構造がシンプルである反面、ピッキングに対する防犯性が低く、後述するタイプの錠の登場により現在では製造中止になっている〉

載せられた写真を見ると古い建物などで見る安っぽい鍵だった。確かに最近の住宅で使われている印象はない。史哉はデジカメを取り出し、鍵穴を写した写真を探した。古謝の部屋の玄関扉を写したものがあった。拡大し鍵穴を確認した。

やや画像は粗かったが、パソコンの画面の逆「く」の字の型と一致した。

既に製造中止になっていると書かれているが、あの社員寮の古さを考えれば建築当時はまだ健在だったのだろう。念のために他のシリンダー錠の鍵穴とも比較したがそのどれとも違った。俄然意欲が湧いてきた。これならば俺にもできるかもしれない。

そしてディスクシリンダー錠のピッキング方法に絞って調べていくと、一つの気になる記述を見つけた。

〈ディスクシリンダー錠は、レーキングと言われる方法でピッキングよりも簡単に解錠することができます〉

レーキング？　初めて聞く言葉だった。

ページをスクロールすると、最初にディスクシリンダー錠の仕組みを図解したものが載っていた。

一般的なディスクシリンダー錠はドアに固定された外筒部、鍵を挿し込み回転させる内筒部、内筒部に取り付けられたディスクタンブラーという板の三つの部品で構成されているらしい。このディスクタンブラーは鍵の凹凸に応じて異なる箇所がくり貫かれた複数の板であり、鍵を挿していない状態ではバネの力で外筒部に入り込み、つっかえ棒の役割を果たし回転を妨げる。しかし、正しい鍵が挿されると全てのディスクタンブラーが内筒部に収まり回転するという仕組みのようだ。

〈レーキングにはピックと呼ばれるドライバー状のものと、テンションと呼ばれるピンセット状のものを用います。しかし現在ではピッキングの横行により平成十五年にピッキング防止法が施行されたため、ピッキング用具の所持は禁止されています。代替品としてピックの代わりにクリップやヘアピン、テンションの代わりにピンセットを用いることもできます〉

　こんな身近なもので代用できるのであれば、この法律にどれほどの意味があるのだろうか。

〈まず鍵穴にテンションを挿し込みます。そして鍵の回転方向に少し力を加えましょう。これを「テンションをかける」と言います。テンションをかけると、外筒部と内筒部に僅かにズレが生じます〉

「内筒部を左に回転させるタイプの場合」という図があった。テンションを挿し込み内筒部を左側へ回すように力をかける。ディスクタンブラーに阻まれるため回転はしないが、僅かに内筒部が左に傾く。そうすると外筒部と内筒部の境目に少しだけズレが生じる。

〈テンションをかけたら、ピックを鍵穴に挿し込みディスクタンブラーを擦るように動かします。その動きを繰り返すと、外筒部と内筒部の境目にディスクタンブラーが引っかかり、内筒部にディスクタンブラーが収まります。全てのディスクタンブラーが内筒部に収まると解錠されるわけです〉

擦るだけでいい。数打ちゃ当たるということだろうか。「ただし、この方法は鍵内部のタンブラーを破損させる可能性があります」という注意書きがあったが、気をつけるべきはこの一点だけのようだった。

載せられていた実演映像を再生すると、確かにものの数十秒で解錠できていた。しかも「一週間ほどの練習で解錠できるようになります」とのことだった。こんなに簡単に開いてしまうなら、この世のディスクシリンダー錠は今すぐ交換すべきだろう。思わず自宅の鍵を確認した。表面の凹凸から推測するに、これはいわゆるディンプルシリンダー錠のようだった。まだ築浅の物件だから当然か。史哉は画面に目を戻すと、動画をデジカメで録画した。多少画質は落ちるが十分参考にはできそうだ。

すぐにでもこの技術を習得したかった。そのためにはピックとテンションが必要だ。許可なく所持しているだけで法に引っかかるということだから、店頭で購入するのは避けたい。そうかといって履歴が残るネットでの購入もできない。さっき書いてあったように、代替品で間に合わせるのが妥協点だ。ピックはクリップよりも強度の高いヘアピンの方がよさそうだった。テンションはピンセットの先端をペンチで曲げると操作性が高いと書かれていた。あとは練習用にディスクシリンダー錠もほしいところだ。

史哉はポテトを注文し腹に収めると、ネットカフェを出た。代替品とは言え浅草で入手するのは気が引けた。ニュースで入手ルートから犯人に辿り着いたという話をよく聞く。この間は新宿だった。また場所を変える方が無難だろうと思い、史哉は電車で池袋へ向かった。そしてデジカメに収めた古謝の部屋の鍵穴の大きさを見ながらヘアピン、ピンセット、ペンチを購入した。更にその足で近くのホームセンターへ行き、ディスクシリンダー錠を探した。広い売場に期待が膨らんだが、案の定他のタイプの錠前はあったものの、ディスクシリンダー錠は見当たらなかった。近くにいた女の店員に聞くと、一度バックヤードに確認に消えたが、返ってきたのは「もう、今は製造していないみたいですね」というすげない答えだった。やはりそうなのか。史哉は落胆した。仕方ない。こうなったら実際にあの部屋の鍵で練習を重ねるしかない。ひとまず道具を調えるか。

自宅へ戻ると、史哉はデジカメの映像を見ながらピンセットを加工していった。時折、自宅の鍵穴に挿し込み微調整を施した。

日が暮れた頃、二つの道具は完成した。

17

向こうから歩いてくる顔は数日前とは様変わりしていた。

一瞬見ただけでは気づけなかっただろうが、ガンをつけるような鋭い視線が臣吾の目に引っかかった。

頭髪は金色に派手に染められ、サイドには剃り込みが入っている。耳が光っているのはピアスが街灯を反射しているからだろう。初対面の時の風貌に戻っていた。どうやら今度は本気というのは嘘ではないらしい。これから夜の街にくりだそうというのだろうか。真っ赤なダウンにオーバーサイズのジーンズで、肩を怒らせこちらへ歩いてくる。

臣吾はロードバイクから降りた。

臣吾のジッと見つめる視線に向こうも気づいたようだった。だが、これ見よがしに健太は臣吾に見向きもせずに臣吾の脇を通り過ぎていく。

「おい」

すれ違いざまに臣吾は健太の腕を掴んだ。

「イッテェな」

健太は露骨に悪態をついてきた。通りゆく人々が何事かと二人の方を向いた。

「どこ行くんだ？」

「どこだっていいだろ」

人々の注目を集めて、臣吾をさっさと追い払おうという気なのだろう。健太は過剰な声量で反応した。その時、嫌な臭いが鼻孔を突いた。

「こんなところまで何しに来たんだよ」

「ちょっと来い」

「ああ？」

「ここだと周りの迷惑になる」

「あのジジイに頼まれて人んちまで引きずり戻しに来たのか？」

「違う」

「そんなことしても無駄だぜ」

「お前と会ったのはたまたまだ」

「だったら、ほっとけよ」

「いいから来い」

臣吾は健太のダウンのポケットに手を突っこんだ。

「こんなもん吸ってるからいつまでも上達しないんだ」

臣吾は煙草の箱を引っ張り出して言った。

「返せ！」

健太の顔に焦りが浮かんだ。

「警察に突き出されたくなけりゃついてこい」

臣吾は脇道に入った。健太はその後ろを黙ってついてきた。案外に扱いやすい奴だ。

「一体どういうつもりだ」

臣吾は奥まった路上で人気がないのを確認すると、ロードバイクのスタンドを立てた。

「あんたには関係ないだろ」

「俺が目障りだったか」

「そうだよ。鬱陶しいんだよ」

「その程度か、お前は。情けない奴だ」

「何？」

「情けない奴だと言ったんだ」

「そういうところがうざいんだよ。あんたには関係ないだろ」

「その通りだ。お前がどうなろうと知ったこっちゃない。遊びの方が楽しいなら遊べばいいし、こんなもの吸いたきゃ吸えばいい」

「は？」

「だがな、会長に迷惑かける奴だけは許さん。辞めるんだったら、筋くらい通せ」

歪んだ表情からは引き留められることを想定していたことがありありと窺えた。そしてそれを撥ねつけ、臣吾を煩わせるつもりでいたのだろう。

「辞めるんだったらジムに来て言うのが筋だろ」

健太は電話で一報を入れただけのようだった。

「知るかよ。俺は別にあのジムに行きたかったわけじゃねえんだ」

「ふざけんなよ。お前なんか会長が拾わなけりゃ行く当てなんかなかっただろ。会長はお前に期待して受け入れたんだ。それが裏切るだけでなく恩人の顔に泥を塗る気か」

「ちげぇよ」

「何が違うんだ」

健太はチッと舌打ちをした。

「ボクシングだけじゃない。お前は何から何までクソガキだ」

「うるせえ、クソジジイ」

「インターハイくらいでボクシングを極めたと本気で思ってるのか？」

「は？」

「インターハイの優勝選手がこれまで一体どれほどいたと思ってる？」

「知るかよ」

「そしてその内どれほどがお前の言う世界チャンピオンになったと思っている？」

「だから知らねえよ」

「お前は逃げたんだ」

「なんだと」

「お前は自分が弱いことを認めるのが怖いだけだ。今辞めればインターハイ優勝の栄光だけが残る。だが続ければそれは醜い敗者に上書きされる」

「いいかげんにしろよ」

健太が右拳を突き出した。臣吾はその手首を左手で掴んだ。

「人に拳を向けるのはリングの上だけにしろ。路上で人を殴ろうなんてボクサー失格だな」

健太の血走る目は臣吾の顔の一点だけを捉えていた。

「そんなに自分が強いと思ってるんなら、俺が相手してやる。気が向いたらいつでも来い」

健太の手首からは、沸き立つ血の振動が伝わってくるようだった。

「俺は逃げも隠れもしねえから」

臣吾はそう言うと健太の手を離し、ロードバイクのスタンドを蹴り上げた。

18

月曜の朝を迎えていた。

今日は社員寮の空室でレーキングを試すつもりだった。

古謝の出勤時刻が分かっているだけに、前回よりも余裕を持って自宅を出ることができた。社員寮に着き、その周囲を一周歩いている間に他の社員らが出勤していった。最後の古謝が出てきたのはやはり八時五十分頃だった。重い足取りで会社へ向かっていく。その後ろ姿が通りの角に消えるのを待って、史哉は社員寮の扉に手をかけた。耳を澄まし気配を探る。音はなかった。もう全員出勤し、もぬけの殻のはずだ。

史哉は一番手前の一〇一号室の前でしゃがみ込んだ。

昨日ネットで見た鍵穴の形を思い浮かべた。やはりそうだ。逆「く」の字の型はディスクシリンダー錠のもので間違いなかった。それから四階まで上り、しゃがみこんで古謝の部屋の隣の四〇二号室の前まで移動した。

史哉はドアノブを引いた。間違いなく鍵がかかっている。そして鍵穴を覗き込んだ。何も見えやしない空間に、鍵の構造をイメージした。

これから自分のすることは住居侵入罪という犯罪だ。今までの社員寮への侵入行為とはわけが違う。見つかればただでは済まない。そのことを思うと緊張した。

史哉は背負っていたリュックサックから、加工したヘアピンとピンセットを取り出し床に置いた。デジカメを再生し改めてテンションのかけ方を確認すると、鍵の内部を傷つけぬようピンセットをそっと穴の両端に引っかけた。ピンセットの開こうとする力で、鍵穴とピンセットが密着した。手を離しても落ちなかった。念のためにペンチを持参していたが、出番はなさそうだ。

史哉はピンセットを摑み左回りの方向に力を加えた。当然回るはずもなく、手応えもほとんどなかった。回転方向はこっち側ではないのだろうか、右回りの方向にも力を加えてみたが感触に大した違いはなかった。自宅の鍵の錠を開ける方向を手を動かしながら思い返す。うん、左回りできっといいはずだ。しかし、これで本当にテンションをかけられているのだろうか。もう少し力を加えたくなったがやめた。損傷だけは避けなくてはならない。

　左手でピンセットを持ってテンションをかけながら、右手でヘアピンを鍵穴の上端に挿し込んだ。そしてゆっくりと前後させる。何やらザラザラとした振動がヘアピンを伝ってきた。これがディスクタンブラーなのだろう。試しに上方向へ力を加えると押し返されるような抵抗を感じた。力の入れ過ぎは禁物と、慎重に前後させていくが一向に変化はなかった。映像ではかなり乱暴に出し入れをしていたが、あれくらい力を入れてやらないといけないのだろうか。不安はあったが、考えてみれば鍵なんて何千回と使われるものなのだ。よっぽど強引に引っ掻かなければ壊れやしないだろう。少しずつ力を入れていく。

　カチッ。

　小さな乾いた音がした。来たか。弄っていた辺りをヘアピンで探る。さっきまでの押し返されるような感触が消えていた。内筒部と外筒部の境目に引っかかったのか。やったと思うのと同時にテンションをかける左手が緊張した。テンションを緩めれば、ディスクタンブラーが元に戻ってしまう。しかしピンセットを摑む左手にも疲労が溜まっていた。加えてずっとしゃがんでいるせいで、足の血流が悪くなり痺れがきていた。中々体力のいる作業だ。駄目だ、仕切り直しだ。史哉は一度、身体を解放した。

　疲労が薄まるのを待って、レーキングを再開した。間が開いたせいか、一回目ほどの緊張感はなかった。それがレーキングを適度な強度にさせたのか、すぐにディスクタンブラーが引っかかる感触があった。そして立て続けにその感触を得た。徐々にディスクタンブラーの抵抗が少なくなっていく。

感触的にあと一つだ。慎重に右手のヘアピンでディスクタンブラーを引っ掻いていく。

カチッ。

音がすると同時に、一気にテンションをかける左手の力が抜けた。

回った。

興奮で震えた。

史哉はドアノブを掴み、ゆっくりと手前に引いた。

開いた。

それだけで満足だった。レーキングに成功したのだ。だが、こんなところを誰かに見られたら現行犯逮捕だ。すぐにドアを閉めた。

それに施錠までできなければ意味はない。再び気を引き締めた。今度は右回りにテンションをかけ、ヘアピンで引っ掻いていく。要領が掴めていたのか解錠の半分ほどの時間で施錠することができた。鍵穴を見るが、不審な痕跡は残っていなかった。

完璧だ。困難と思っていた部屋への侵入が、これほど簡単にできてしまうとは。

史哉は隣の古謝の部屋を見た。本番はこっちだ。史哉はしゃがんだまま横へ移動すると、古謝の部屋の鍵穴を覗き込んだ。

こんなに順調にいくとは思っていなかった。今日は古謝の部屋の鍵を開けることは想定していなかったが、その衝動は抑えられなかった。

史哉はピンセットを鍵穴に挿し込んでテンションをかけると、さっきと同じ要領でヘアピンを鍵穴に出し入れしていった。少しずつディスクタンブラーが引っかかっていくのが分かった。そして五分ほど経った時、鍵が綺麗に左へ回転した。

開いてしまった。

さっきとは違う恐怖のような感情だった。古謝を、人を殺めることに一歩近づいたことを強く感じたからだった。遂に力を手に入れてしまったのだ。俺はいつでもこの部屋に侵入することができる。

史哉は震える手でドアノブを掴んだ。そして、手前に引いた。

何の抵抗もなくドアは開いた。

それだけ確認すると史哉はすぐにドアを閉めた。

怖かった。ここは母を殺した人間の生活する部屋なのだ。肌が粟立った。でも、入るしかない。あいつを殺すためには、そうするしかないのだ。

史哉は腹を括った。そして作業帽からニット帽へ帽子を替え、髪の毛を全部中にしまい込んだ。

さあ、行くぞ。ドアノブを引き、素早く中に入り込むと、すぐにドアを閉め鍵をかけた。人の目から逃れた安堵感で息が漏れた。そして再び息を吸い込んだ時、この部屋の生活臭がマスクを通過し鼻孔に入り込んだ。台所から漂う生ゴミの臭いだろう。不快感を覚え、思わず息を止めた。

ここが古謝の部屋か。母を殺した人間が生活する空間だ。狭い玄関だった。細い廊下の先に扉がある。あの奥が古謝の居住スペースなのだろう。

そして玄関のすぐ脇に風呂場のものと思われる扉があった。

史哉はリュックサックから昨日買った靴カバーを取り出し靴に被せた。足跡を付けてはならない。まさかこんなにたやすく侵入できるとは想定していなかったが、リュックサックに詰めておいてよかった。

史哉は廊下へ足を踏み入れた。いくら不在の時間帯だからといって長居は禁物だ。

早速風呂場の扉を開けた。そこは脱衣所と洗面所になっていた。狭い空間に洗濯機が置かれ、その奥に浴室の扉があった。洗濯機の上には浴槽から水を汲み上げるホースが置かれていた。風呂の水を再利用しているのだろうが、古謝の身体が浸かった湯で洗ったものなど余計に不潔なものに思われてならなかった。浴室の扉は擦りガラスで折り畳み式になっていた。史哉は横へスライドさせた。そして、目の前の浴槽を見て困惑した。

狭すぎる。

浴槽には水が張られており、間違いなく古謝は湯船に浸かっているのだろう。しかし、その大きさは大人が体育座りできる程度の広さしかなかった。足を伸ばすことなど当然できるはずもなく、泥酔しているからといって溺れるような広さではなかった。誤って転倒し、湯船に頭から突っ込まない限り溺死などありえないように思えた。その時は湯船の中で逆さまになり、下半身を天に向かって突き出すという何とも無様な格好で発見されることだろう。それくらいの辱めは受けて然るべきだが、仮にその状況を作り出せたとして警察は純粋な事故死と判断するだろうか。そして、自分の力で古謝の巨体を反転させることなどできるだろうか。洗い場も一人がやっと座れる広さしかない。

迷うまでもなく、その答えはいずれも否だった。

一つ山を越えたかと思ったら、現れたのは新たな山だった。

しかしここで項垂れている時間はない。別の方法を考えるしかない。史哉は風呂場内の写真をデジカメに収めると、奥の居室へ向かった。古謝の現在の生態がそこには表れていることだろう。嫌悪感を禁じ得なかったが、これも避けては通れぬ道だ。

扉の擦りガラス越しに薄暗い居室の様子が窺えた。ドアノブに手をかけゆっくりと押した。

なんだこれは。

ドアノブを押す手が止まった。

六畳ほどの一般的な単身者用の広さの居室だった。ベランダへ出るためのガラス製のスライド扉があるようだったがカーテンが閉ざされており、薄暗い部屋は狭さを感じさせた。そして煙草の臭気と共に飛び込んできたのが、足の踏み場もないほどに散乱したゴミだった。食べかけのコンビニ弁当や飲みかけのペットボトル、服や布団といった生活用品も交ざっていた。無秩序に散らばったそれらは部屋の容積を圧倒的に小さくしていた。病的なものを感じるほどに雑然としていた。まともな人間の部屋には思えなかった。テーブルの上やキッチンの流しもゴミ箱と化していた。

その中にポリ袋を見つけた。薄い袋の下に透けていたのはビール缶だった。袋の中を覗くと大量の空き缶が入っていた。漂ってくるアルコール臭に思わず顔を背けた。

そして史哉はキッチンの足元に置かれた冷蔵庫を開けた。

これは——。

そこには数本の缶ビールが並んでいた。史哉は思わず冷蔵庫の扉を叩きつけるように閉めた。

許せない。絶対に許せない。

もうこれ以上この居室に留まりたくなかった。平静を保っていられる自信がなかった。

だが、犯行を完遂するためには隈なく見ておかなければならない。史哉は深呼吸をし、気を落ち着けると全体を見回した。そして今入ってきた扉側の壁を見て目を瞠った。

〈俺はクズだ〉

赤い乱れた文字だった。それだけではなかった。壁一面に呪詛のような文言が書き殴られていた。

〈俺は人殺しだ〉

〈死にたい〉

〈生きている価値などない〉

明らかに正常な精神状態の人間が書いたものではなかった。気味の悪さが際立っていた。これは、古謝が書いたのか。

更にそれらの中に黒い線で何度も掻き消された箇所があった。必死に消したのだろうが「酒は聖水だ」という文字ははっきりと読めた。同様の痕跡が他にもあった。それらの下には「俺は神だ」「俺を裁くことは誰にもできない」という傲慢な言葉が所狭しと書かれていた。

一体何なんだ、これは。

まるで対照的なそれらの言葉に、古謝の狂気を感じずにいられなかった。史哉は自分の足が震えているのに気づいた。こんな男に襲われ、母はどれほどの恐怖を味わっただろう。想像したくもなかった。

だが、なぜこれらの相反する言葉が同じ壁に書かれているのだ。解せなかった。とても同じ人間の行為とは思えなかった。まるで二つの人格を一つの肉体に宿しているかのようだった。酒に侵された古謝と、素面の古謝。そう考えなければ説明がつかなかった。前者は内に潜んだ凶暴性を表面化させ、後者はその自らの愚行に苛まれる。

しかし本当にそんなことがありうるだろうか。咄嗟に導き出した仮説は俄かには信じがたかった。もしそうであるならば、あいつには自らの行為を懺悔する瞬間が僅かにでもあるということなのか？　それはつまり十五年前のあの凶行に対しても——。

そんな馬鹿な。ありえない。それだったらなぜ、酒を飲む。酒を断つことを法廷で宣言しながら、なぜ酒を飲む。自ら反故にしている時点であいつが改悛などしているはずがない。それは史哉にとって願いでもあった。古謝のそんな姿など見たくもなかった。悔やむだけでは許されるはずもないことをお前はしたのだ。

一方でこの殴り書きから垣間見える古謝の狂気に強い不安を覚えた。泥酔している状態であろうが、覚醒した古謝をこの病に侵された身体で葬ることなどできるだろうか。そしてその男を前にした時、恐れることなく立ち向かえるだろうか。

自分がとんでもない化物を相手にしようとしていることに気づかされた。

ふと、ゴミの散乱したテーブルの上に、「内服薬」と書かれた小さな紙袋が置かれているのが目に入った。薬を飲んでいるのか。年齢とあの体型を考えれば不思議ではなかったが、史哉は気になりそれを手に取った。中には白い錠剤が入っていた。百錠ほどのうち、半分が既になくなっていた。処方されたのは十一月八日となっていた。今日で十日目だ。一日で五錠ほど服用している計算だ。

一体何の薬を処方されているのだろうか。薬の説明が書かれた紙が入っていた。「ジアゼパム」という聞いたことのない薬だった。用法、用量などが記載されている中で気になる文言を見つけた。

〈不安の軽減や抑うつに効果があります〉

抑うつ？

何でこんな薬を飲んでいる。まさか——。

古謝はうつ病なのか？

突如現れた可能性だったが、この部屋の状況を見たあとでは、何の違和感もなく受け入れることができた。

閃光が走った。

自殺だ。

自殺を偽装できないだろうか。

むしろ、この部屋を見れば事故による溺死よりも遥かに説得力を持ってきやしないか。古謝が通常の精神状態にないことは明らかだ。

史哉は薬の説明書をデジカメに収め元に戻すと、横に置かれていた小さな紙箱を手に取った。箱には「トリアゾラム」と書かれていた。これも薬に違いなかった。箱の中から錠剤と説明書を取り出す。やはり錠剤は半分ほどがなくなっていた。そして説明書には「脳をリラックスさせ睡眠へ誘う」と書かれていた。これはつまり、薬に頼らなければ睡眠さえもままならない状態ということではないだろうか。史哉は薬を写真に収めると元に戻した。

とりあえず今日はこれで退散しよう。最後に壁の落書きや散乱した居室の様子を写真に収めた。

玄関で靴カバーを脱ぐと、中を振り返った。大丈夫だよな。侵入した痕跡はどこにも残していないはずだ。今一度自分の行動を振り返る。十分ほどの滞在だったが随分と長く感じられた。そして何も問題ないと結論付けると、ドアノブに手をかけた。

もし外に人がいたら――。史哉はドアスコープで外を覗いた。大丈夫だ。誰もいない。

外へ出ると、周囲を見やった。スカイツリーが目に入ったが、あんなところから俺の顔が識別できるはずもない。他に人影も見えなかった。誰にも見られていない。

あとは施錠だ。ここで施錠ができなかったら最後にして最大の痕跡を残してしまう。

ピンセットでテンションをかけ、ヘアピンを挿し込みゆっくりと擦っていく。少しずつディスクタンブラーが引っかかっていくのが分かり安堵した。やがて鍵が回転した。

よし。

確認のためにドアを引く。ちゃんと閉まっていた。そして史哉は何食わぬ顔で社員寮を出た。

日に日にこの計画の精度は上がっている。その満足感が自転車のペダルを踏む足に力を与えた。

あとはこの身体がその日まで持ってくれるかだ。気力と体力の勝負だった。

自転車を自宅に停めるとそのままネットカフェへと向かった。

部屋に通されるなりパソコンに「ジアゼパム」と打ち込んだ。

〈ベンゾジアゼピン系の薬であり、脳の興奮を抑え、不安の軽減、抑うつ、不眠改善といった効果があります〉

服用量は一〜二・五錠を一日二〜四回となっている。確かにそれくらいのペースで服用されていた。

また、「トリアゾラム」も睡眠導入剤で間違いなかった。これを古謝が毎晩服用しているのならば、深い眠りのうちに殺害できるかもしれない。急激な興奮を覚えた。

史哉はデジカメに収めた古謝の居室の写真を捲った。この居室の状況、そして処方されている薬、状況は古謝がうつ病であることを示唆している。壁の殴り書きから推察するに恐らく殺人を犯したという過去がそこに拍車をかけている。

確信が得たかった。史哉はキーボードを叩いた。

そして望んでいた記述を見つけた。

〈アルコール依存症発症者はそうでない人と比較し、およそ四倍もうつ病を併発しやすいとする研究結果がある。アルコール依存症とうつ病を併発した場合、飲酒後に自殺を図るケースが多いのが特徴である。これは飲酒により自殺への恐怖心の低下、判断力の低下、自らへの攻撃性の高揚などが起こるためである〉

「完璧だ」

思わず声に出ていた。全てが古謝の自殺を肯定している。

アルコール依存症とうつ病を併発している古謝が、密室の自室で遺体となって発見される。妙な痕跡さえ残さなければ警察は自殺として処理するはずだ。

最後の課題はどうやって自殺を偽装するかだ。

最も確実で安全な自殺の偽装。史哉は「自殺　方法」と打って検索をかけた。

首吊り、飛び降り、リストカット、焼身――。

一つ一つ実現の可能性を探っていった。だが、いずれも古謝が目を覚ます可能性や、他の住人に音や臭いで気づかれる可能性があった。確実に古謝を死に至らしめ、自らの逃げる時間も確保せねばならぬことを考えると現実的ではなかった。

他にないか。確実に自殺として処理される状況。

画面をスクロールし、一つのニュース記事を見つけた。

〈四日、東京都江東区の公園の駐車場に停められた軽自動車から、二人の男女の遺体が発見された。窓にはガムテープで目張りがされており、車内からは練炭の焚かれた七輪が見つかったことから警察は練炭自殺を図ったものとして捜査を進めている〉

練炭自殺か。

苦しまずに死ねるため、多くの自殺志願者が選ぶ方法だと聞いたことがあった。

史哉は「練炭自殺」で検索をかけた。

〈練炭自殺とは密閉された空間で練炭を焚くことによって、一酸化炭素中毒が起こり死に至る自殺の方法である〉

〈一酸化炭素中毒とは――〉

〈人体は血中のヘモグロビンが酸素と結合することで、血流を通じ全身に酸素が運搬される。しかし、一酸化炭素はヘモグロビンとの親和性が酸素のおよそ二五〇倍も高いため、一酸化炭素濃度の高い場所ではヘモグロビンは一酸化炭素と結合をしてしまう。そのため酸素がヘモグロビンと結合できなくなり、全身が低酸素状態に陥り障害を起こす〉

〈一酸化炭素の血中濃度に応じて、症状の重さが変わってくる。一般的に濃度が一〇～二〇％で頭痛、二〇％～めまいや動悸、三〇％～失神・錯乱・視力障害、五〇％～昏睡・意識障害、七〇％～死亡に至るとされる。火災現場等において避難中に一酸化炭素中毒により死亡する事例も多い。これは一酸化炭素が無味無臭の気体であるため、気づかぬうちに一酸化炭素の血中濃度が上がってしまうからである〉

〈一般的に練炭自殺は、眠ったような死に顔で、乱れたところもなく発見されることが多いため、苦しまずに死に至る方法と思われがちである。だが、それは血中の一酸化炭素濃度が一気に高まり即死した場合である。実際には徐々に一酸化炭素濃度が上がっていくため、障害の過程を経て苦しみながら死に至るとされる。しかし全身に運動障害が起こり、身動きが取れない状態であるため、まるで穏やかに死に至ったような姿で発見されるのである〉

　苦しくても身体が言うことを利かない。生き地獄を味わいながら死んでいくのか。まさに古謝にうってつけの最期ではないか。苦しみ、悶えながらこの世に別れを告げるのだ。無味無臭であることも、他の住人に気づかれにくいという点で大きなメリットだった。施錠して逃亡する時間は十分に稼げるだろう。

　壁の殴り書き、うつ病、飲酒、密室、練炭の焚かれた居室に横たわる遺体。紛れもない自殺遺体の出来上がりだ。

　問題は眠った古謝に気づかれずに練炭を部屋に準備できるかどうかということだ。気密性を高めるために扉にテープで目張りをする必要もあるだろう。古謝の熟睡している時間と確実に死に至らしめる練炭の量を知る必要がある。また、練炭を焚くとなればそれなりに時間も要するだろう。自分が吸い込まぬよう細心の注意を払う必要もある。万が一失敗し、古謝が生きながらえれば間違いなく殺人未遂事件として捜査される。そうなれば形勢はたちまち不利になる。

古謝の就寝時間は社員寮の前で張り込めば消灯の時間で確認することはできる。問題は熟睡しているかどうかだ。睡眠導入剤を服用しているとはいえ、不用意に遂行するわけにはいかない。

確か睡眠の質を確認できる装置があったはずだ。検索をかけるとスマホのアプリや、身体に装着するタイプ、布団の下に敷くタイプなど複数のタイプのものが現れた。だが、いずれも古謝にバレないように仕込むのは限りなく不可能に近い。何か他に方法はないものか。

目をつむり考えを巡らせた。

盗聴器はどうだろう。古謝の部屋に仕掛けて、呼吸音やいびきの音を集音できないだろうか。

調べると秋葉原の電子機器専門店に盗聴器は売っていた。取りあえずここに買いに行ってみよう。そこの住所と簡単な地図をメモすると、史哉は盗聴器の基本的な知識を調べて頭に詰め込んでいった。何の知識もない状態で店員に根掘り葉掘り聞いて余計な記憶を残したくはない。

〈盗聴器は集音マイクの内蔵された発信機と、受信機を組み合わせて活用する。発信機が盗聴で集音したものを無線電波で飛ばし、その電波を受信機がキャッチすることで音声を聞くことが可能になる。無線電波の周波数は――〉

生粋の文系の頭脳でも理解できるほどにシンプルだった。値段はものにもよるが発信機と受信機で、合わせて十万程度を準備しておけばよさそうだ。

史哉は店の場所をノートにメモするとネットカフェを出た。近くのＡＴＭで現金を下ろし電車で秋葉原へ向かった。

秋葉原駅に着くと、電気街口を出た。店は電気街の裏道にあった。狭い店内には天井まであらゆる電子機器が積まれていた。発信機と受信機は盗聴器の発見器の横に揃って並んでいた。

発信機は形状がプラグ型のものや、ペン型にカモフラージュされたものなど様々な種類が揃っていた。その中で史哉は電池寿命が二週間以上あるガラケーサイズの発信機を選んだ。あれだけ乱れた部屋であればこのサイズでも巧く隠せば見つからないだろう。電波飛距離も五〇メートル〜一〇〇メートルであり十分な性能だ。送信周波数もオーソドックスなものだった。値段は四万を超えていたが予算の範囲内だ。

そして、受信機は発信機の送信電波に適合する最も性能の高そうなものを選んだ。こちらも四万円弱の高価なものだった。

あとは会計だ。盗聴器など買って犯罪を目論んでいることがバレやしないか、内心に大きな不安を抱えながらレジに置いた。念のために偽造した免許証も準備していたが、本人確認をされることもなく店を出ることができた。一気に身体の硬直が解けた。史哉はその場をすぐに離れたくて、足早に駅へ向かった。

まずは家で試してみよう。

家に着くなり史哉は発信機と受信機をケースから取り出した。そして一緒に買った電池をセットし、イヤホンを耳に挿すと電源を入れた。

電話をしている時のようなノイズが耳に広がった。だが何も聞こえない。この部屋に音がないのだから当たり前だということに気づいた。試しに「あいうえお」と言ってみた。僅かに遅れて耳に「あいうえお」と響いた。

「おお」と思わず声に出た。

　これはいい道具を手に入れたぞ。出費は嵩んだが十分な収穫と言えた。

　史哉はテレビを点け音量を上げると、発信機をテーブルに置き、受信機を持って家の外へ出た。離れるほどにノイズが混じり感度が悪くはなったが、テレビの音を識別することは十分に可能だった。

　どれほど実践的な道具なのか、今すぐにでも古謝の自宅に仕掛けたくなった。時計を見ると十五時だった。もうこんな時間か。まだ終業まで時間はあったが、盗聴器を仕掛けるのであればもう少し時間に余裕がほしい。明日にするしかない。

　だが時間を無駄にはしたくない。史哉はロールパンを胃に収めると、再びネットカフェへ向かった。午前中に来た時と店員が変わっていた。顔を覚えられると面倒なだけにありがたい。

　一体、古謝を確実に死に至らしめるためにはどれほどの練炭を用意せねばならないのか。肝となる情報を知る必要があった。

〈空気中の一酸化炭素濃度が一六〇〇ｐｐｍ（〇・一六％）になると二時間で死に至るとされる〉

　たったそれだけなのか。想像以上に微量だった。だが果たしてその量の一酸化炭素を発生させるためには、どれほどの練炭を焚く必要があるのか。

　一つの論文を見つけた。それは消防組織の書いたもので、六畳程度の密閉された部屋を一酸化炭素で充満させるのに必要な練炭の量を調べたものだった。

〈一・四キログラムのマッチ練炭一つを用いた〉

〈その結果、一時間余りで一酸化炭素濃度は四〇〇ｐｐｍまで到達した〉
四〇〇ｐｐｍとは四、五時間で激しい頭痛を催す程度の量のようだった。単純計算でマッチ練炭を四つ焚けば、致死量の一酸化炭素をあの部屋に充満させられるということだ。調べてみるとこのマッチ練炭というのは着火剤が上部に塗布されており、火の着いたマッチを置くだけで着火するらしい。時間も大幅に短縮ができる。いざ実行する時には、暗闇であることを考慮しマッチよりも扱いやすい着火ライターの方がいいかもしれない。

またマッチ練炭を利用する際は、練炭コンロという専用のスチール製のコンロを用いると書かれていた。一つ当たり一・五キログラムで、マッチ練炭を合わせても全部で十二キログラム足らずの重さだ。病身とはいえこの程度なら古謝の部屋まで運ぶことはできるだろう。そして、いずれもホームセンターで入手可能なもののようだった。明日探すことにしよう。

あとは気密性の確保だ。最近の新築物件は気密性の高い作りになっているようだが、あの建物は少なく見積もっても築後三十年は経過しているだろう。ベランダへ出るスライド扉、そして居室の扉、それらにしっかりと目張りをせねばならない。

そこで一つの矛盾に気づいた。

居室の扉に目張りをしてしまったら外へ出られないじゃないか。根本的な欠陥だった。だからといってあそこだけ目張りがされていなかったら明らかに不審だし、気密性の観点からも絶対に封鎖する必要がある。しかし外側から目張りするのは余りに愚かだ。玄関の鍵が施錠されていたとしても何者かの犯行であることは一目瞭然だ。

一体どうすれば——。

そうだ、扉の両面をガムテープで目張りすればいいじゃないか。まず部屋の内側から目張りをし、扉を開閉できる程度にテープを剝がす。そして練炭を焚いたら、扉にガムテープを貼ったまま扉を開けて外へ出る。この内側の目張りはフェイクだ。居室から出たら、本来の気密性を高めるための目張りを外側から行い、古謝の部屋を一旦あとにする。ここからが鍵だ。社員寮の外で受信機を使って古謝の様子を窺い、絶命した頃合いを見計らって部屋へ戻る。部屋に入ったら扉の外側に付けられた目張りを剝がして居室内に入り、古謝の死亡を確認した上で発信機を回収する。そうしたら再び居室の外へ出るのだが、そのまま閉めただけでは第一発見者が中に入る際に抵抗もなく扉が開いてしまう。内側から目張りがされているにもかかわらずそれは不自然だ。だから何かゴムのようなものを扉の隙間に挟んで閉めるのだ。第一発見者は扉を押した時に抵抗を感じるはずだ。それは扉が開けばあの散乱した部屋のゴミの中の一つになる。

　我ながら、いいアイディアだと思った。明日侵入した時に試してみよう。史哉はノートにそれを記した。

　他に見落としていることはないだろうか。

　史哉は頭を巡らせた。そして、室内に火災報知機や一酸化炭素警報機が設置されている可能性に思い至った。もし設置されているのであれば、練炭を焚けばたちまち警報が鳴ってしまう。調べると一酸化炭素警報機の設置は義務化されていないようだったが、火災報知器は平成十八年に施行された消防法の改正で義務化されていた。罰則はないと書いてあったが、設置率は既に八割を超えているという。そうするとあの社員寮にも設置されている可能性は高い。ふと古謝が部屋で喫煙している痕跡を思い出した。煙草が吸えるのならば、設置されていないのではないか。そう思ったが、どうやら火災報知器が煙草の煙で作動することはほとんどないようだった。仮にあの部屋に設置されていたとしたら、破壊するしかないだろう。練炭自殺を完遂するために破壊したというのであれば筋は通っている。これも明日しっかりと確認しておく必要がある。史哉はノートにメモをした。

あとは時間だ。この計画の実行にはどれほどの時間を要するのか。

古謝の就寝時間前に社員寮まで自転車でマッチ練炭と練炭コンロを四つずつ運び、隣地の駐車場で待機する。リュックサックに入れて背負い込めばさほど重さも感じないだろう。そして部屋が消灯し盗聴器で古謝が眠りに落ちたことを確認し四階まで上る。大事を取って二分としよう。史哉はノートに時間を記入した。

古謝の部屋の前まで来たらリュックサックを下ろし、レーキングを開始する。今後の練習次第で短縮できるかもしれないが、レーキングは五分と見積もる。

部屋に入ったらまず靴カバーを被せる。両足で一分だ。そして古謝が目を覚まさぬように居室へ侵入し、古謝の睡眠状態を観察する。五分くらいは見る必要があるだろう。待てよ、部屋の中は暗いはずだ。仮に雨戸が開いていたとしても、窓から入る明かりだけで犯行を完遂するのは無理がある。暗視ゴーグルのようなものを買う必要があるかもしれない。調べると秋葉原に売っていた。これも明日買いに行こう。

そしてリュックサックから練炭コンロを取り出しマッチ練炭をセットする。一つ一分として四分だ。

次に目張りだ。まずはベランダへ出るガラス製のスライド式の扉だ。テープを見合う長さに切り、貼り付ける。切る時の音を考えると、布製のガムテープよりもビニール製のテープの方がいいかもしれない。気密性の点を考えてもビニール製の方が適しているだろう。それぞれ窓枠一辺に一分としよう。扉同士の境目も含めたら五分だ。そして居室の扉も内側からフェイクのテープを貼り付ける。剝がすところまで含めて一辺二分で八分だ。そしてマッチ練炭に着火ライターで火を着ける。ネット上の動画を見るにものの数秒で着火するようだったが、一つ一分としてこれは全部で四分だ。また、着火ライターに古謝の指紋が付いていないとおかしい。古謝の絶命を確認するタイミングでしっかりと付着させておかねばならない。

　そして部屋の外へ出て扉の外側からテープで密閉する。これも一辺一分の四分。最後に一分で靴カバーを脱ぎ、五分で施錠をしたら二分で社員寮を出る。

　合計を計算する。四十六分だ。

　余分に見積もってはいたが、不測の事態を想定し一時間くらいは安全な時間帯を確保する必要があるだろう。

　史哉は見えてきた課題をノートにメモした。きっと明日には全てがクリアになり、成功のイメージが摑めているはずだ。そして会計を済ませるとネットカフェを出た。

　外は日が暮れていた。ポケットに手を入れると、何かが触れた。取り出すと受信機だった。そうだ、入れっぱなしにしてあったんだ。発信機の電源を切った記憶もない。

　スマホの時計を見る。

　18：24。

　真帆は既に帰宅している時間だ。

それは出来心だった。これで部屋にいる真帆の様子が分かるのではないだろうか。うまくすれば真帆を驚かせることができるかもしれない。ささやかな愉しみを思いつき、史哉の足は速まった。

そして、アパートが見えてくると、史哉は受信機のイヤホンを耳に挿し電源を入れた。

砂嵐のような音が徐々に収束していく。

〈す……よね……うあ……〉

途切れ途切れに音がする。

それが真帆の声だと気づくまでに時間がかかった。何か独り言を言っている。夫とは言え、自分には聞かれたくないことかもしれない。いざやってみると気が引けたが、盗聴の練習という大義名分もあった。

〈……ほんと……お……さん……ごめんね〉

語尾以外はよく聞き取れなかった。少し声の調子が低い。何やら謝っているようだった。

〈そうだよね。でも、本当に……か分かんなくなっ……〉

アパートに近づくほどに音が鮮明になっていった。誰かと話しているようだ。相手の声は聞こえないから電話だろう。そして、自分の病のことを話しているのだと察した。

〈大丈夫。皆いい人ばかり……〉

岩手に住む真帆の母親かもしれない。娘がそっくりそのまま受け継いだような、快活な口調が蘇る。

〈でもさ、史哉がいなくなったら私……どうしよう……どうやって……〉

史哉は足を止めた。

真帆には俺以外にも家族がいる。万が一にも失敗するようなことがあれば、真帆の家族をも巻き込む事態へと発展する。今更ながらに気づかされた。

真帆はそのことに気づいていないのだろうか。それとも復讐に加担することは、それ以上に真帆にとって大切なことなのだろうか。一体真帆は今、どんな気持ちで母親と言葉を交わしているのだろうか。電話の向こうにいる真帆の母親を想った。俺との結婚を認めたばかりに娘が暗い道に進もうとしている。娘の夢の成就を願って東京へ送りだしたのではなかったか。真帆が建築設計事務所へ転職を決めた時の母親の喜ぶ顔が、後世に残る建物を作りたいと夢を語る真帆の顔が蘇った。やはり真帆とは別れておくべきだったのだ。

——駄目だ、真帆。

唐突に別の声がした。

——惑わされるな。電話を切るんだ。この計画は綱渡りだ。僅かな迷いが命取りになる。そんな電話に心を惑わされてはいけない。

心臓が早鐘を打っていた。

一体何なんだ、この焦燥感は——。

その声は真帆の家族の存在をかき消さんばかりだった。

身震いがした。

これが俺の本心なのかもしれない。

少しずつ、自分の中で何かが変わっていっている。

そのことを自覚し、史哉は夜風の中で立ちつくした。

19

今朝も変わらぬ時間に古謝ら住人は出勤していった。

史哉はそれを見届けると社員寮に侵入し、レーキングを開始した。まだ二回目だったが、躊躇いがなくなったのか昨日より大幅に時間が短縮され、三分ほどで解錠することができた。部屋の中に入り玄関で靴カバーをすると、実行する時のことを想定し、足音を忍ばせて居室へ進んだ。扉を押し開けると史哉は中を見回した。一体この散乱した居室のどこに発信機を仕掛けるべきか。最終的には回収しなければならない。古謝の寝息が拾えて、紛失の恐れがないところはどこか。

壁際に置かれた背の高い箪笥を見た。この狭い部屋の結構なスペースを占領している。この箪笥の上ならばどうだろう。目線より高い位置にあり、発信機の存在には気づかれにくいはずだ。ゴミもこの上であればそう置かないだろうし、仰向けに寝るのであれば音も拾いやすそうだ。

史哉は手を伸ばしそこに発信機を置くと、アラームを鳴らした状態のタイマーを布団の上に置いた。そして居室を出ると、ドアスコープで外を確認し部屋の外へ出た。人目に付かぬよう慎重に社員寮の外へ出て、受信機のイヤホンを耳に挿した。さっき鳴らしたアラーム音が耳に届いた。そのまま社員寮の周囲を歩いていくと、徐々にノイズが混じり、角を曲がり数十メートルほどしたところでアラーム音が消えた。この辺りまでが電波の届く距離のようだ。反対側も歩き、電波の届く半径を把握した。隣地の駐車場は既に二台のバンが出動しており、入るのが躊躇われたが十分に音は拾えるだろう。

あとは火災報知機と一酸化炭素警報機だ。史哉は部屋へ戻った。万が一にも見落とせば、命取りになりかねない。それだけに部屋中を徹底的に探した。だが、それらはどれほど目をこらそうと見つからなかった。これは幸いだ。この部屋には火災報知器も一酸化炭素警報機もない。史哉はそう結論付けた。

そして、自宅へ戻ると暗視ゴーグルを購入するために秋葉原へ向かった。調べてあった店は秋葉原駅の電気街口を出たところにあるミリタリーショップだった。ショーウィンドウに展示されていた双眼鏡タイプのものを購入した。十万円する代物で本来的には狩猟用らしい。自分のやろうとしていることもある意味狩猟だ。打ってつけの道具と言えた。こいつも今晩試してみることにしよう。

史哉はその足で十分ほどのところにあるホームセンターへ向かった。店内に入るとマッチ練炭と練炭コンロはすぐに見つかった。八個入りのマッチ練炭が段ボール箱に入っており、同じ棚に練炭コンロが二つ置かれていた。マッチ練炭は持ってみるとかなりの重さがあった。一つ一・四キログラムだから十一・二キログラムあることになる。それと練炭コンロを一つ取ってレジへ持っていった。さすがに一度に練炭コンロを四つも買えば持ち運びに苦労するだろうし、不審に思われかねない。午後にホームセンターを回って残りの練炭コンロも揃えればいいだろう。

自宅へ戻ると史哉はソファで息を吐いた。準備は着々と進んでいる。

今夜、盗聴器の確認が済めば、あとは自分次第となる。

自分の残りの人生を知らされてまだ一週間余りの時間しか経っていなかったが、想像以上のスピードで準備が進んでいた。遠くにあった古謝の殺害が眼前に迫ってくるのを感じた。

途端に不安を覚えた。本当に自分は古謝を殺せるのだろうか。いくら相手が許せぬ人間だとしても、一人の人間の命を奪うのだ。この世から一人の人間を消し去るのだ。この期に及んで怖気づく自分がいることを否定できなかった。

何と情けないことか。唇を噛んだ。

その時、スマホがラインの着信を伝えた。

臣吾だった。一体何だろう。

〈調子どうだ〉

たったそれだけだったがトレーニングに集中したいはずの兄に、気苦労を掛けていることを申し訳なく思った。「悪くないよ」と送り返そうとして手が止まった。

どうせなら兄貴に会いに行こうか。

会えば自分の決意が揺らいでしまうのではないか、そういう危惧もあった。万が一にも失敗すれば兄の未来を潰してしまう。そのことを改めて認識させられるのではないか。

しかし、この憎しみを理解してくれるのは兄をおいて他にいなかった。自分の背中を最後に押してくれるのは兄しかいないのではないか。臣吾の口から古謝への憎しみを引き出すことができれば、それはきっと自分の中に残った最後の良心を破壊してくれるはずだ。それに直接会った方が臣吾も多少は安心するだろう。

〈悪くないよ　お昼もう食べた？〉

もうすぐ十二時半になる。臣吾も昼休憩のためにソニャールへ行く時間だろう。

〈これからだ〉

〈そっち行っていい？〉

〈近くにいるのか？〉

〈家。十五分くらいで着くよ〉

〈無理するな〉

〈昼飯自分で作るより楽だから〉

〈ソニャールじゃないぞ〉

〈え、違うの？〉

少し落胆した。

〈家から持ってきたものがある〉

〈なんだ、残念。でも休憩なら行くよ〉

〈それならジムの前のテラスにいる。何食いたい？〉

〈じゃ、おにぎり〉

〈分かった。買っておく〉

昼飯は臣吾に甘えておこう。史哉は着替えをして自宅を出ると、途中でタクシーを拾って向かった。

テラスに着くと既に花壇のブロックに臣吾が座って何かを食べていた。

「お待たせ」

臣吾は「おう」と顔を向けた。

「随分早いな」

「タクシーで来たんだ」

「そうか」

兄が食べていたのは、弁当箱に詰められた無味乾燥な鶏のささみとブロッコリーの山だった。既に半分が空になっている。

「急にどうした」

臣吾が険しい表情で聞いてきた。また何か史哉に異変が起こったと思っているのかもしれなかった。

「家にいても退屈なんだ」

史哉は笑った。

「お前の暇つぶしに付き合うほど俺も暇じゃないんだがな」

「練習は順調？」

「時々こうして邪魔が入るが、概ね順調だ」

「それはよかった」

「そんなことより大丈夫なのか。体調は？」

「まあね」

そう答えたが、昨日体重計に乗ってみると体重が更に一キロ減っていた。確実に病魔が身体を蝕んでいっていた。

「ほら、おにぎりだ」

「サンキュー」

史哉は臣吾の差し出したコンビニの袋を受け取った。

「お前、本当に入院する気ないのか？」

「ないよ」

史哉は断言した。臣吾に不安な想いをさせているのは分かっていた。

「病院にいたら今より退屈だ。今はこれでも色んなものから解放されて充実してるんだ」

「何してるんだよ、毎日」

「やりたいことしてるんだよ」

「なんだよ、お前のやりたいことって」

「――釣りとか」

「そうか」

臣吾は笑わなかった。そんな些細なことが今の史哉の生きがいだと本気で思ったのかもしれない。

「ごめんな。俺がこんなんになっちゃって」

「お前が謝ることじゃない」

「でも、もうすぐ兄貴一人になっちゃうんだぜ」

「馬鹿なこと言うな」

臣吾が声を荒らげた。

「ごめん」

臣吾の目を見た。ここまで育ててきた弟が、殺人者となってこの生涯を閉じると知ったらどう思うだろうか。よくぞ母親の仇《かたき》をとってくれたと褒め称えてくれるだろうか。それとも――。

自分のしようとしていることは正しいのだと、思いたかった。

「ねえ」

「ん？」

「兄貴はさ、母ちゃんを殺した奴のこと本当はどう思ってるの」

「本当は」という部分に力を込めた。俺が聞きたいのは建前じゃない。この前「捨てろ」と言っていたその感情だ。俺と共鳴しているはずのその感情だ。

「前も言っただろ。捨てたんだ、そういう感情は。くだらないこと聞くな」

臣吾の声にこの話題を嫌う怒気を感じた。

「でも母ちゃんが生きていれば、兄貴は一人にならずに済んだんだ」

臣吾は何も言わず隅田川を見ていた。

「あの時は俺も納得した。でもたった二週間で状況は変わっちまったんだ。あの時とは違うんだ」

史哉は言葉に熱を込めた。

臣吾が視線を足元に落とした。

しばしの沈黙があった。兄の迷いが見えた。

「憎いよ」

ポツリと漏らすように言った。

「憎いに決まっている。勝手に俺たちから母ちゃんを奪ったんだ。当たり前だろ」

初めて聞く臣吾の古謝への感情だった。これまでどんなことがあってもその感情を表に見せることはなかった。史哉は安堵する自分に気づいた。そうだろ、兄貴。古謝が憎いだろ。しかし、それでは物足りなかった。もっと強い感情が聞きたかった。それこそ殺意の滲み出る言葉を聞きたかった。

「だがな、その気持ちは捨てるしかないんだ」

前と同じことを臣吾は言った。

「今、俺は幸せにも夢だった世界チャンピオンに挑戦しようとしている。もしずっとその感情に支配されていたら、その幸せすらも感じられないだろ。だから、この感情は捨て去るしかない」

それは未来ある人間の言葉だ、史哉は内心で反論した。俺だってあの時は兄貴の言葉に納得した。この気持ちを抑えこむつもりでいた。だが直後に自分の未来が余りにも短いことを報された。兄貴だって俺と同じ境遇に見舞われたら同じことをするはずだ。

そうだろ？

史哉は兄の顔に問いかけた。俺がこれからやろうとしていることは間違っていない、絶対に。兄貴は自分の未来のためにその気持ちを捨て去ればいい。だから代わりに俺があいつに鉄槌を振り下ろしてやるんだ。

「それに、俺は一人になっても大丈夫だ。お前に心配されるほど弱くない」

兄が見せた笑みには寂寥感が漂っていた。

「それはよかったよ。まあ、兄貴には、潤さんもいるしな」

二人の間に流れた空気を取り払おうと冗談めかして言ったつもりだった。

「何言ってんだ」

そう言う目は冷たく映った。蛇足だったろうか。

「真帆がうるさくてさ。いいかげん結婚したらどうだって」

史哉は取り繕った。

「くだらないな」

臣吾はなぜか不快そうに言った。

20

「何これ」

帰宅してきた真帆は部屋に置かれたマッチ練炭と練炭コンロを見て言った。

「今回の計画に使うんだ」

「計画できあがったの？」

「ああ」

「完全犯罪？」

「そうだ」

「すごいじゃん。史哉ならできると思ってた」

真帆は素直に感心したようだった。

「私は何をしたらいいの？」

「真帆は――」

答えようとして開いた口を史哉は止めた。

心変わりしていないよな。

史哉の頭に、昨晩図らずも盗聴した真帆の電話が蘇った。

この純粋さは果たして本物なのだろうか。

計画を話す以上、真帆の気持ちを確かめておく必要があるのではないか。

「大丈夫だ。真帆の力は必要ない」

気づけばそう言っていた。

「どういうこと？」

「俺一人で完遂できる。やっぱり真帆はこの計画に加担しちゃ駄目だ」

「だからどういうこと？」

「真帆はこんなことをするべきじゃない。これからの人生がある」

「でも、完全犯罪でしょ」

「そうだ。でも――」

「それなら大丈夫じゃん」

本気で史哉に迷いが生じていると思ったのかもしれない。真帆は史哉を落ち着けるように言った。

「でも――」

「この期に及んで史哉を見捨てられない」

真帆は今にも泣きそうな顔をしていた。それでも史哉は続けた。

「俺は真帆の人生を壊したくない。こんなことしてこれからどうやって生きていくつもりだ。岩手に家族だっているだろ。万が一俺が捕まったって、何も知らなかったって言えばいいんだ」

家族の存在を出したのは賭けだった。

「大丈夫。絶対に捕まらないんでしょ？　そういう計画を考えたんでしょ？」

それが真帆の拠り所か。

「捕まらなくったって、罪悪感だけは残る」

そう言った時、真帆から表情が消えた。

「罪悪感なんてない。だって、当然の報いでしょ」

それは史哉が求めていた止めの一言だった。まさか真帆の口から聞かされるとは。

史哉は気づいた。真帆は俺の憎しみに寄り添っているのではない。心底、古謝という人間を憎んでいるのだ。

真帆は必要だ、そう囁く声がした。

真帆は俺の背中を押してくれる。俺は間違っていないのだと、背中を押してくれる。

「よかったよ」

顔が自然と綻んだ。

「何が？」

「真帆が本気だって分かって」

「何それ――」

試されたことに気づいたのかもしれない。真帆の声が強張った。

「ごめん」

そう言うと、史哉は真帆の不満を押さえこむように計画の説明を始めた。


予定通り史哉は二十二時に社員寮へ到着していた。

同行しようとする真帆を説得し、史哉は一人で隣地の駐車場で息を潜めていた。今日は盗聴器の効果を確認するだけだ。二人で行けば人目につくリスクが上がってしまう。

史哉は隣地の駐車場に停められたバンの間から社員寮を見上げた。やはりここからは各部屋の様子がよく見えた。古謝の部屋を含む入居のある全ての部屋の電気が点いていた。

史哉はイヤホンを耳に挿し、受信機のスイッチを入れた。すぐにノイズが耳に広がった。合間合間で何かの物音が混じる。古謝の生活音を聞いていると思うと、猛烈な不快感が込み上げた。だが所詮独り暮らしだ。誰かとの話し声が聞こえるわけでもなく、歩く音やテレビの音がするくらいで古謝の様子ははっきりとは分からなかった。すぐに動きはなさそうだ。史哉はリュックサックから昼間に買った暗視ゴーグルを取り出し頭に装着した。暗い駐車場が、緑の蛍光色に染められた。これはいい道具を手に入れた。古謝の散乱した部屋でもきっと活躍してくれるだろう。史哉は機能性だけ確認すると暗視ゴーグルをリュックサックに戻した。

それから一時間が経過した。その間にいくつかの部屋の電気が消えた。一方でイヤホンからは変わらず雑音のような物音が聞こえるだけで、特に異変はなかった。盗聴器の効果は現段階ではないと言わざるを得なかった。やはりアラーム音くらいはっきりした音でないと聞き取るのは難しいのだろうか。

そして二時間が経過し、日を跨いだ時、待ちに待った瞬間が訪れた。古謝の部屋の電気が消えた。横たわったのか、大きく息を吐く音がイヤホンから聞こえた。

イヤホンの音に耳を集中させる。

しかし、様子は伝わってこなかった。

それから十分ほどそうしていたが、時々呻くような声が聞こえるばかりで古謝の状態を窺い知ることはできなかった。

やはりこの作戦は失敗なのか。

もしかしたら距離が遠いのかもしれない。史哉は全ての部屋が消灯するのを待って社員寮へ入り込んだ。

そして足音を殺し、階段を上った。四階に近づくにつれ、音がクリアになっていく。そして、古謝の部屋の前に辿り着いた。けれども、耳に届く音に変化はなかった。史哉は左側のイヤホンを外し、部屋のドアに耳を近づけた。

何か聞こえるのではないか。

その時だった。

——グァー。

耳に突如、獣の呻くような音が響いた。思わず史哉は足を止め、周囲を見回した。一体何の音だ。再び同じ音がした。それがイヤホンからの音だとそこで気づいた。何の音だこれは。

――グァー。

それは等間隔で繰り返された。

――グァー。

いびき？

所々で詰まるように音が途切れた。

確信した。

これは古謝のいびきだ。古謝は獣のようないびきをかいて寝ているのだ。狩人がすぐそこにいることも知らず、無防備な姿を獲物が晒している。

史哉は屋上へ続く階段へ場所を移し、隠れて盗聴を続けた。それは古謝の肉体が発する悍ましい音に違いなかったが、史哉は聞き漏らすまいと耳に神経を集中させた。そして断続的に続くそのいびきは遂に一時間を突破した。それでも古謝のいびきの勢いは収まらない。十分だった。これだけの時間があれば古謝の殺害を完遂することができる。

遂に俺は古謝を殺す術を手に入れたのだ。

身体を打つ脈が早くなっていくのを感じた。

完遂はもう、目の前だ。

21

夕方に真帆が帰宅すると、史哉は言った。

「今晩、古謝の部屋に侵入しようと思う」

最初に古謝のいびきを確認してから二日が経ち木曜日になっていた。昨日も古謝のいびきがほぼ同じ時間に開始することを確認していた。たった二日だけのデータに時期尚早という考えもあったが、あまり悠長に構えている時間はない。着々と病魔が己の身体を蝕んでいる。犯行時に遂行できるだけの体力が残っている状態でないといけなかった。

「私は外で見張りをしてればいいんだね」

それが真帆の役割だった。単純だが、危機を報せる人間がいることは、犯行に及ぶ上で重要なことだった。

それから夕食をとると史哉は準備を整えた。遂に古謝のいる部屋に侵入する。忘れ物はないか、自分の計画に抜かりはないか、何度も確認をした。

そして、史哉は真帆と共に二十三時に自宅を出発した。それぞれの自転車に跨り、暗い道を進んだ。平日の深夜だ。人通りはまばらだったが本番を想定し、人目を避けるために迂回した。途中、人影を見つけた時は道を変更して進んだ。史哉の後ろを真帆は黙ってついてきた。街は眠り始めていた。

ほとんど人目につくことなく二人は公園に到着した。

自転車を停めると史哉はリュックサックを開けた。

「もし危険が迫っていたらこれで教えてくれ」

史哉は小型のトランシーバーを真帆に渡した。日中購入したものだった。

「ここに話しかければいい」

真帆に使い方を説明する。史哉はトランシーバーのイヤホンを右耳に挿しワイヤレスマイクを服に装着した。

「聞こえるだろ」

史哉はマイクに向かって言った。「聞こえます」と真帆がトランシーバーに答えた。その声はイヤホンを伝って史哉の耳に届いた。そして左耳に受信機のイヤホンを挿した。

二人は社員寮まで歩いて向かった。

「ひとまずこの辺りで駐車場に近づく人間がいないか見張っていてくれ」

史哉は社員寮の前の道で言った。街灯があるが建物の陰に隠れていれば人目につくことはないだろう。

「分かった」

真帆が頷くと史哉は気配を殺して駐車場へ入り込んだ。そしてバンの間に身を潜め、古謝の部屋の電気が消えるのを待った。

消灯したのは昨日と同じく日を跨いでからだった。

古謝のいびきが爆音となって左耳に届いたのはそれから二十分ほどしてからだった。もう一つの四階の部屋の電気は既に消えていた。

「眠ったみたいだ」

史哉はワイヤレスマイクに向かって囁くと、リュックサックから昼間に購入したヘッドライトを取り出し、頭に装着した。

「行ってくる」

駐車場を出ても真帆の姿は見えなかったが、「気をつけて」という声が返ってきた。

これからすることは今までとは比にならないほど危険なことだ。そのことが社員寮に近づくほどに身体を強張らせた。駄目だ、こんなに緊張していたら身体がいうことをきかない。史哉はジャンプし身体をほぐした。社員寮の扉の前で腕時計のタイマーをセットした。

よし、行くぞ。

史哉は社員寮に入ると、足音を忍ばせ四階まで階段を上った。そして古謝の部屋まで暗い通路を進んだ。タイムは一分三十五秒だった。本番では練炭を背負っていることを考えると妥当なタイムだ。

史哉はポケットからピンセットとヘアピンを取り出すと、受信機のイヤホンの音を少し落とした。周囲の音に気を配りたいというのに加え、音が聞こえないとレーキングの感覚が鈍る気がした。それでも十分なほど古謝のいびきは聞こえていた。

ヘッドライトで鍵穴を照らし、ピンセットを鍵穴に挿し込んだ。金属の触れ合う音がした。小さな音だったが、緊張が走る。だが古謝のいびきに変化はない。

史哉は左手でテンションをかけると、ヘアピンを鍵穴に挿し込んだ。下側を手前に擦るように引くと、ディスクタンブラーの弾かれる音がした。史哉は手を止めた。こうして夜の静寂の中で聞くと案外響く音だった。昼間とは勝手が違う。史哉は左耳に神経を集中させながら、慎重に手を動かしていった。少しずつディスクタンブラーが引っかかっていく。テンションをかける左手に伝わる抵抗も弱まっていった。もう少しだ。カチッ。最後のディスクタンブラーが引っかかる感触があった。史哉はゆっくりとピンセットを回転させた。カチャリと解錠の音がした。タイマーをチェックする。六分五十二秒。想定を大幅にオーバーしていた。

「鍵が開いた。そっちは大丈夫か？」

史哉は口元を押さえワイヤレスマイクに小声で話しかけた。

「大丈夫。人通りはない」

真帆が返事をした。

「了解。これから中に入る」

「分かった。気をつけて」

史哉はリュックサックから暗視ゴーグルを取り出すと、ヘッドライトを外し頭に装着した。視界が緑に変わった。

ドアノブに手をかける。唾を飲み込み、扉を手前に引いた。古謝のいびきが居室の扉を通して聞こえてきた。史哉は受信機のイヤホンを耳から外しポケットにしまうと、靴カバーをして慎重に中へ足を踏み入れた。古謝のいびきが今は命綱だった。ゆっくりと廊下を進んでいく。そして居室の扉に手をかけた。ガラス越しに古謝の様子を窺うが、はっきりとその姿を確認することはできなかった。しかし躊躇っている時間はない。史哉はそっと扉を押した。暗視ゴーグルの慣れない視界だったが、古謝の居場所はすぐに分かった。部屋の真ん中でベランダ側に頭を向け、手足をだらしなく大の字に広げて寝ていた。激しくいびきをかいており、多少の物音ではとても目を覚ましそうにない。しかし、これだけ広く居室を使われると、練炭を置く場所を確保するのも難儀するだろう。そして窓に目張りもせねばならない。史哉はそこでしばらく古謝の様子を観察した。五分ほどたっただろうか。古謝は一向に起きる気配がなかった。

史哉はタイマーをセットすると、勇気を振り絞り居室へ足を踏み入れた。変なものを踏まぬよう、しっかりと足元を確認してスライド扉へ向かった。そしてポケットからビニールテープを取り出すと縁に貼る仕草をした。さすがにまだ実演するだけの余裕はなかった。それを五回繰り返す。その時だった。古謝のいびきが止まった。

史哉は動きを止めた。汗が全身から噴き出た。

目を覚ましたか！

だが、いびきが再び聞こえ、史哉は首を後ろへ向けた。古謝は眠ったままだった。どうやら一時的に無呼吸に陥っていただけのようだ。脅かしやがって。

史哉は慎重に居室の扉の前に足を運ぶと、同じように四辺にテープを貼る仕草を繰り返した。ここは剝がすところまでだ。

それが終わると居室を出た。扉を閉じると大きく息を吐いた。居室内の滞在時間は十三分二十秒だった。これに練炭をセットする時間が加わる。余裕を見た時間設定のつもりだったが、古謝を起こさないようにそれを試すのは想像以上に時間を要した。大丈夫だろうか。

それから史哉は扉の外側にテープを貼る時間を確認すると、扉の外から古謝の様子を観察した。二十分ほど見ていたが、全く起きる気配はなかった。酒と薬の相乗効果は絶大のようだ。そうなると時間は大した問題じゃない。時間をかけてでも古謝を起こさぬよう慎重に事を運ぶ方が重要だ。

史哉は靴カバーを脱いで部屋を出た。暗視ゴーグルをヘッドライトに再び替えて、施錠を行う。五分四十五秒で完了した。

そして階段を下り社員寮の外へ出た。

外では真帆が安堵したような表情を浮かべ立っていた。

「大丈夫だった？」

史哉は頷いた。

「今日確認したかったことはできた」

実際にやってみないと分からない課題も出てきた。より完璧なものにするためには、まだ訓練を重ねる必要があるだろう。

「こっちはどうだった？」

「さすがにこの時間だと人通りはないね」

「そうか、よかった」

史哉は息を吐いた。

一仕事を終え、全身に強い疲労を感じた。

22

練習場の中が唐突にざわめいた。臣吾は丁度リング脇のマット上で腹筋運動を一セット終えたところだった。

誰かが来たようだが臣吾の場所からは死角になっており見えなかった。だがスパーリングを見ていた伏見の顔がそちらに向き、表情が柔らかくなるのを見て臣吾は察した。

「待ってたぞ、健太」

「はい」

やさぐれた返事だった。

「あのおっさんいないんすか？」

「臣吾か？」

伏見には健太と接触したことは伝えてあった。

「おい、臣吾。健太が呼んでるぞ」

伏見の声は弾んでいたが、何をするつもりなのかまでは話していなかった。

臣吾は立ち上がった。まだ金髪のままの健太が立っていた。

「おい、俺と勝負しろよ」

健太は挑発的な目を向けてきた。

「何言ってんだ、お前。臣吾はタイトルマッチを控えてるんだ」

トレーニングをサポートしていたトレーナーの張本《はりもと》が強い口調で言ったが、健太の耳には届いていないようだった。

「お前、学校じゃねえのか」

「そんなこといいから勝負しろよ、俺と。いつでも来いって言っただろ」

「は？」

伏見が困惑の声を上げた。気づくと他の練習中の選手らも固唾を呑んでいた。だが一様にそこから感じられるのは健太の非常識な言動に対する怒りだった。

「いいだろう」

臣吾の答えにジムの中がざわついた。

「おい、臣吾」

伏見が「どういうことだ」と顔を近づけてきた。

「今日のスパーリングはこいつとやりますよ」

臣吾は小さな声で伏見を制した。

「何言ってんだ、お前」

二人とも階級はスーパーフライ級だ。しかし臣吾が減量している分、身体の重さは健太の方に分がある。

「大丈夫ですから」

そう言うと健太に目を向けた。

「その代わり本気で来い」

「当たり前だろ」

健太の勝ち誇ったような物言いに他のボクサーは嘲笑を向けた。インターハイを制したとは言え、所詮高校生相手だ。世界ランカーの臣吾の相手になるはずもない。どの顔もこの生意気な高校生が叩きのめされるところを見たいという好奇に満ちていた。

「俺が勝ったらどうすんだよ、おっさん」

「ありえない」

「いいから言えよ」

「世界ランカーの面汚しだ。タイトルマッチなんか辞退してやる」

「おい、臣吾」

伏見が慌てふためいた。

「大丈夫ですよ、会長」

「そんなこと言って知らないぜ」

「スリーラウンドだ。その間にお前にダウンを取られる、もしくはお前をダウンさせられなかったら俺の負けだ」

「そんなのいらねえよ」

「お前にそんなに構っている時間はない。さっさと終わらせたいんだ」

「なんだと」

舐められたものだとばかりに健太が鼻を鳴らした。

「お前が負けた時には、敬語の一つでも覚えるんだな」

「後悔すんなよ」

「準備ができたら教えろ。俺は準備万端だ」

試合さながらの空気がジム内に漂っていた。

準備運動を終え、ヘッドギアとプロテクターをした健太がリングに入ってきた。

トレーナーの張本が臣吾にも防具を持ってきた。

「結構です」

「何言ってんだ」

伏見は語気を強めた。

「高校生相手に、こんなものしていたら世界ランカーの名が廃りますよ」

「本気か？」

伏見が顔を近づけた。殺気立つ健太は、なりふり構わず本気で倒しにくるだろう。格下とは言え、大事な試合を前に危険な行為であることには違いなかった。

「大丈夫ですから」

臣吾は伏見と目を合わせ、本気であることを伝えた。伏見は諦めたように「気をつけろよ」とだけ言った。

臣吾は健太を見た。

「舐めんなよ」

既に戦闘モードに入っている健太は息巻いた。

二人がリングに上がると全ての者が手を止め見入っていた。伏見がレフェリーのようにリングの中に入ってきた。臣吾は体を揺らしながら筋肉をほぐしその時を待った。健太も空中にジャブを打っている。

「それじゃ、始めるぞ」

伏見が言う。臣吾は呼吸を整えた。

静寂の中に開始を告げるタイマーの電子音が響いた。

臣吾はフットワークでリズムを刻み、健太の表情を観察した。ヘッドギアの隙間から覗く顔は不敵に笑っていた。スリーラウンド勝負だ。臣吾は健太の急所へ打ち込まねばならないが、健太は逃げ切ればいいという点で大きなハンディがあった。

臣吾は軽くジャブを打ち健太との距離感を測った。それに応戦するように健太もジャブを繰り出した。そうして互いに小刻みなジャブの応酬をしていた時だった。健太が一歩踏み込み右ストレートを打ち込んできた。それを臣吾がバックステップで避けるのと同時に、健太は右脇腹のレバー――肝臓に向かって左アッパーを繰り出した。想像以上に強く、俊敏な攻撃だったが臣吾はガードで弾き返した。健太の表情が一瞬悔しそうに歪んだ。

一度距離を取ると、臣吾はタイミングを計った。そして一分が経過した頃、臣吾は一歩踏み込み健太の顔目掛けて右ストレートを打ち込んだ。健太はそれをガードした。そして臣吾との距離をとると、グローブで「もっと来いよ」とばかりに手招きをした。今のが本気だと思っているようだ。臣吾は一瞬で健太との距離を詰めた。そして顔面にジャブを数発かますと、すかさず左アッパーをプロテクターをつけた右のレバーに打ち込む。それも健太はブロックしたが、既に主導権は握れていた。臣吾はパンチで健太をリングサイドに追いやっていった。健太は防戦一方だった。これまで相手にしていた高校生とは質が違うはずだ。健太は打撃を受けぬよう何とかかわしているが、徐々に表情に余裕がなくなり苛立っていくのが分かった。だが、反撃してくる気配はなかった。九分間逃げ切れば健太の勝ちなのだ。臣吾に隙がないことに加え、ここで安易な攻撃に出てカウンターを見舞われるのを恐れているようだった。

臣吾は一度下がり、健太との距離を取った。

その瞬間、健太の顔に安堵の色が浮かんだのを見逃さなかった。

臣吾は一気に踏み込み、緩んだガードの隙を突き、右ストレートを健太の顎目掛けて放った。

健太が後ろに吹き飛び倒れこむと、三分を告げるタイマーが鳴ったのは同時だった。

「大丈夫か」

伏見が健太に駆け寄った。

「――大丈夫ですよ」

健太は息も切れ切れだったが、すぐに言葉を返すことで何とか体裁を保とうとしているようだった。臣吾も力の加減はしていた。これくらいでノックアウトされては自分の見る目を疑わねばならない。

「下手くそなボクシングだ」

臣吾はへたり込んだ健太に向かって言った。その臣吾の一言にギャラリーの嘲る笑いが聞こえた。留飲を下げたように頷く彼らを臣吾は目で制した。

再びリングに目を戻すと健太は何も言い返さず、ただジッと臣吾を睨み付けていた。

23

翌土曜日を迎えていた。

この一週間余り、史哉はシミュレーションを繰り返した。日に日に精度が高まっていっているのを感じていた。

既に完全犯罪の感触はこの手中にある。

「準備は整った」

史哉はリビングで真帆に言った。

「そう」

真帆の声に抑揚はなかった。分かっていたと言わんばかりだった。

「もう引き返せないところまで来たんだね」

何気ない一言だった。

「なんだよ、引き返すって」

史哉は言葉尻を捕えていた。

日々、殺人の意識が濃くなっていく中で、自分の内面が荒立っていっているのを感じていた。

しかしそれは適応なのだと思っていた。俺は殺人者の完全体に近づいていっているのだと。

「別に――」

「最初からそんなつもりはないだろ！」

真帆に他意がないのは分かっていた。しかし理性は蓄積された疲労で断ち切れ、感情だけが吐き出ていた。

「別にそういう意味じゃない。私はいつでも大丈夫だから」

真帆は怯えたような目をしていた。初めて見る目だった。

もう限界だ。病も着実に身体を蝕んでいる。鎮痛薬を服用しているため、痛みこそある程度抑えられていたが、体力の衰えは自覚していた。社員寮の階段を上るだけで息切れがした。更に連日の訓練で神経が張りつめ、心身の疲弊が大きくなっていた。

時間はない。さっさと片をつけた方がいい。

「水曜日に墓参りに行ってくる」

その日が母の命日だった。臣吾と墓参りの約束をしていた。最後に母に誓いたかった。必ず己の使命を果たしてみせると。

「決行は木曜だ」

史哉は告げた。

あとはその時を待つのみだ。

24

十五回目の母の命日は雲一つない晴天だった。

その澄み切った空は明日に迫った仇討ちの決行を後押しするかのようだった。

日に日に緊張感が高まっていくのを感じていた。真帆も史哉を刺激しないように気を遣っているのが分かった。二人の間の会話は減っていた。

史哉は真帆を会社に送りだすと、箪笥からスーツを取り出した。これが最後の墓参りになる。そして、母に古謝への復讐を誓う。そのことがいつもとは違う心持ちにさせていた。久々にスラックスを穿くとベルトの穴二つ分も身体が痩せていた。

史哉はソファで臣吾を待った。十時に臣吾が史哉のアパートの前にタクシーで迎えにくる約束になっていた。

定刻に臣吾は史哉の部屋のインターホンを鳴らした。

「すぐ行く」と答えると史哉は部屋を出た。階段を下るとタクシーの前で待つ臣吾と目が合った。減量のせいか、少し頬がこけた気がした。そして臣吾もスーツ姿だった。

「どうしたんだよ、そんな格好して」

「お前こそ、なんだ」

「兄貴の戦いを後押ししてもらうからさ」

考えておいた理由だったので淀みなく答えられた。あながち嘘でもない。臣吾の勝利も当然祈念するつもりでいた。

「自分の力だけで十分だ」

「じゃあなんで兄貴もスーツなんだよ」

「いいだろ、別に。俺だって正装したい時はあるんだ」

臣吾は濁すように言った。その様子に自分の病の完治を願う気なのだと覚った。

しかし既に余命宣告を受け、俺自身も受け入れている。それでも尚、兄貴は完治を信じて足掻いているのだろうか。

ごめん、兄貴。もう駄目なんだ、俺は。だからこそ、この選択をしたんだ。

史哉は黙ってタクシーの後部座席に乗り込んだ。続いて臣吾が乗るとドアが閉まりタクシーは動きだした。

「順調なの？」

どうせ返事は決まっていたが、沈黙を嫌って史哉は話しかけた。

「当たり前だろ」

「ならいいんだけどさ」

今日の墓参りが特別なものであると互いに意識している。そのことが会話をぎこちなくさせた。

四十分ほどで霊園に到着した。

平日の昼間とあってほとんど参拝者はいなかった。広い敷地の丁度真ん中あたりに芹沢家の墓はあった。

墓参りは秋のお彼岸以来だから二ヶ月余りが経過していた。墓石には土埃が付き、周りには雑草が生えていた。

「お前は墓石を磨いてくれ。雑草は俺が抜く」

臣吾は史哉がしゃがみこむのは酷だと思って言ったのだろうが、古謝の部屋に何度も侵入しておりその程度の体力ならあった。しかし、そんなこと臣吾には言えるはずもない。史哉は気遣いに感謝し、臣吾が持ってきたバケツの水に雑巾を浸けて水を含ませた。

そして軽く絞ると丹念に墓石を磨いた。力が弱まっている分、気持ちをより込めた。自分ももうすぐそこに入る、そう思うと死への恐怖が消えた。この世から消えても、向こうの世界で父ちゃんと母ちゃんに会える。だったらいいじゃないか。何を恐れることがある。

しかし、考えてみれば俺は人殺しとして死んでいく。そんな人間が両親と同じところへ昇ることは赦されるのだろうか。俺の行き先は自らが殺めた古謝の待つ地獄かもしれない。

いいや、そんなわけない。

俺がするのは仇討ちだ。使命を果たす。正しいことをするだけだ。その先にあるのは間違いなく天国に決まっている。

墓が綺麗になると線香の束に火を着けた。先に臣吾が墓前に供え手を合わせた。この兄の姿を見るのも最後になるだろう。これが俺にとって最後の墓参りだ。そして臣吾にとっても二人で来る最後の墓参りだ。臣吾は顔を上げてからも数秒間、墓石を見つめていた。

臣吾が場所を史哉に譲った。

史哉は線香を供えると手を合わせ、父と母に語りかけた。

俺は明日、母ちゃんの仇を討ちます。母ちゃんの無念を晴らします。空から見守っていてください。それが終わったら、俺もそちらへ行きます。その時はよくやったと褒めてください。ただ唯一心残りがあります。兄ちゃんを一人にしてしまうことです。この十五年、俺たちは二人で生きてきました。一人になってしまう兄ちゃんが心配です。どうか、守ってあげてください。兄ちゃんは夢だった世界チャンピオンまでもう一歩のところに来ています。どうか幸せな人生を歩ませてあげてください。絶対に勝たせてあげてください。俺は兄ちゃんの人生を守るために明日、完璧に成し遂げてみせます。

史哉は二人から答えが返ってくるのではないかと、そんな気がしてずっと手を合わせ、目をつむっていた。

しかし、耳に届いたのは寒空を駆け抜ける北風の音だけだった。

25

インターホンの音がした。

史哉は一人で自宅にいた。

一体誰だ。

史哉は立ち上がり、モニターに映る男の姿を見て息を止めた。

警察だ。

一体何故。

計画がバレたのか。

だが思いあたる節はなかった。

再びインターホンが押された。史哉は思わず後ずさった。居留守を使うしかない。モニターの向こうで警察が何かを叫んでいるのが見えた。

〈住居侵入罪で逮捕します〉

そう口が言っていた。

やはりバレていたのか。

全身から汗が噴き出た。

インターホンは更に押された。

〈住居侵入罪で逮捕します〉

〈住居侵入罪で逮捕します〉

逃げなければ、そう思うが身体が動かなかった。

ヤバい。

そしてインターホンの音は止まった。モニターに映る警察官が背後に下がり、姿を消した。

諦めてくれたか。

胸をなでおろしかけた時、再び人影がモニターを覆った。人影が後ろに下がり、顔が顕わになった。

ハリのない頭髪。重力に抗えない顔面の皮膚。

心臓が止まったかと思った。

「お前、俺を殺す気だろ」

聞こえないはずの地声が耳に届いた。引ん剝かれた目は史哉を射貫かんばかりだった。

逃げろ、逃げろ。

だが、金縛りにあったように史哉はそこから動けなかった。

助けてくれ。助けてくれ。

遠くで空気を裂く音がした。

それがアラームの音だと気づき、史哉は微睡《まどろみ》から引き戻された。

「大丈夫？」

真帆が不安げな目を向けていた。

「あぁ」

返事なのか吐息なのか分からない音が口から漏れた。

碌でもない夢を見てしまった。

身体に残る疲労が、眠りの浅さを物語っていた。

決行日の寝覚めは最悪だった。


「今日もいつも通り帰ってくるからね」

真帆は朝食を食べながら言った。

「そうしてくれ。決行は日を跨いでからだから」

それ以上会話はなかった。今日、遂に俺たちは殺人を決行する。明日の同じ時間、俺は殺人者としてここにいるはずだ。真帆との食卓もより一層雰囲気を重くしていることだろう。これが俺たちの最後の朝だ。

「行ってくるね」

「ああ」

真帆が出勤していくと史哉は着替えをし、社員寮へ向かった。今日に限って違う行動を取られては敵わない。古謝がいつも通りの生活をしていることを確認しておきたかった。古謝は八時五十分に社員寮から出社していった。これが最後の出社だ。せいぜい、いい仕事してくるんだな。史哉はその背中に言葉を投げつけた。今晩決行なだけに余計な痕跡を周辺に残したくない。史哉はすぐに自宅へと戻った。

　自宅のソファに身体を沈めると、目をつむり今日の流れを頭の中でイメージした。月曜日に発信機の充電をして以降、古謝の部屋へは侵入していなかった。それだけにしっかりと最後の確認を頭の中で行う必要があった。知らず知らずのうちに身体に力が入り、じんわりと額に汗が滲んだ。

　だが、あまりここで集中力を使い過ぎると本番に支障をきたす。ほどほどにしておくべきだろう。時刻は十二時だった。史哉は仮眠をとるためにソファに横になった。しかし、案の定眠りにつくことはできなかった。

　一時間以上そうしていたが、気分が高揚して仕方なかった。せめて、食事だけでもとっておくべきだろうか。決して腹は減っていなかったが、犯行は体力勝負だ。夜に備え、エネルギーは蓄えておく必要があるかもしれない。

　何か食べようと考えた時に、ソニャールが頭に浮かんだ。

　最後に行ったのはもうひと月近くも前だった。

　潤にも伝えねばならないことがある。しかし、古謝を殺した後ではソニャールには足を踏み入れることなど許されるはずもない。決行前に伝えるのならば、今しかない。

　時計を確認する。十三時過ぎだ。今から行けばランチタイムにはまだ間に合う。

行こう。史哉は自宅を出ると自転車でソニャールへ向かった。

吾妻橋まで来たところで史哉は自転車を降りた。この道を通るのもこれが最後になる。助六夢通りを自転車を押して歩いた。

スカイツリーが見えた。吾妻橋が見えた。隅田川が見えた。さようなら。目に映る全てに惜別の言葉を投げた。当たり前のように見ていた景色に哀愁が漂った。きっと明日になってもこの景色は何も変わっていないことだろう。変わるのは、俺だけだ。

「こんにちは」

史哉はソニャールの扉をゆっくりと引いた。カランコロンという鈴の音が乾いて耳に届いた。

「あら、いらっしゃい」

史哉を見た潤は口を半開きにしたまま一瞬固まった。

「今日はお休み？」

平日の昼間に私服姿で現れればそういう反応になるだろう。

「まあ」

史哉は店内を見た。昼の繁忙期を過ぎ、客は二人のスーツ姿のサラリーマンがカウンターで食事をしているだけだった。きっと食べ終われば仕事に戻ることだろう。幸いだ。

「そこでもいいですか？」

史哉は空いたテーブル席を指した。

「どうぞ」

「じゃ、トマトスープとポテトで」

「以上？」

今の食欲ではそれが限界だった。

「はい、お願いします」

「かしこまりました」

潤はそう言うと父親に注文を伝えるために厨房へ消えた。そして厨房から出てくるとレジで来客を待つように立っていた。この程度の客入りなら、いつもは話しかけてくるだけに違和感を覚えた。

間もなく潤が料理を運んできた。

「はい、お待たせ」

潤は料理を置くとやはりそそくさとレジへ戻っていった。いつもと様子が違うのは気のせいではない。臣吾から自分の病気のことを聞いたのだと察した。

話しかけたかったが、さっきの二人の客はまだいた。今ここでできる話じゃない。まずは料理を味わおう。史哉はトマトスープをスプーンですくい、口へ運んだ。長い間、ここで食事をしてきた。だがこれが最後だ。感慨に耽りながら何度も味わった。その間も潤は決して話しかけてはこなかった。

食べ終わる頃には店内の客は史哉だけになっていた。ランチタイムの十四時半を過ぎていた。

「潤さん」

レジに立つ潤を史哉は呼んだ。

「お会計？」

「はい」

潤が注文用紙を持ってテーブルにやってきた。

「それと、今ちょっとだけ時間大丈夫ですか？」

「どうしたの？」

「話がしたいんですけど、いいですか？」

「……うん」

潤は明らかに戸惑っていた。

「外でも大丈夫ですか？」

店内では話しづらかった。厨房には潤の父母がいる。

「そうね」

その返事に、やはり臣吾から聞いているのだと思った。

潤は厨房の父母に「ちょっと外出てくる」と言った。支払いを済ませると史哉は潤と店の外に出た。

「そこでいい？」

「はい」

二人は隅田公園に入り、川沿いのテラスの花壇に腰をかけた。

「どうしたの？」

潤が隅田川を見やったまま口を開いた。

「潤さんにお願いしたいことがあるんです」

史哉は潤を見た。

「お願い？」

「はい。兄貴をよろしくお願いします」

史哉は潤の方に身体を向け頭を下げた。

「え？」

史哉の態度に潤は呆気にとられた様子だった。

「兄貴から聞いてるかもしれませんが、俺、病気なんです」

「えっ」

寝耳に水のような反応だった。臣吾から聞いていなかったのか？　そうしたらこのよそよそしさには別の理由があるのだろうか。史哉は続けた。

「もう、そんなに長くありません」

「えっ」

「兄貴からは何も聞いていませんか？」

潤が目を見開いた。

「うん」

「膵臓癌で余命宣告を受けました」

「……うそ、でしょ」

「本当です。今日も最後のつもりでソニャールへ来ました」

史哉は無理矢理に笑ってみせた。

「だから、兄貴をお願いしたいんです。俺がいなくなったら兄貴は一人になっちゃいます。身寄りなんか一人もいません」

潤は固まったままだった。

「兄貴の人生はこれまでにも色々なことがありました。それでも全部乗り越えてきた。兄貴は俺のために自分に鞭打って生きてきたんです。でも、ようやく俺が手を離れて、さあ自分の夢を摑もうという時に俺がこうなっちゃって。兄貴だって人間だから限界があります。俺がいなくなってからの兄貴が心配なんです。だから――」

史哉は潤を強く見つめた。

「兄貴には潤さんが必要だと、俺は思っています」

それが潤に伝えたいことだった。

「――そういうことだったの」

絞り出されたような声だった。

「最近、臣吾くん、様子が少しおかしくて……タイトルマッチのプレッシャーかな、なんて思っていたけど」

「余計な心配をかけてすみません。でも、これはもう抗えないことです。だからお願いです。兄貴を支えてやってください。真帆も言ってました。兄貴には潤さんがお似合いだって」

史哉が笑うと同時に潤の瞳から涙が落ちた。

「それから、真帆にとってもいいお姉さんでいてあげてください。あいつも一人で東京に出てきてるんです。友達もいますけど、きっと、潤さんがいてくれたら心強いと思います」

史哉は再び頭を下げた。

「史哉君は優しいね。自分が一番辛いはずなのに」

潤が鼻を啜る音が聞こえた。

「二人とも俺にとってはとても大事な人なんです。だから――」

「ごめんね」

謝られた意味が分からなかった。

「私ね、フラれちゃったの」

「えっ」

「この間ね、言われちゃって、もうやめにしようって」

「うそ――」

それが潤の自分に対する態度の原因だったのか。

「本当よ」

「なんで」

「ボクサーでいられる間はボクシングに集中したいって。それに自信がないって。将来に自信がないんだって」

「嘘だ」

「今度のタイトルマッチで勝てる保証はない。仮に勝っても現役はそんなに長くは続けられない。自分からボクシングを取ったら何も残らない。そんな自分が家庭を持っても養っていけない。だから結婚を今は考えられない、そんな状態でこれ以上私と付き合うわけにいかないって。ないないづくし」

潤は涙を拭きながら「そんな目で見ないで」と笑った。

「それから、店にも来なくなっちゃって」

寂しそうに潤は言った。それでこの間は自前の弁当を昼間に食べていたのか。

「すみません、そんなこととは知らずに」

「仕方ないよね」

「でも何て馬鹿な奴なんですかね。潤さんみたいな素敵な人を」

そう言うことしかできなかった。

「本当にね」

強がる潤が切なく映った。

だがそれは兄の本心なのだろうか。

臣吾は世界チャンピオンのために、ボクシング以外のものを排除しようとしているのではないだろうか。そんな考えが浮かんだ。それはストイックな兄らしい思考にも思えた。だが、果たしてそれだけだろうか。

かつて兄が言っていた言葉が蘇った。

――こんなの母ちゃんの苦しみに比べたら何でもない。

その言葉を聞いた時、兄は母以上の苦しみを自らに課そうとしているのだと感じた。そしてその通り険しい道を歩んできた。今度も、もしかしたら同じなのかもしれない。

しかし今度の苦しみの比較対象は母ちゃんじゃない。俺だ。

兄貴は俺以上の苦しみを自らに課そうとしている。

兄は生まれてから不遇の時が長すぎたのかもしれない。その日々が臣吾の中で夢や希望を雲のように摑むことのできないものに変えてしまった。それでも歯を食い縛り、ここに来てようやく自らの努力でそれを手中に収められるところまで上りつめた。ところがその矢先に弟の病が発覚した。そのことが眠っていた兄の本能を呼びさましてしまったのかもしれない。自分は夢を見ていただけなのだと。だから潤という光さえをも手放した。

もしそうであるならば、もう兄貴に残された光は世界チャンピオンしかない。

ようやく動きだした兄貴の人生を、俺は止めてしまったのだろうか。

目の前で水上バスの立てた波が消えていった。

俺には死ぬ前に兄貴に伝える義務がある。それは間違っていると。兄貴にはそれを手にする権利があるのだと。

もうこれ以上、兄貴から光を奪うことは許されない。

今晩の復讐は絶対に失敗はできない。

絶対にだ。

26

「ただいま」

真帆はいつもより少し遅い時間に帰ってきた。

「おかえり」

史哉はキッチンでカレーを作りながら真帆を迎えた。

「何かいい匂いするね」

「今日は俺が作っておいた」

「えっ、ありがとう」

「時間があったしさ」

これから自分の復讐に付き合わせるのだ。これくらいのことはして当然だろう。

「もう食べる?」

「うん、そうしよっか」

いささか早い気もしたが、手持ち無沙汰で落ち着かなかった。それに準備は早い方がいい。

史哉はカレーを盛り付け、サラダと共に食卓に並べた。

「なんか悪いね、私だけ豪華にしてもらって」

食欲の関係でどうしても真帆の方が量が多くなっていた。

「これで豪華ってことはないだろ」

「ううん。ありがとね」

真帆はぎこちなく笑った。

「あのさ」

「ん?」

「兄貴と潤さんなんだけど、別れたらしいんだ」

「え?」

真帆がスプーンを宙に浮かせたまま止まった。

「どうして？」

「兄貴から家族を養っていく自信がないから、結婚を考えられないって言われたって」

「何それ――」

真帆は怒っているように見えた。

「そんなの嘘だよ」

「俺もそう思う」

「止めなくていいの？」

「俺だって止めたいよ」

しかし、臣吾にとっても大きな決断だったはずだ。この決断は臣吾の生き様そのものなのだ。

弟の自分が言ったところで、翻意させられる自信がなかった。

「だったら――」

「やめようこの話は」

史哉は首を振った。

「今は余計なことを考えるべきじゃなかった。兄貴のためにも今日のことは成功させなきゃならない。今はこのあとのことだけを考えよう。失敗したら、それこそ兄貴の未来はない」

真帆が口を噤んで頷いた。

「これを食べたら俺は準備をする。真帆は明日も仕事だろ。仮眠をとった方がいい」

「私だけ休んでいいの？」

「むしろそうしてほしい。俺は明日いくらでも休めるけど、真帆は休まないと明日の仕事に支障が出るだろ。いつも通りじゃないといけないんだ」

「分かった」

「向こうには零時前に着けば大丈夫だ。あまり早すぎても疲れてしまう」

「分かった。じゃ、シャワー浴びたら、一旦横になるね」

「うん」

洗い物も史哉が引き受けた。やがて真帆が寝室に入ると史哉は準備を始めた。練炭の一式は既に登山用のリュックサック二つに詰めてある。他にビニールテープ、ハサミ、暗視ゴーグル、ヘッドライト、変装道具、着火ライター、護身用のスタンガンと催涙スプレーが仕分けて入れられている。そしてポケットにはヘアピン、ピンセット、受信機、トランシーバー、それぞれのイヤホン、ワイヤレスマイク、靴カバーを入れた。

服装は闇に溶け込みそうな黒系統のもので統一した。

これで準備万端だ。

一度緊張感が途切れたせいか眠気が襲ってきた。まだ出発まで二時間以上あった。少し休んでもいいかもしれない。史哉はアラームをセットするとソファに身体を沈めた。

二十二時半にセットしたアラームが鳴った。身体に寝起きの怠さがあった。昨夜まともに眠れなかった分、こんな時だというのにしっかり眠りに落ちていた。お陰で時間が経つにつれ、目が冴えわたってきた。

史哉は寝室の扉を開けた。

真帆は布団の上に上半身を起こしていた。

「眠れた？」

「うん」

そう言うが真帆の顔に寝起きの気配はない。緊張してあまり眠れなかったのかもしれない。

「着替え準備したから」

「うん」

史哉は着替えを布団の上に置いた。

少しすると真帆が着替えて寝室から出てきた。真帆は小さなリュックサックを持っていた。

「何それ？」

「寒いかもしれないから念のためにコート持っていく」

「そうか。このリュックサックも頼む」

練炭コンロで膨らんだリュックサックを指した。

「分かった」

時計を見た。もうすぐ二十三時になる。

「行こうか」

「うん」

真帆が史哉の目を強く見つめ返した。

部屋の電気を消すと、史哉は玄関の扉をゆっくりと開け、外を見る。誰もいないのを確認して外へ出た。

「俺、先に下に行くから、鍵閉めたらゆっくり下りてきて」

「分かった」

真帆が小声で返事をした。

史哉は足音を立てぬよう、通路を慎重に進み階段を下りた。付近に人の気配はない。駐輪場の自転車のキーを二台とも解除した。間もなく真帆が階段から下りてきた。

史哉は真帆が来るのを待って自転車に跨った。

「行くよ」

「うん」

ゆっくりとペダルを踏み込んだ。

人目に付かぬよう、いつもの道を進んだ。

途中の暗がりで変装を施すと、いよいよなのだという実感が湧いてきた。

街並みの変化に合わせて、自ずと頭の中で社員寮までの時間が逆算されていった。

あと二十五分――。

あと二十分――。

あと十五分――。

なぜ、こんなことをしているのだろう。

史哉はこの期に及んで弱気の虫が顔を出していることに気づいていた。だが仕方のないことだと自分に言い聞かせた。俺だって人間だ。相手が古謝だろうと人を殺めることに抵抗がないわけがない。人間ならば当然の感情だ。

しかし、あいつを殺すことはもう既に決めたことだ。それだけの人間であるという判断に間違いはない。一時の気の迷いで中止するなど愚の骨頂だ。あとは決まったことを機械的に遂行すればいい。もしも今日やらなかったら、俺は残された時間を後悔の中で過ごすことになる。

古謝は罪もない母ちゃんを殺したんだ。その時の母の恐怖を、痛みを、無念を、叫びを思うと史哉の血はたぎった。今からその憎き男を殺すチャンスがあることに興奮を覚えた。

ペダルを漕ぐ足に力が入った。

俺はやる。絶対にやってみせる。

背後を見た。真帆は遅れることなく史哉の後ろに付けていた。その眼差しは真っすぐ前を捉えていた。

待っていろ、古謝。

やがて公園へ着くと、自転車を停め二人は歩いて社員寮へ向かった。

あの角を曲がれば今夜の犯行現場だ。

緊張感が高まっていく。

そして角を曲がると社員寮が姿を現した。この数週間、何度も見てきたその建物が今は魔城のように見えた。

周囲に人の気配はなかった。

腕時計を見る。二十三時四十五分。予定より若干早い到着だった。

「じゃあ、ここの道を見ていてくれ」

史哉は真帆に依頼をすると、真帆の分のリュックサックも正面に抱えて一人で隣地の駐車場へ向かった。振り返ると真帆の姿はもう薄暗い道に消えていた。

音を立てぬよう慎重に入口のチェーンを跨ぐ。そしてバンの間に身を隠した。

史哉は社員寮を見上げた。

古謝の部屋を含め四つの部屋の電気が点いていた。

史哉は作業着のポケットから受信機とトランシーバーのイヤホンを取り出し、それぞれ片方ずつ耳に挿し、ワイヤレスマイクを服に装着した。

左耳の受信機のイヤホンからノイズに混じってテレビの音が聞こえてきた。

そして二十分ほど経った時、そのテレビの音が消え、古謝の部屋の灯りも消えた。零時を少し過ぎたところだった。少し予定よりも早かったが誤差の範囲内だ。

史哉は息を呑んだ。耳に意識を集中させる。微かに古謝の寝息が聞こえ始めた。それが徐々に大きくなっていく。そして、全ての部屋が消灯する二十分ほどの間に寝息は獣の咆哮へ変わっていた。

もうお前は目覚めることはない。仮に目を覚ましても、一酸化炭素に侵され、身体の自由が利かなくなっていることだろう。苦しみの中で息絶えるまで悶えるしかないのだ。

「古謝が眠った」

史哉はワイヤレスマイクに話しかけた。

「そっちはどう？」

「うん、全く人通りはない」

「そうか」

準備完了だ。

「行くの？」

「ああ。監視は任せた」

「うん」

「じゃあ行ってくる」

史哉は駐車場を出ると、社員寮の前で立ち止まり深呼吸をした。

行くぞ。

史哉は社員寮の正面扉を引き、中へ足を踏み入れた。ゆっくりと階段を上っていく。ここまでは完璧だ。今、社員寮の住人たちは侵入者がいるなどと露ほども思わずに眠っている。明日の朝になってもすぐには異変に気づかないだろう。

上るにつれ、イヤホンから届く古謝のいびきが鮮明になっていく。四階に着くと、今一度深呼吸をし集中力を高めた。古謝の部屋へ続く通路は闇へ誘うかのようだった。

あの奥であいつが眠っている。史哉は古謝のいびきを確認しながら通路を進んだ。その大音量はまるで止まる気配がない。一歩一歩近づいていく。

「大丈夫？」

イヤホンから真帆の心配する声がしたが史哉は聞き流した。ここで不用意に声は出せない。

そして古謝の部屋の前に足を踏み出した時だった。

急激に足元が明るくなった。

身体が硬直した。

一体なんだ!?

史哉は光源を通路の床に発見した。感応式のライトだった。

そしてその隣に置かれているもの——。

防犯カメラだった。

史哉は叫び出したい衝動をすんでのところで呑み込んだ。

なぜだ。一体なぜ防犯カメラが取り付けられている。一瞬で侵入がバレていた可能性に思考が及んだ。同時にそうであるならば今の状況がいかに危険であるかを察した。

逃げるんだ。

いや、待て。この防犯カメラを奪い去ってしまえばいい。手を伸ばしかけて止まった。

無駄だ。どうせ映像はどこかに飛ばされ保存されていることだろう。それより少しでも早くこの場を立ち去るべきだ。

「史哉っ、逃げてっ」

突然右耳のイヤホンから鬼気迫る真帆の声が飛び込んだ。

どうした!?

「警察が来たっ」

警察？　マークされていたのか。

「ねえ、逃げて！　史哉、聞いてる？　逃げてっ」

「分かった！」

真帆の声もパニックになっていた。あまり大きな声を出すな。

逃げるしかない。史哉はできる限り音を殺しながら、屋上へ続く階段の陰に逃げ込んだ。

「どこにいる警察は」

「分からない。私も逃げてきたの。でもさっき警察官が二人こっちに自転車で向かってきた」

「真帆は見つかってないんだな？」

「うん、大丈夫」

まだこんなに生命力が残っていたかと思うほどに鼓動が高鳴っていた。史哉は左耳からイヤホンを外し階下の音に耳を澄ました。音はしなかった。いないのか？　違う、俺が出てくるのを下で待っているのではないか。そして現れたところを現行犯逮捕される。この格好と装備を見られたら弁解の余地はない。

「まだいるのか？」

「分からない。ちょっと見てみる」

「いや、大丈夫だ」

真帆が捕えられたら終わりだ。しかし真帆からの返答はなかった。

「大丈夫かもしれない」

少しして真帆から答えが返ってきた。

「いないのか？」

警察がマークしているのだとしたら、そう簡単に立ち去るとは思えなかった。建物の中にいる可能性もある。しかし、このままここに居座っても警察がいるのであれば、捕まるのは時間の問題だ。

史哉は腹を括った。

「建物の前にきたけど、大丈夫だと思う」

真帆の声が聞こえた。その言葉を信じるしかない。

史哉はゆっくりと足で探るように階段を下った。今にも陰から警察が飛び出てくるのではないかと肝を冷やした。

「真帆、どこにいる？」

「建物の前」

「今から出るけど大丈夫だな？」

「うん」

階段を下り終えると、正面扉の向こうに真帆の姿があった。思わず涙が出そうになった。

史哉は正面扉を押した。

「大丈夫だった？」

外へ出ると真帆がか細い声で聞いてきた。

「分からない。防犯カメラが設置されていた」

「え？」

「とりあえず逃げた方がいい。計画は中断だ」

道路は閑散としていた。警察の姿はないが、どこかに隠れて見ているかもしれない。

早く立ち去らねば。

公園まで急ぐと、停めてあった自転車に跨った。一刻も早くここを去りたい。だが、尾行されている可能性もある。

「こっちだ」

史哉は真帆を先導し直線の道を進んだ。すぐに目に付きやすい反面、尾行されているのならばこちら側からも気づきやすいだろう。史哉は何度も背後を見やった。しかし追ってくる者はいなかった。

「曲がるよ」

史哉は真帆に言うと細い道に入った。そこから尾行を撒くために入り組んだ道を何度も曲がり、再度、直線の道を進んだ。けれども、尾行されている気配はなかった。

幸い見つからなかったということか。

そうして一時間もかけて史哉たちは自宅へ戻った。

史哉はソファに腰を落とした。安堵感で力が抜けた。

だが本当に安心していいのだろうか。

「真帆は寝た方がいい」

史哉は真帆を気遣った。

「でも」

目が震えていた。

「明日も仕事なんだ。大丈夫だ、誰も追ってきちゃいなかった。大丈夫だよ」

それは自分にも言い聞かせていた。

「あとは俺が考える。おやすみ」

「分かった」

真帆は史哉に押し切られて寝室へ入っていった。

史哉は電気を消した。その暗い居室で思案した。

なぜ、防犯カメラが設置されていたのか。単純な防犯か？

いいや、そんな能天気な説に身を委ねるわけにいかない。

侵入がバレていた。今朝の不吉な夢が蘇った。やはり何度も侵入したために気づかぬうちに痕跡を残してしまっていたのではないだろうか。何か私物を忘れてきやしなかったか。思い出せ、思い出すんだ。だが、侵入の際には細心の注意を払っていた。絶対にそんなことはありえなかった。目張りの練習で貼ったテープの痕が扉に残っていたりしたのではないか。考えうるとしたら、それくらいだった。それとも気づいていないだけでとんでもない過ちを犯しているのではないか。

そもそも単純に、誰かに見られていたとは考えられないか。二週間に亘ってあそこに昼夜出入りしていた。もし毎日見ている人間がいたら不審に思ってもおかしくはない。

いや、でも誰も追ってこなかったではないか。真帆が見たという警察だってただの巡回だった可能性もある。

しかしそれは気休めにしかならなかった。いくらでも自分に都合のいい理屈を組み立てることはできたが、そのどれもがまやかしに思えた。ただ一つの真実はあそこに防犯カメラが設置されていたということなのだ。しかもあの部屋だけに。今日の自分の姿も録画されていることだろう。しかし、社員寮に入り、古謝の部屋の前まで行っただけだ。不審には違いないが、罪ではないだろう。それまでの侵入がバレていなければシラを切り通せばいい。それに変装もしている。防犯カメラの精度は分からないが、俺だと識別することなどできないのではないだろうか。

そう言い聞かせたが、今にも自宅のインターホンが鳴らされ、警察が逮捕状を持ってやってくるのではないかという不安が膨れ上がっていった。その時の言い逃れを考えると、今日犯行で使った服や変装道具はすぐにでも処分すべきかもしれない。暗視ゴーグルや受信機、トランシーバーもそうだ。

何度も練ったはずの計画が氷山の如く崩れていく。これこそが俺の最後の光だったのに。もうあいつに制裁を加えることを諦めねばならないのか。あいつは俺が死んでからも何事もなかったかのように変わらぬ日常を過ごすのか。

なんで俺がこんな目に遭わなければいけないんだ。報いを受けるべきはあいつの方ではないか。

余りに惨めな自分に、きつくつむった目の間から涙が落ちた。

27

眠れぬまま朝を迎えた。

一体なぜ、防犯カメラが設置されていたのか。その答えが目まぐるしく頭の中を駆け巡っていった。楽観的な考えが浮かぶたびに打ち消した。それは結局、本当の答えから目を背けているだけに過ぎなかった。

侵入がバレている。

それを前提に話を進めないと足元をすくわれる。

寝室から真帆が出てきた。

「おはよう」

「起きてたの？」

「寝られなかった」

「そう」

「俺、捕まるかな」

抗いようのない不安が口を衝いた。

「でも、誰も追ってこなかったよね」

言葉とは裏腹に真帆も不安を隠せていないように見えた。

「そうだな」

確かに誰も追ってはこなかった。もし張られていたのなら、あそこで誰かが追ってくるだろう。

「でも、警察がいたんだろ？」

「うん。でもただのパトロールかもしれない、二人組の警察官が自転車に乗って走ってきた。私の勘違いだったかもしれない。ごめんね」

「いずれにせよ、防犯カメラは設置されていた。気づかれていた可能性は高い」

もしも、俺が住居侵入罪で捕まれば、すぐに自分と古謝との関係性は割り出されるだろう。そこから浮かび上がるのは明白な殺意だ。その時に俺は警察の追及に抗いきれるだろうか。

結局、俺は何も果たせないまま、死んでいくのだろうか。

なぜ、あいつだけが許されるのだろうか。

「行ってくるね」

朝食をとると、真帆は鞄を手に取った。史哉を一人残すことに不安を覚えているような顔をしていた。

「大丈夫だから」

史哉は安心させるように微笑んだ。久しぶりに真帆に笑ったような気がした。

「うん」

真帆が居室から出ていくと、玄関の扉の閉まる音が響いた。

一人になると史哉はソファに身を委ね、天井を見上げた。一睡もしていないにもかかわらず、眠気は全くなかった。今、こうしている間にも警察の手が近づいているかもしれない。この不安を解消するにはどうすればいいのだろう。

立ち上がり、居室に置かれた道具を見た。これだけの準備をしたが全てパーだ。それどころか、警察が立ち入ればこれらは致命傷になりうる。すぐにでも処分せねばならない。しかし、どうやって処分をする。特に受信機、トランシーバー、暗視ゴーグル、大量の練炭といったものは、一般家庭にあるものではない。警察の捜査を考えると、それらをまずは優先的に処分する必要があった。

ハッとした。そうだ、発信機はまだあの部屋に残したままだ。もし俺の持っている受信機を警察が見たら即座に盗聴と結びつけるだろう。そしてあの部屋の発信機まで見つかれば、盗聴の状況証拠としては十分だ、言い逃れはできない。受信機を処分するのは当然として、できることならば発信機も取り返したかった。しかし、そのためには再び古謝の部屋に侵入せねばならない。今はその術が考えつかなかった。

史哉は作業着のポケットに入れた受信機を探った。大きさを考えれば、比較的処分のしやすいものだ。しっかりと何かに包んで、他のゴミと一緒にコンビニや駅のゴミ箱にでも棄てれば、怪しまれることはないだろう。極力、防犯カメラの付いていない場所がいい。

あれ？　こっちじゃなかったか。しまっていたはずの左ポケットは空だった。史哉は逆のポケットを探った。なかった。ズボンの方だったろうか。そっちも探ったが、入っていなかった。

顔から一瞬で血が引くのが分かった。

どういうことだ。

一体なぜない。

落としたのか？

そんな馬鹿な。

史哉はリュックサックや、昨晩身に着けていたものを全て探った。しかし、どこにもなかった。

一体どこで失くしたんだ。

昨晩の記憶を辿った。

古謝のいびきを受信機で確認しながら部屋の前まで行った。だからあの時までは確実に存在した。その後、防犯カメラに気づき、そして真帆に警察が来ているから逃げろと言われ、階段に隠れた。

そうだ、あの時だ。

階下の音をよく聞くために左耳から受信機のイヤホンを外した。その後一体どうしただろうか。あの時は逃げることに必死で、受信機のことなど頭の片隅にもなかった。少なくとも一度外して以降、触れた記憶はなかった。どこかで落としてしまったのだろうか。

　悪い想像が一気に駆け巡っていく。もしあの階段で落としていて、それを古謝が拾っていたとしたら。調べればすぐにそれが盗聴器の受信機であることなど分かる。侵入に気づいていたのだとしたら警戒心をより強めるだろう。盗聴器の発見器を使えば発信機の探索など簡単に行える。自分の部屋から盗聴器の発信機が出てくれば、古謝も黙ってはいまい。警察に通報されれば終わりだ。発信機こそ細心の注意を払っていたが、受信機には自分の指紋がそこら中に付着している。ひと月ほど前に車の一時停止違反で警察に指紋を採られたことを思い出した。きっと警察のデータベースのようなところに保管されているのだろう。すぐに俺の指紋だと判明するはずだ。そこまで裏が取られればもう終わりだ。

　窮地に追い込まれていくのを感じた。

　何としてもあの受信機だけは探し出さねばならない。しかし、どれほど頭を振り絞ろうと、受信機を紛失した場所が分からなかった。こうなれば昨日の行動を全て遡って探すしかなかった。事態は一刻を争う。誰かに回収されてしまわないとも限らない。いても立ってもいられなかった。

　史哉は昨日とは違う格好に着替えると自宅を出た。

　そして昨晩の帰宅経路を思い出し、自転車で辿っていった。尾行を撒こうとして何度も道を曲がったことが徒《あだ》となった。正確なルートが思い出せず、何度も引き返した。そして隅々まで目を凝らして受信機を探した。

警察につけられていないだろうか。社員寮に近づいていくにつれ、警戒心もより強まっていく。人影を感じる度に顔を上げ、身を竦めた。挙動不審に映ったことだろうが、警察の姿はなかった。

一体どこに落としたんだ。既に業平地区に足を踏み入れていた。もうすぐ社員寮に着く。古謝たちはいつも通り出社しているだろうか。異変に気づき、警察に通報していないだろうか。

史哉は何かあってもすぐ逃げられるよう自転車に乗ったまま社員寮の通りへ入った。いつもと変わらぬ道に見えた。特に人通りはない。踏み入るべきだろうか。二の足を踏んだが、受信機を早くこの手に取り戻さねばならない。

行くしかない。

史哉は公園に自転車を停め、社員寮へ向かった。

四方を見るが、張られている気配はなかった。

大丈夫だ。俺がしたことは住居侵入だけだ。万が一捕まるようなことがあっても、殺意については否認し続ければいい。

入口の正面扉を摑む。すぐに終わる。四階と階段を見ればいいだけだ。扉を引き、中を見た。防犯カメラらしきものは見えなかった。もし防犯目的であれば、昨日の防犯カメラ同様見える場所に設置するだろう。ふと、背後に気配を感じた。史哉は後ろを振り返った。誰の姿もなかった。気のせいだ。

急げ。

史哉は隅々まで目を凝らして階段を上った。しかしどこを見ても受信機はなかった。そして四階まで上ると通路を見やった。

一体どういうことだ。

昨日防犯カメラがあったはずの場所には何も設置されていなかった。見間違いだったのか？

いや絶対にあったはずだ。感応式のライトだってあったじゃないか。しかし、そこには何もなかった。もう、用済みということか。既にその映像は警察の手に渡り解析されているのではないか。

昨晩の恐怖が蘇った。早くここを立ち去った方がいい。史哉は踵を返し階段を駆けるように降りた。そして焦燥感に駆られたまま社員寮の正面扉に手をかけた。出た瞬間、警察に取り押さえられるのではないか。史哉は目をつむって扉を押した。

耳に届いたのは落ち着いた通りの音だけだった。思わず息を吐いた。いないのか。本当にいないのか。半信半疑のまま史哉は社員寮を後にした。誰か追って来やしないか。公園で自転車に跨ると逃げるように自宅へ向かった。度々背後を振り返ったが、追ってくる者はいなかった。警察に張られているというのは杞憂なのだろうか。

しかしそうであるならばなぜ防犯カメラが設置され、今日になって取り外されていた？

そして受信機はどこへ行った？

史哉は覚悟を決めた。

こうなったら古謝にもう一度接触するしかない。

少なくともあの部屋に防犯カメラが設置されていた理由を古謝は知っているはずだ。古謝に近づくことが大きなリスクをはらんでいることは承知していた。しかし何もせずにいられなかった。今ならまだ挽回できるかもしれない。

史哉は今日が金曜日であることを思い出した。もしかしたら古謝は今晩も串吉へ行くかもしれない。

何としてでも手掛かりを摑まねばならない。

史哉はハンドルを強く握りしめた。

28

スマホの時計が十七時半になるのを見て、公園の手摺に座った史哉は街灯の照らす道路に目をやった。

あれから家に帰ると一気に睡魔が襲ってきた。辛うじてセットしていたアラームで十六時に目を覚ました。はたと、犯行道具の処分を一切していないことに気づいた。迂闊だった。だが、今は処分をする時間がない。史哉は道具を全て押入れの奥に隠した。

今は手掛かりを摑むことが優先だった。史哉は業平でタクシーを降りると、歩いて業平ビルト近くの公園へ向かったのだった。

古謝が姿を見せたのは間もなくだった。いつものように気怠そうに史哉の前を歩いていく。古謝が通りすぎるのを待ち、史哉は立ち上がった。五十メートルほど前を古謝が歩いている。古謝の足は大通りへ向かっていた。間違いない。古謝は今日も串吉へ寄ってから帰るつもりだ。

しかし、自分の部屋への侵入に気づいていながら、いたずらに自宅を留守にするだろうか。それとも、昨晩決定的な証拠を手にしたことで気が緩んでいるのだろうか。いや、単純にいつものリズムを崩せないだけかもしれない。もしくは罠か——。

古謝は例によって押上から都営浅草線に乗り込み浅草で下車した。そしてホッピー通りを抜け、着いた先はやはり串吉だった。

古謝が店内に姿を消した。史哉はあとに続こうとして店の前で足を止めた。三週間前に一度来ている。顔を覚えられていないかが気になった。しかしもう時間も経っているし、今日はあの時と違う変装だ。大丈夫だ。史哉はニット帽を深く被り直し、眼鏡のブリッジを鼻に押し当てると扉を開けた。

店内は前回来た時より空いていた。カウンターに座る古謝の後ろ姿がすぐに目に入った。

「いらっしゃい。おひとりですか？」

前もいた女の店員だった。

「はい」

「じゃ、こちらのカウンターで」

案内されたのは古謝から三つ左へ離れた席だった。その間は空席だ。顔を直接見られるほど近すぎもなく、かつ古謝の話が聞こえないほど遠くもない、丁度いい距離感だ。

古謝は既に烏龍茶を飲みながら大将と話をしていた。

「ご注文お決まりですか？」

二人の話し声を遮るように女の店員がやってきた。

「とりあえず冷やしトマトと、ウーロン茶」

史哉は注文を済ますと、耳を澄ませた。

「先週は大分儲かったんじゃないかい？」

「たまには儲けさせてくれねえと、こっちも身を削ってやってるんだからさ」

古謝が冗談めかして笑った。どうやら先週も競馬に興じていたようだ。

「今日はその分使ってってくれよ」

「いつも使ってるじゃん。俺は串吉のＡＴＭじゃないんだよ」

「えっ、違ったの」

「馬鹿言ってんじゃねぇよ」

古謝が罵った。

「うちもこんな壊れたＡＴＭなんか要らないよ」

女の店員が古謝に毒突いた。

「おい、俺、客だぞ」

「毎回ちゃんとお金払えるようになったら言ってちょうだい」

女の店員は呆れ果てるように言った。

それから古謝たちは聞くに値しない話を延々と繰り返した。やはり自宅への侵入者の話など他人にするようなことではないか。

来るだけ無駄だったか。

無為な時間に辟易し始めた頃だった。その話題は突然に現れた。史哉が冷やしトマトの最後の一切れを口に含んだ時だった。古謝は大将に芸能人の不倫の持論を語っていた。

「大将も嫁がこれじゃあな」

「なんだと」

女の店員が目を剝いた。やはり女将のようだ。

「やっぱり独り身が一番だ」

「あんたの場合はそれが正解だね。被害に遭う女性は一人だっていない方がいい」

女将に他意はないだろうが、「被害に遭う女性」という言葉に史哉は思わず母を想起した。

「でも、そろそろ寂しくなってくるだろ？」

大将が言った。

「んなことあるか。自由気ままな生活。ノーストレスだよ。ノーストレス。好きに遊んで暮らすだけだ」

人を殺めた悔悟の念などまるで感じられない発言だった。

「そんなこと言うなら、少しは支払いを気にしてもらいたいところだな」

「俺は月払いだろ」

「もっと溜めてる時もあるだろ。そんな好き勝手やってると、知らないうちに恨み買うよ」

大将が心なしか真顔で言った。親し気にしてはいるが、金払いの悪い古謝はやはり疎ましい客には違いない。

「馬鹿言うなよ。俺はそういうのは潔癖なんだよ」

傲慢な古謝の態度は、自分への挑発のようにさえ思えた。やはりこいつは昨日殺すべきだったのだ。

「でもさ」

急に古謝は声を落とした。どこか芝居がかっていた。

「なんだよ」

「これ見てくれ」

古謝が大将に何かを見せたようだった。史哉は視界の隅でその様子を窺った。

「なんだい、これは」

「落ちてたんだ、うちの寮の階段に」

史哉は耳をそばだてた。

「朝拾ったんだ。誰かが落としたのかと思って、とりあえず会社に持っていったんだよ。で、寮に住んでる奴に聞いたら誰のものでもないって言うからさ。ここに何か文字書いてあるだろ。それを検索したんだ。そしたらさ――」

古謝がもったいをつけるように言葉を切った。

「そしたら？」

「盗聴器だったんだよ」

「えっ？」

史哉は店内を見回す仕草をして、二人の方を見た。

史哉は息を呑んだ。大将の手に握られていたのは、間違いなくあの受信機だった。

何ということだ。今すぐ引ったくって奪い返したい衝動に駆られた。

「ったく、しょうもない話だな。ガラクタだろ、こんなもの」

大将は古謝の冗談だと思っているようだった。

「いや、ホントだから。見ろよ、これ」

古謝がスマホを大将に見せた。大将がスマホの画面と自分が手にしている物を見比べた。

「本当だ」

大将の声色が変わった。

「だから、盗聴されている可能性はある」

古謝は大将に顔を近づけて言った。

「なるほど、あんたには盗聴されるような心当たりがあるわけだ」

「馬鹿言うな、そんなものあるか」

単なる話のネタでしかないような口調だった。だが、古謝は防犯カメラを仕掛けていた。それについて言及はしていないが、間違いなく何かを疑っているはずだ。

「くだらねえ話だな」

大将は呆れた様子だった。

「いや、でも怪しいぜ」

古謝は大将の気を引くかのように再び声を落とした。

「落ちてた場所ってのが、屋上に続く階段なんだ」

やはり、あそこに逃げ隠れた時に落としていたのか。

「それが？」

「屋上は出入りできない。普段は誰も行かねえ場所だ」

「じゃあ、なんであんたがそんなところに行くんだよ」

「今日の掃除当番だったから、掃除道具を置いておいたんだ」

「案外そういうことはちゃんとやるんだな」

「しょうがねえだろ。なんとか雇われてんだから」

「で？」

「だから、おかしいだろ。まるであそこで隠れて盗聴していたみたいだ」

あながち間違ってはいなかった。やはり古謝は身の危険を感じている。

「だったら警察に行った方がいいんじゃないか。あんたの部屋に仕掛けられている可能性が高いんだろ？」

「そうするかな」

二人とも冗談半分のようだったが、史哉は急速に危機が迫ってくる恐怖を覚えた。

「馬鹿馬鹿しい。あんたの部屋なんか盗聴してどうすんだよ」

女将が割って入った。

「俺の競馬予想が聞けるだろ」

「独り言言ってんのかい。気持ち悪い」

「うるせえな」

「大体、あんたの競馬予想に価値なんかないだろ。はずしてばっかの癖に」

「ていうか、そのイヤホンで盗聴されてないか確認できるんじゃない？　部屋に盗聴器が仕掛けられているなら、部屋の音が聞こえるはずだろ」

大将が言った。それは盲点だった。

「なるほど、そうか」

やめろ。しかし、その願いも虚しく古謝はイヤホンを耳に挿し込んだ。

「別に何も聞こえねえな」

「そりゃ、今は留守にしてるからだよ」

それにここまで電波が届くはずもない。史哉はそのことに気づき胸をなでおろした。

「そうか。ってことはやっぱり俺の部屋なのか？」

「どうだろうな、他の部屋が留守の可能性もある」

「確かにな。まあ、家帰って試してみるか」

その場を収めるように古謝は言った。

もはや選択肢はなかった。何としても古謝が家に着く前に取り返さねばならない。盗聴器に気づけば古謝は間違いなく警察に届け出るはずだ。

気が気ではなかった。もう武力行使に出るしかない。

史哉は女の店員に低く手を挙げ、「お会計」と告げた。

古謝に気づかれぬよう支払いを済ませ、店を出た。雷門通りに出るとタクシーを拾い、自宅まで戻った。

その時に真帆から電話が来ていたことに気づいた。もう何度もかかってきていた。一通だけ「どこにいるの？」というメッセージが届いていた。真帆の不安が手に取るように伝わってきた。完全に古謝に気を取られていた。昨日の今日だ。俺が警察に連行されたと考えているかもしれない。それとも何か悪いことが起こっただろうか。すぐに電話をしたかったが、タクシーの運転手に会話を聞かれたくなかった。それにアパートはもう目の前だった。

史哉はアパートの前でタクシーを降りると、自分の部屋へ駆け上がった。

ドアノブを回すと鍵は閉まっていた。

俺を探しに出て行ったのか？

史哉は焦る手で財布から鍵を取り出し、部屋へ入った。電気は点けっぱなしになっていた。真帆の気配がまだ残っていた。

どこ行ったんだ。

史哉は真帆に電話をかけた。

「もしもし」

真帆はすぐに出た。

「俺だ。ごめん。気づかなかった」

「どこにいるの？」

「今、家に帰って来た」

「何してたの？」

「大変なことになった。受信機を昨日、社員寮で落としていたんだ。そしてそれを、古謝が持っている」

「えっ？」

「古謝は自分の部屋に盗聴器が仕掛けられている可能性に気づいている。あの受信機には俺の指紋が付いている。警察に持っていかれたらアウトだ」

「どうして警察で史哉の指紋だって分かるの？」

余計なことを勘繰ったのか、真帆は訝しむ声で聞いてきた。

「ちょっと前に車の一時停止違反で捕まった。その時に指紋を採られている」

「どうするつもりなの？」

真帆は詰問するような口調だった。

「あいつから受信機を奪い返す」

「どうやって」

「もう力ずくだ。仕方ない」

「えっ」

真帆の言葉が途切れた。

「危ないことしないで」

「あいつを襲って、奪うしかない」

真帆の動揺は手に取るように分かったが史哉は無視をした。

「そんなこと――」

「そうしないと、俺の計画が露見するのは時間の問題だ。やるしかないんだ」

史哉はそう言いながら、催涙スプレーとスタンガンと作業用手袋を押入れから引っ張り出した。

「危ないよ、そんなこと」

泣きそうな声だった。もしかしたら泣いているのかもしれなかった。

「大丈夫だ。催涙スプレーで視界を奪っている隙に受信機を奪う。時間にしたら十秒足らずだ」

「――殺すわけじゃないよね？」

虚を突かれた。それは全く頭になかった。どうせ襲って逃げるなら殺してしまえば――。

「駄目だ。古謝が殺されれば俺に目が向く危険性がある」

自分を安全圏に置くためには、やはり殺人事件として捜査が展開されてはいけない。

「絶対に捕まるわけにはいかないんだ」

臣吾の世界タイトルマッチはもうすぐだ。史哉が殺人で捕まればそれどころではなくなる。兄の未来から光を奪うことだけは絶対にしてはならない。

「安心してくれ。俺だって無鉄砲にこんなことをしようとしているわけじゃない。こうするしか助かる道がないんだ」

これ以上、時間を潰していられなかった。チャンスは一度しかない。

「でも――」

「とりあえず、また連絡する」

真帆は何かを言いかけたが史哉は一方的に電話を切った。すぐにかけ直されてきたのがスマホの振動で分かったが史哉は出なかった。僅かな躊躇すら命取りになりうる。史哉は電源を切った。

そして頭から真帆を消し去り部屋を出ると、自転車で社員寮へ向かった。古謝を襲うとしたら、社員寮近くの人気のない道しかない。夜道で古謝を待ち伏せし、取り返したら逃げ切るのだ。古謝の部屋に電気は点いていなかった。時刻は二十時だ。まだしばらく古謝は帰ってこないだろう。史哉は古謝がいつも酒を購入するコンビニから社員寮へ続く道の一つを犯行現場と定めた。視界の悪い十字路から延びる道だ。ここならば四方に逃走することができる。古い会社事務所が並ぶ道だが既に電気は消えている。受信機さえ奪ってしまえば、侵入者、盗聴犯と自分を結びつけるものはなくなる。

失敗は許されない。手間取ろうものなら、逆に現行犯逮捕されかねない。一発で確実に仕留めるのだ。夜道で人通りは少ないものの皆無というわけではない。タイミングを誤れば、逃げ切ることはできないだろう。

リスクを消し去ることはできない。しかし今日やらねば、全てが崩壊する。

やるしかないんだ。

史哉は串吉へハンドルを切った。そして店の見える場所で古謝を待った。二十二時を過ぎた時、古謝の姿が串吉の中から現れた。史哉は気づかれぬよう間隔を空け、古謝のあとをつけた。古謝はホッピー通りを抜けると店が閉まり閑散とした仲見世通りを進んだ。この先に交番が一つあることを思い出した。史哉は目を光らせた。絶対に持ち込むなよ。それが通じたわけではないだろうが、古謝は雷門前の交番を見向きもせずに通過していった。そして吾妻橋の方へ向かっていく。この先にもまた交番がある。でも大丈夫だ。交番に持ち込むならさっき持って行っているはずだ。予想通り古謝は交番を素通りし、そのまま吾妻橋を渡っていった。やがて吾妻橋を渡ると、古謝は社員寮の方向へ横断歩道を渡った。

そして例によって脇道へ入りコンビニへと姿を消した。

また酒を買うに違いない。

史哉は道の陰で古謝が出てくるのを待った。その間に作業用手袋を両手にはめ、準備をした。

少しすると、案の定、古謝は缶ビールを持って出てきた。自分の部屋に何者かが侵入し、盗聴されている可能性があるかもしれないというのに、その姿にはまるで緊張感がなかった。

それを認めると、史哉は迂回して決行の地へ向かった。

そして自転車を十字路の角に停めると、降りて古謝を待った。人通りはほとんどなかった。遠くに僅かに歩く人が見える程度だ。

ほどなくして道の向こうに影が現れた。その大きいシルエットは古謝に違いなかった。

こちらへ向かって歩いてくる。その背後に人はいない。この十字路を通り過ぎ、背中を見せたところを襲う。その動きをイメージし史哉は再度、十字路の三方を見て人影を確認した。

まずい。

古謝の歩く道と交わる道の先に一つの人影が見えた。目測で百メートルほどだろうか。それほど遠くない距離だ。こっちへ向かって歩いてきている。古謝がここに来るのを待っていたら、あの人影との距離も詰まってしまう。

ここを逃せば、チャンスはない。

計画変更だ。

史哉は自転車のハンドルを摑み、スタンドを上げると、転がしたまま早足で古謝に近づいていった。

鼓動が早まる。寿命を縮めているような感覚があった。

そして古謝との距離が十メートルほどまで詰まった時——。

「ウッ」

史哉は声を上げ、自転車を傾けながらその場にうずくまった。苦悶の表情を浮かべ、地面を這い古謝を視界に捉えた。

「助けてください」

史哉は顔を古謝に見せぬよう、下を向きながら訴えかけた。

「おい、どうした」

古謝が史哉に駆け寄ってきた。さすがの古謝も目の前で人が倒れれば素通りはできないようだ。

史哉はポケットに手を突っ込み催涙スプレーを摑んだ。

そして、古謝が史哉の肩に触れた瞬間、スプレーを抜き出し、目をつむると古謝の顔面に向けて一気に噴射した。

「ウワッ」

古謝は後ろに倒れ込んだ。

「うっ」

目を開けると眼鏡の隙間から飛散した催涙剤が目に入り込んだ。その刺激に耐え、史哉は倒れた古謝の顔に向かって再度噴射した。古謝はむせ返り、そして這いつくばって逃げようとしていた。その背中に今度はスタンガンを押し当てた。

「アッ」

古謝が撥ねたかと思うとその場に倒れ伏した。更に三秒ほど押し当てた。電気ショックの過激な音と共に古謝が撥ねる。古謝は倒れたまま痙攣していた。

史哉は古謝の右側の上着のポケットに手を突っ込んだ。財布が入っていた。それを抜き出す。

受信機はどこだ。ない。逆のポケットを探る。あった。史哉はそれを引っ張り出した。

間違いない。俺のやつだ。それを自分のポケットに確かに突っ込むと、再度古謝の背中にスタンガンを押し当てた。古謝が再び、声を上げ悶絶した。

「何してんだよ」

若い男の声がした。まずい、さっきの通行人だ。史哉は慌てて立ち上がると、倒れている自転車を起こし、走った。振り返ると人影が追ってきていた。

ヤバい。

スタンガンと催涙スプレーを自転車の前かごに放り込み、走って勢いのまま地面を蹴りペダルに足をかけた。立ったまま全力で漕いだ。しかし今の体力では、加速にも限界があった。後ろを振り向くと男が十メートルほどの距離まで迫っていた。

その若い男の顔を見て一瞬思考が止まった。

知った顔のような気がしたからだった。

一体誰だったか——。

思い出そうとする間に男は距離を詰めてきていた。

ヤバい。

史哉はサドルに腰を落とすと前かごから催涙スプレーを取り、後ろに向かって噴射した。

「うわっ」

男は顔を手で覆い、その場でむせ返った。

史哉はそのまま噴射し続け、渾身の力で加速していった。大腿筋に千切れるような痛みを覚えた。それでも、足を懸命に回した。

これ以上は無理だ。下半身だけでなく肺にも限界がきていた。

激しい息苦しさの中振り向くと、捕縛を諦めた人影が遠くに見えた。史哉はサドルに腰を落とすと、角を曲がった。一刻も早くこの場所を離れなければ。昨晩同様、何度も道を変え、姿をくらませた。

そうして何度目かの角を曲がり、追手がいないことを確信すると、ポケットの受信機の存在を確かめた。大丈夫だ。イヤホンもしっかり付いていた。そして古謝の財布も奪っていたことに気づいた。咄嗟に捨てようと手が投げかけたがやめた。物盗りの犯行に思わせた方が得かもしれない。史哉は足を動かしながら、財布の札入れを漁った。たったの千円しかなかったが、それを抜き取ると、財布は人目につくよう道の真ん中に捨てた。

史哉は自宅とは逆の亀戸の方に向かっていた。直接自宅に戻るよりもできる限り遠回りし、警察の捜査を攪乱したかった。

やがて鼓動も収まり、平静を取り戻していった。その時胸に広がったのは自分が新たに犯した罪への恐怖ではなく、受信機を取り戻したことへの安堵感だった。

しかし、それも一瞬だった。

あの若い男は一体誰だったろうか。顔見知りだろうか。夜闇ではっきりとした顔の造作までは分からなかったが、脳は知り合いを見つけた時のように反応した。他人の空似だろうか。見間違いならばいいが——。

史哉は自分の変装を確認した。ニット帽に、マスクに眼鏡。これだけしているんだ。視界の悪い中では俺だと識別することは不可能ではないか。根拠などなかったがそう思うしかなかった。

だが、もしあの男に正体がバレていたら——。

自宅に着いたのは二十三時半過ぎだった。

部屋は空だった。真帆はどこへ行った。すっかりその存在を忘れていた。スマホの電源を入れると、案の定真帆からの連絡が何度も来ていた。史哉はかけ直した。

「どこにいるの!?」

ワンコールを待たずに出た真帆の声は、冷静さを欠いていた。

「今、家に戻ってきた。成功したんだ」

「何したの」

「言った通りだ。催涙スプレーで襲って、受信機を奪い返した」

「殺してないよね？」

「ああ、やっぱりそれはできない」

僅かな間があった。

「よかった」

「心配かけてすまなかった」

「ううん、私ももう戻るから」

「分かった、待ってる」

そう言うと史哉は電話を切った。

真帆が帰宅したのは間もなくだった。靴を脱ぐと駆け寄ってきた。

「大丈夫だった？」

真帆の顔からは生気が抜けていた。

「この通りだ」

史哉が受信機をポケットから取り出して見せると、真帆は史哉に抱きついてきた。

「捕まらないよね？」

涙声だった。

真帆の温もりが伝わってきた。それは久しく忘れていたもののように思われた。

「大丈夫だ。何も心配することはない。道具を明日処分すれば何も証拠は残らない」

あの若い男以外には。

一体あれは誰だったのか。

混沌とした不安を胸に残したまま史哉は真帆を抱きしめた。

29

「順調ですね、臣吾さん」

食事中の臣吾に話しかけてきたのは後輩ボクサーの小野里《おのざと》だった。

「ボチボチだよ」

臣吾は控えめに答えた。健太を倒したあの日以降、どことなく皆が意味もなく高揚しているように見えた。寡黙な臣吾に対し、後輩の方から接してくることが増えていた。それ自体は歓迎すべきことだったが、まるで祀り上げられるような空気感を快くは思っていなかった。手段を誤ってしまったかもしれない。

臣吾は最後の鶏ささみを口に放り込むと更衣室のテレビに目を向けた。ニュースがやっていた。

――次のニュースです。

女性アナウンサーの前にトピックが表示された。

〈墨田区で通り魔事件　犯人は逃亡中〉

――昨晩、墨田区の路上で男性が何者かに襲われ、財布を盗まれる事件が発生しました。

比較的近い場所での事件に臣吾は目を留めた。

――昨日の午後十時半過ぎ、スカイツリーに近い墨田区業平の路上で六十代の男性が何者かに催涙スプレーをかけられ襲われました。被害に遭った男性によりますと、対面から歩いてきた男が倒れたので、助けようと駆け寄ったところ、催涙スプレーをかけられたとのことです。男は更にスタンガンで男性に危害を加え、財布を奪うと自転車で逃げ去りました。男は現在も逃亡中であり、警察は傷害罪及び窃盗罪で行方を追っています。

どうやら現場は目と鼻の先のようだ。いざとなればこの拳で反撃に出ても正当防衛が認められるだろうが、ロードワークも気をつけねばならない。

臣吾は最後に水を口に含むと、更衣室を出てトレーニング室を覗いた。

やはりまだ来ていなかった。

だからこの妙な空気が嫌いなんだ。

臣吾は会長室の扉を叩いた。

「はい」

「芹沢です」

「どうぞ」

戸を開けると伏見がリモコンを操作しテレビの映像を止めた。サロンガの試合映像だった。タイトルマッチの対戦相手を研究してくれているらしい。

「どうした」

「原田はどうしました？」

つい口調が強くなる。あのスパーリング以降、健太は毎日ジムへ来て練習をするようになっていた。髪の毛も元に戻っていた。無礼な態度は相変わらずだったが、自分のレベルを痛感させる程度には薬になったらしい。だが今日は時間になっても姿を見せていなかった。またやる気がそがれたのだろうか。あの日以降の健太を嘲るようなジムの雰囲気に危惧していたことでもあった。しかしここで甘い顔をすればまた同じ道へ戻ってしまう。

「ああ、健太か」

伏見が険しい顔をした。

「朝連絡あって、病院行ってから来るってよ」

「病院？」

「ああ、何かな目がやられたって」

「どういうことですか」

「昨日業平で通り魔があったみたいでな」

「催涙スプレーで襲われたやつですか？」

「知ってんのか？」

「たった今ニュースでやっていました」

あれに健太が巻き込まれたとでも言うのか。

「そうか。どうやらその現場を目撃していたらしい。で、あいつ犯人追っかけたらしいんだよ。そしたらあいつも催涙スプレー撒かれて目をやられたんだって」

「大丈夫なんですか」

「今、連絡待ちだ」

目を傷つけられればボクサーの選手生命は危ぶまれる。

「そうですか」

臣吾はそれ以上言えなかった。健太を疑ったことに後ろめたさを覚えた。

「あいつのことは俺が考えるから、お前は気にすんな」

伏見が言った。

「自分の調整にだけ集中してくれればいい」

タイトルマッチを二週間後に控えていた。

「ですが――」

「お前には感謝してる。あいつを連れ戻してくれたのはお前だからな。俺にはあんな荒療治できねえよ」

「そんな大層な話ではありません」

「何でもいいよ。お前がいなかったらあいつは辞めてたさ。だからあいつのためにも世界を獲ってくれ。それが今のお前の仕事だ」

「そうですか」

「辛気臭い顔すんな。俺だってサロンガの対策を今練ってるんだからよ。頼んだぜ。さ、練習だ、練習だ」

伏見が手を叩いて臣吾を鼓舞した。

30

興奮していただけなのだろうか、昨晩の安堵感はとうに霧散していた。

「大丈夫かな」

ネットカフェから戻るとニュースを見ていた真帆が不安げな目を向けてきた。

昨晩の犯行は当然のようにニュースになっていた。ネットニュースでも取り上げられていたが、続報は見受けられなかった。

計画性に乏しい勢いの犯行だっただけに、どこかに落とし穴があるような気がしてならなかった。警察の捜査能力を舐めてはいけない。更にあの若い男の姿がどこかで引っ掛かっていた。しかしそんなことを口には出せない。

「大丈夫さ。証拠は何一つ残していない」

史哉は強がった。

とにかく、証拠隠滅に努めるしか今できることはない。既に昨日使った自転車は共用水道で洗い催涙スプレーを流していた。

史哉は押入れから犯行のために準備した道具を引っ張り出すと、棄てるべきゴミを分別した。変装用に購入した服はゴミ袋に入れ、押入れにしまった。来週の燃えるゴミの回収日に棄てるのだ。練炭コンロはリサイクルショップに売却するつもりだった。既に店はネットカフェで調べてあった。あの偽造した免許証で事は足りるだろう。それが終わったらあの偽造免許証は破いてどこかのコンビニのゴミ箱にでも棄てればいい。

厄介なのはそれ以外の暗視ゴーグルやマッチ練炭を始めとした一般家庭にそうそうない物だったが、これらは隅田川に棄てるしかない。大好きな隅田川を汚すことに抵抗はあったが、背に腹は代えられない。人目の付かぬ夜の内に袋に入れて棄て去るのだ。

とにかく優先すべきは早期処分だ。もしも警察にこの部屋を見られたら弁解の余地はない。もしかしたら既にそこまで警察の手が及んでいるかもしれないと思うとゾッとした。

隅田川に棄てる物をビニール袋に分別すると、押入れの奥に再びしまった。まずは練炭コンロの処分からだ。

史哉は練炭コンロとその他の道具を布切れでよく拭くとビニール袋に入れた。それを段ボール箱から取り出したマッチ練炭と共に二つの登山用のリュックサックに詰めると、真帆とタクシーを拾って上野のリサイクルショップへ向かった。

店までは十五分ほどだった。偽造免許証の提示にやや緊張したが、特に疑われることなく売却が完了した。買取価格は一つ五百円だった。三千円程度したはずだから一度も使っていないのに大した損失だ。

その足で二人は電車に乗って、赤羽のリサイクルショップへ向かった。大体の品物は相場が決まっているのだろう。こちらの店でも練炭コンロは同価格で売れた。

それから国分寺と、立川で残りの二つを売却した。どこの店でも免許証の真贋を疑われることはなかった。それが終わると偽造した免許証を細かく千切り、コンビニのゴミ箱に棄てた。

物が減るごとに、史哉の気持ちも幾分楽になっていった。あとはマッチ練炭や受信機などを隅田川に棄てるだけだ。

「疲れたね」

電車の中で真帆が言った。窓の外は薄暮になっていた。

「そうだな」

準備したものを必死になって処分している。一体これまでの時間と労力はなんだったのだろうかと虚しさを覚えた。

「帰りにどこかで夕飯でも食べるか？」

少し気分を紛らわせたかった。

「そうだね——。ソニャール行きたいな」

真帆がしんみりと言った。

「ソニャールか」

正直、どんな顔で行けばいいのか分からなかった。

「でも——」

「潤さん、お義兄さんの試合来ないのかな？」

「どうだろうな」

「お義兄さんは来てほしくないのかな？」

「分からないよ」

もし、自らの気持ちに嘘をつき、断腸の思いで兄がその決断を下したのだとしたら――。そうであるならば潤に来られるのは迷惑なことかもしれなかった。しかし自分の亡きあとに誰が兄を支えてくれるだろうか。兄は一生を孤独の中で生きていくつもりなのだろうか。なぜ、そんな不幸な道を自ら選ばねばならないのか。そんなふうにしか生きられない兄を哀れに思った。

「潤さんはどうするつもりなのかな？」

「どうなんだろう」

臣吾からすれば勝手なことかもしれなかった。だが、このままこの世を去ることは、古謝への復讐を果たさぬのと同等の悔いを残しそうな気がした。

「ソニャールに行こう」

史哉は言った。


浅草に着くと二人は吾妻橋の脇を抜け、隅田川沿いのテラスを南に向かって歩いた。ソニャールとは反対方向だったが、店の周りを穢したくなかった。少し歩いたところで、人目を警戒しながら史哉はマッチ練炭をリュックサックから取り出し、川に落とした。着水の音がした。場所を離して全てのマッチ練炭を棄てていった。それが終わると暗視ゴーグル、トランシーバー、受信機など残ったものも棄てていった。最後のヘアピンは音もなく消えた。

これでもう、俺の計画の証拠は全て消え去った。積み上げてきたものが一瞬で崩れていくようで、虚無感が史哉の胸に広がった。一体これからどうやって古謝を殺せばいいのだ。高い壁を前に膝から崩れ落ちそうだった。しかし、それを果たさずして、俺の余生に価値はない。

だが、この身体で遂行できる完全犯罪とは一体どんなものなのだろうか。もう古謝の部屋には侵入できない。とんでもない難題を突きつけられていることは分かっていた。諦めるしかないのか。

痩せ細った身体から絞り出されたかのように涙が目に滲んだ。

「クソォ！」

隅田川に向かって叫んでいた。真帆の手が肩に触れた。

史哉は嗚咽した。


真帆との会話がないままソニャールの前まで来ていた。涙は乾いていた。多少目が腫れているかもしれないが、元々容姿は病によって大きく変容している。泣き顔とは覚られまい。

どんな顔で潤と会えばいいだろうか。結論の出ぬうちに真帆が扉を引いた。

扉の鈴が乾いて聞こえた。

「いらっしゃいませ」

振り返った潤が真帆を見て「あっ」と言った。そして史哉を見た。

「こんばんは」

史哉は会釈をした。

「どうしたの？」

潤の顔は困惑していた。史哉も何と答えていいか分からなかった。

「晩ご飯食べに来ました」

真帆が無邪気に言った。

「あら、ありがとうね」

潤はよそ行きの笑顔を見せた。

「テーブルどうぞ」

「失礼します」

二人はテーブル席に腰かけた。店内はカウンターを含め満員だった。丁度いいタイミングだったようだ。

潤がメニューを持ってきた。

「史哉君、大丈夫？」

「ええ」

史哉は少し無理をして笑顔を作った。

「じゃあ、注文決まったら呼んでね」

潤は厨房へ戻っていった。

「どうする？」

真帆がメニューを史哉に開いて見せた。だが、あまり食欲はなかった。泣いたせいもあるのだろうか。胸の辺りに違和感があった。

「ポテトとトマトスープにしよう」

「それだけで大丈夫？　セットは？」

「大丈夫」

真帆が心配そうに史哉を見た。

「じゃあ、私はペペロンチーノにしようかな」

真帆が潤に向かって手を挙げた。

「ポテトとトマトスープと、ペペロンチーノのサラダセットで」

「かしこまりました。少々お待ちくださいね」

「潤さん」

史哉は去ろうとする潤を呼び止めた。潤が動きを止め、ゆっくりと振り返った。

「兄貴の試合、来てくださいね」

「そうですよ、潤さん。聞きました、史哉から」

潤は目元を僅かに緩めた。

「考えとくわ」

儚い表情には妙な色気があった。それ以上二人に何かを言う隙を与えることなく、潤は厨房へ消えていった。

「お義兄さん、順調かな？」

「大丈夫さ」

口では言ったものの、史哉の頭に浮かんだ兄は失意の底にいた。

このままでは兄は不幸な人生しか歩むことができない。たとえ世界チャンピオンの栄誉を手にしようと、それすらも一瞬でくすんでしまうような気がした。

やっぱり間違ってるよ。兄貴には光の差す場所で生きる権利がある。いや、義務がある。

急激に臣吾に会いたくなった。

俺には兄貴に伝えねばならないことがある。

「このあと、兄貴のところ行ってくる」

食事を終え、すぐに行けばきっとまだジムにいるだろう。

「私も行くよ」

「そうか」

やがて潤の母親が料理を運んできた。潤に避けられているのかもしれなかった。

史哉は腹は減っていなかったが、ポテトを手に取ると口に含んだ。

喉につかえるような飲み込みづらさを感じ、スープで流し込んだ。

「美味しい？」

真帆が聞いた。

「うん。食べる？」

「じゃ、ちょっともらおうかな。私のいる？」

「いや、大丈夫だよ」

その時、胃から何かがせり上がってくる不快感を覚えた。これ以上何も胃に入れるなという身体からの警告だった。唾を飲み込み何とか留めた。落ち着くと水を口に含んだ。

真帆を不安にさせまいと、再度ポテトを手に取り、顔の前に持っていった。

それがいけなかった。身体が拒絶反応を示した。

駄目だ。

一瞬で胃から何かが逆流した。抗いようのない勢いだった。史哉は食器の中に吐き出した。

「史哉っ」

真帆の悲鳴のような声が聞こえた。胃から出てきたのは食べ物だけではなかった。

食器の中は赤黒く染まっていた。

31

救急車で運ばれたところまで覚えていた。

そこから先は意識が混濁していて記憶は曖昧だった。

史哉は病院のベッドの上で目を覚ました。左腕から点滴の管が延びていた。他に患者はいない。集中治療室のような部屋だった。

窓から差し込む光が、うつらうつらする真帆を照らしていた。真帆はベッドの脇の丸椅子で壁を背もたれにして眠っていた。時間は分からなかったが、一晩眠っていたようだった。

俺はソニャールで吐血し、この病院に運ばれたんだ。

胃の辺りにその時の感覚が蘇った。ソニャールにも悪いことをしてしまった。大層な騒ぎになってしまったことだろう。

あれから真帆はずっとつきっきりでいてくれたのだろうか。

「真帆――」

その声が届いたのだろうか。真帆の瞼がピクリと動き、目を開けた。

「大丈夫？」

真帆は史哉に顔を近づけた。

「大丈夫だ。ごめん、迷惑かけて」

「ううん」

「もう、俺駄目なのかな」

こうして身体に新たな症状が現れると、自らの死期を感じずにいられなかった。弱気な言葉が口を衝いた。

「ねえ、やっぱり入院しない？」

真帆が言った。それは提案というよりも懇願に近いものがあった。その方が真帆は安心なのはよく分かっていた。確かに今回のようなことは史哉自身、もう勘弁だった。誰にも迷惑はかけたくない。

「先生もその方がいいって」

「ちょっと考えさせてほしい」

即答はできなかった。まだ、俺にはやり残したことがある。この病院のベッドの上で残りの時間を漫然と過ごしたくはなかった。使命を果たさねばならないのだ。しかし、この身体でそれを遂行できるのだろうか。

古謝の殺害を試みたのが三日前、そして古謝を襲ったのは一昨日だ。そんなことができるほどに身体が動いていたのに、病魔の進行は残酷だ。もしかしたらその目的だけが限界状態にあった身体を動かしていたのかもしれない。しかし失敗に終わり、全ての証拠を抹消したことで緊張の糸が切れてしまった。

　カーテンが開き、御厨が顔を出した。

「芹沢さん、よかったです。目を覚まされて」

「すみません、ご迷惑をおかけして」

「いえ」

　御厨は短く否定した。

「僕の症状はどこまで進んでいるのでしょうか？」

　史哉は自ら切り出した。

　御厨は一度押し黙った。

「日に日に転移箇所は広がっています」

　御厨は躊躇いがちに言ったが、なんの治療もしていないのだから当然だろう。

「あとどれくらい、生きられますか？」

「申し訳ありません。それはなんとも言えません」

　もう予断を許さないところまで来ている。分かっていたことだからだろうか。不思議と冷静にそれを聞き入れられた。

「そうですか」

　俺はこのまま死んでいくのだろうか。

どうすれば悔いを残さず死んでゆけるだろうか。史哉は天井を見つめた。

臣吾が現れたのは翌日の月曜日だった。

カーテンが開かれると真帆と、臣吾が立っていた。史哉は真帆に「会社には行った方がいい」と言ったが、それを聞き入れず会社を休んでいた。

「兄貴――」

「大丈夫か？」

臣吾は一昨日の晩も駆けつけてくれたと真帆から聞いていた。臣吾は丸椅子に腰をかけた。

「ごめん、大事な時期にお騒がせしちゃって」

「そんなことはいい。体調はどうだ？」

「悪くないよ、お陰様で」

「無理するなよ」

「俺に構ってないで練習した方がいいんじゃないの？」

「練習する前に、お前の顔を見ておきたかった。とても集中できそうにない」

「俺のせいで負けたって言われるんじゃ堪らないぜ」

兄らしくないストレートな感情表現に、史哉は軽口を叩いた。

「俺は勝つ」

臣吾は静かに言った。

「俺、試合ちゃんと応援行くから」

史哉は声を弾ませた。

「別に来なくていい」

「そんなわけいくか」

勝つところをこの目で見届けるのだ。

「潤さんにも言っておいたからさ」

臣吾の眉間に皺が寄った。

「聞いたよ、潤さんから。フッたんだって？」

臣吾は黙り込んだ。

「全く馬鹿だよな」

「お前には関係ない話だ」

「大ありだよ。俺だって潤さんとは付き合い長いんだ。ソニャールだって行きづらくなっちゃったじゃん」

真帆は黙って聞いていた。

「どうしてだよ」

「色々あるんだ」

それ以上の詮索を拒絶するように言葉を切った。

「いいんだぜ、兄貴が幸せになったって」

「どういう意味だ」

「なんかさ、自ら不幸な道を選んでるように見えちゃうんだよな」

「なんだよ、それ」

「兄貴はこれまでの人生で苦労しすぎて、幸せになることを避けているように見える」

「とんだ偏見だな」

臣吾は投げやりに言った。

「父ちゃんも母ちゃんも子供の時にいなくなって、ボクシング諦めて、仕事を滅茶苦茶頑張って、俺を育てて。普通じゃできないよ」

「そうするしかなかっただけだ。特別なことをしたつもりはない」

「いいや、絶対に特別だ。だから居心地が悪いんだろ。平凡な生活や幸せが」

認めようとしない臣吾に史哉は反論した。

「言っている意味が全く分からない。俺は不幸だなんて思っちゃいない」

「俺の病気のことは気にしなくていいからさ。もう兄貴が幸せを手にする番なんだ」

臣吾の目がジッと史哉を捉えた。

「勝手に人を哀れむな」

臣吾は人が変わったように強く撥ねつけた。気分を害したようだった。

「練習に戻る」

臣吾は立ち上がり踵を返した。

「兄貴」

その背中に向かって言った。

「絶対、勝てよ」

「当たり前だ」

こちらを振り返ることなく臣吾は出ていった。

32

病院を出ようとしたところで入口付近に臣吾は見知った顔を見つけた。

「お前この病院だったのか」

スマホを弄っているところに臣吾は話しかけた。

「アァ？」

突然声をかけられたことが気に障ったのだろう。威嚇するように顔を上げた。この品の悪さはこれから矯正されていくことに期待するしかないだろう。

「なんで、あんたがいるんだよ」

健太はバツが悪そうに言った。

「たまたまだ」

「ほんとかよ。なんであんたとばっかりたまたまが続くんだよ」

「どうなんだ、目の調子は」

「どうだっていいだろ、あんたには」

「会長が気にかけている。教えろ」

「会長にはちゃんと言ってあるから」

「そうか。スマホを弄れるくらいだから問題ないんだろ」

パッと見たところ目に異常はなさそうだった。

「お前にそんな正義感があるとは思わなかった。今回ばかりは褒めてやる」

「うるせえよ」

「治ったらさっさと戻ってこい、世界を獲る気ならな」

「あんたに言われるとやる気がなくなるね」

「その程度のやる気で今度世界獲るなんて言ってみろ。俺が破門にしてやる」

「会長がそんなことさせねえよ」

「いつまでも会長が甘い顔してると思うなよ」

フンと健太は可笑しそうに笑った。

「どうした」

「別に。戻りゃいいんだろ、戻りゃ」

健太がもう勘弁とばかりに言った。

「それとな、敬語を使え、約束だったろ」

健太はチッと舌打ちした。

「おい健太、受付まだか」

臣吾の背後で太い声がした。

「変なのに絡まれてよ、親父」

親父？　臣吾は振り返った。

「えっ」

それは臣吾も知る人物だった。だが健太の父親というのは初耳だった。

「おお、こんなところで会うとはな」

原田壮介《そうすけ》がヤニで黄ばんだ歯を見せて笑った。

33

午後になると史哉は御厨に入院の意思を確認された。いつ容態が急変してもおかしくない。真帆も仕事がある。つきっきりでいられるわけではない。在宅療養はそろそろ限界にきていることは理解していた。

だが、史哉は明日の朝まで時間をほしいと答えを保留した。

少なくとも入院すれば古謝への復讐は諦めなければならなくなる。この憎悪を抱えたまま最期の時を迎えるのだ。それは精神の死と同義だった。肉体だけ命を繋ぎ止めることに果たして意味があるのだろうか。しかしこれ以上、真帆にも周囲にも迷惑も心配もかけられない。もし入院を拒否するのであれば、確実に古謝を葬り去らねば釣り合わない。その方法が明日までに思いつかぬのであれば、潔く入院を受け入れるしかない。

「真帆」

「ん？」

「あれから、大丈夫か？」

真帆は何のことか分かったようだった。

「うん、特にニュースにはなってないみたい。うちにも誰も来てないよ」

テレビや新聞に目を通していたが、特段捜査の続報らしきものはなかった。やはりあの追ってきた若い男も俺の正体には気づかなかったのだろうか。それとも知り合いというのは俺の勘違いだったのか。目撃証言さえなければ所詮、金品目当ての通り魔の犯行だ。そこまで大きく取り扱うほどのニュースでもない。はっきりとした進展は分からなかったが、大丈夫だろうと言い聞かせた。俺が捕まるはずがない。何も証拠を残していないのだから——。

その時、一つの考えが頭を掠めた。

俺は死ぬんだ。

そのことが一つの可能性を史哉に示唆していた。

きっと古謝が殺されれば、容疑者に自分が浮上するのは時間の問題だろう。それ自体は仕方のないことだ。臣吾だって同じように疑いの目を向けられるはずだ。しかし、古謝を殺す動機のある人間が自分たちだけとは限らない。今回のように決定的な証拠さえ残さなければ、俺は捜査線上に浮かんだ容疑者の一人として消えていけるのではないだろうか。そして警察が躍起になって捜査を進めている間に俺は死んでいく。万が一強く疑われ、厳しい取調べを受けることになろうと、その僅かな時間さえ耐え忍べばいいのだ。なんなら体調が悪いフリをして黙秘することもできるかもしれない。これまで気づかなかったが、自分に嫌疑がかかることをそこまで恐れる必要はなかったのだ。

紛うことなき完全犯罪が、今、目の前に浮かび上がった。

これは俺だからこそ可能なことなのだ。もっと早く気づいていれば、あんなリスクを負うこともなかった。

しかし、それを遂行するには今の体力が限界だろう。あいつを殺し、逃げ切るとなれば、やはり夜道を襲う以外に方法が思いつかなかった。これ以上体力が衰えたら不可能だ。

細かい方法を考えている時間はなかった。古謝も警戒心を強めているだろう。実行は自分の体調や、周囲の状況などを鑑みて、百パーセントの条件が整った時のみだ。もし、その時が来なければ諦めるしかない。

リスクがあるのは承知だった。それでも最後の可能性を捨てるわけにはいかなかった。

あいつは正当な罰を受けるべき人間なのだ。俺が葬らなくてはならない。

「真帆、先生を呼んでくれるか？」

「どうかした？」

「やっぱりまだ入院はできない」

「どうして？」

問い詰めるような口調だった。

「やり残したままでは駄目だ」

「馬鹿なこと言わないで。今の身体じゃ――」

「これが最後だ」

「でも――」

「真帆、分かるだろ。俺の無念が。このままじゃ駄目なの、分かるだろ。協力してくれるって言ったじゃないか」

「だって――」

「先生を、呼んできてくれ」

史哉は反論を許さなかった。

真帆の顔に、諦念が浮かんだ。

34

翌日、史哉は正午前に退院をした。御厨からは週一回の通院が義務づけられたが、自由になる時間があるのは何よりもありがたかった。

タクシーで家に着くなり、史哉は寝室の布団に寝転がった。これから自分のすべきことを考えた。だがリビングにいる真帆が気になって仕方なかった。真帆は史哉が退院を希望した理由を分かっている。まるで見張られているような気分だった。

やるしかないんだ、俺は。

史哉は頭を切り替え改めて決行のことを考えた。

当然ながら時間帯は夜の遅い時間が望ましい。それを考えれば、やはり金曜日なのだろうが、この間襲われたばかりの古謝が今週も変わらず串吉に出かけるか甚だ疑問だった。古謝自身はあの通り魔事件を単なる金品目的として捉えているのだろうか。もし、部屋への侵入、盗聴器の存在と結び付けていたとしたら、発信機を既に見つけている可能性もある。そうであればより一層警戒心を強めているはずだ。

一体、警察はどこまで真相に辿り着いているのだろうか。もし発信機の存在を警察が知ったとしたら、どのように捜査を展開するだろうか。古謝の周囲に張っている可能性もある。その状態の古謝を襲えば、飛んで火に入る夏の虫だ。

考えが甘すぎたか。

しかし、まだ発信機に気づかれていないのであれば、可能性は残されている。それをまず確認する必要があった。受信機は既に隅田川に棄ててしまっている。もう一度買いに行くしかない。それに変装道具、凶器もだ。史哉はリビングに出てパソコンを起動させ、偽造免許証を再作成した。前のものは一度消去してしまっていた。

「どうしたの？」

真帆が不安げな顔を向けてきた。

「ちょっと秋葉原に行ってくる」

真帆は立ち上がった。

「何しに行くの？」

「受信機を買いに行く」

史哉はやむなく自分の計画を真帆に話した。

「そんな危険なこと――」

「そんなこと分かってる！」

史哉は声を荒らげた。

「だから、百パーセントの条件が整わない限り絶対に実行はしない。最後の望みに懸けたいんだよ。分かってくれ」

「それなら私も行く」

真帆が言った。

「大丈夫だって。店員に顔を見られたらまずいんだ」

「そしたら、店の外で待ってる。史哉を一人で出かけさせられない」

本気で心配する真帆にこれ以上、我がままを突き通すのはさすがに心が痛んだ。

「分かったよ」

史哉は答えた。


史哉はニット帽とマスクで顔を隠して秋葉原へ向かった。そして前と同じ店に着くと真帆を店の外で待たせ、同じ受信機を購入した。

続いてナイフだ。殺傷力の高いものを購入する必要があった。何度も刺している時間はない。一撃必殺だ。史哉は暗視ゴーグルを購入したミリタリーショップへ向かった。以前来た時は見向きもしなかったが、ガラスケースにいくつものナイフが陳列されていた。見るからに殺傷力の高そうな物ばかりだ。店員に相談したい気持ちはあったが、記憶に残るようなことはできない。史哉はその中のアウトドアナイフを一つ選択した。柄の部分がラバーになっており、力がしっかりと伝わりそうに見えた。購入同意書に嘘の住所氏名に加え、購入目的などを記入すると、偽造した免許証で本人確認を済ませた。いとも簡単に凶器を購入することができた。

真帆は終始心配そうな目を向けてきたが、史哉はそれを受け流した。

最後に催涙スプレーとスタンガンを購入すると、自宅へ戻り仮眠をとった。夜になるまで古謝は不在にしているはずだ。体力は温存しておきたいし、その方が真帆も多少は安心だろう。起きたのは二十一時だった。史哉は真帆の用意したうどんを食べると、薬を服用しその時を待った。真帆も同行しようとしたが、史哉は今日は発信機の有無を確認するだけだと言って止めた。一人の方が安全だ。そして往復はタクシーを使うことを条件に真帆の了承を得た。「すぐに帰る」と言って史哉は日が変わると同時に自宅を出た。

通りでタクシーを拾うと業平まで走らせた。そして適当な住宅の前でさも自宅であるかのように振る舞い降車すると社員寮へ向かった。どこかに警察が隠れているかもしれない。不審な動きを見せないよう気を配った。

さすがに社員寮の前の道を歩くのは憚られた。電波の飛距離は最大百メートルある。裏の道でも十分にキャッチできることは以前確認していた。電池寿命も決行前に充電していたから十分に残っているだろう。史哉は歩きながらイヤホンを耳に装着した。古謝の部屋は消灯していた。いや、もしかしたら、身の危険を感じ、あそこにはもう住んでいないのかもしれない。

史哉は祈るような気持ちで受信機の周波数を合わせた。

砂嵐のようなノイズが聞こえた。

少しずつ社員寮との距離を詰めていく。

グァー。

ノイズの中に確かに耳が捉えたのは、あの獣のようないびきだった。

まだあの部屋には発信機がある。古謝は何も疑うことなく、相も変わらずあの部屋で爆睡している。その鈍感さが今の史哉にとっては追い風だった。

よかった。警察は盗聴のことに気づいていない。依然として金銭目当ての通り魔の犯行として捜査は続いているのだろう。そうであるならば古謝の近辺を警察が張っている可能性も低い。事実、周囲に警察の気配は感じられなかった。しかしパトロールを強化している危険性は十分にある。史哉は再びタクシーを拾うと自宅へ戻った。

真帆は起きていた。

「どうだった？」

「駄目だ。見つかってる」

史哉は咄嗟に嘘を吐いた。もう真帆に隠れながらやるしかないだろう。

「やっぱり駄目なのかもしれない」

史哉は溜息をついた。もう俺は精魂尽き果てている、真帆を油断させるための演技だった。

「寝るよ」

史哉は風呂にも入らずに寝室の布団に潜り込んだ。史哉は布団の中で考えた。

もう細かい計画を練っている時間はない。古謝を見張り、隙を見せたその瞬間に襲いかかるしかない。ルールは一つだけだ。少しでも危ないと感じれば、その時は絶対に引き下がる。

懸念材料は真帆の存在だった。真帆の目を避けて出かけるとなると、犯行時刻は限られてくる。

確実に古謝に接触するならば狙うは退社の時間だ。十七時半過ぎは日が暮れている。人通りがそれなりにあることが気がかりではあったが、真帆が帰宅するより前に犯行が可能だ。明日からチャンスを窺おう。そして条件が揃った時がその時だ。体力的なことを考えれば今週いっぱいが目途だろう。

もし一度もチャンスが訪れなかったとしたら、その時は運命を受け入れるしかない。

お願いします、どうか俺にチャンスをください。

史哉は目をつむり祈りを捧げた。

35

「一人で大丈夫？」

翌朝、朝食の席で真帆が心配そうな表情を浮かべた。

「大丈夫だよ。いい薬を貰った」

昨日処方された薬の効果か、体調は幾分優れていた。

「無茶しないでよ」

それは古謝への復讐を示唆しているようにも聞こえた。

「大丈夫だ。真帆は心配なんかしなくていい。ちゃんと仕事をしてくるんだ。連絡はいつでも取れるようにしておく」

早退などされようものなら、計画が破綻する。

「もう来週だね、お義兄さんの試合」

カレンダーを見て真帆が言った。そこには真帆が書いた「新チャンピオン誕生」というカラフルな文字が躍っている。

「そうだな」

その話題さえ史哉への牽制に思われた。失敗すれば臣吾の人生を狂わせる。そのリスクを冒すような真似はするなと。分かっている。だからこそ、絶対にやってみせる。失敗は許されない。

「お昼は冷蔵庫のうどんとスープ温めてね」

「ありがとう」

昨日とは味付けを変え、飽きないように工夫してくれているようだった。心底気遣ってくれる真帆を思うとやはり心苦しかった。しかし嘘も方便だ、と自分に言い聞かせた。

真帆は玄関の扉が閉まるその瞬間まで不安気な表情を崩さなかった。

日中は特にすることがなかった。唯一できることとしたら体力温存くらいだ。ほとんどの時間をソファの上で過ごした。昼食をとると、一時間ほどの仮眠をとった。

そして十六時半になると着替えをし、必要道具を詰めたリュックサックを背負って自宅を出た。返り血を浴びたら脱げるように服の下には別の服を着ていた。以前と同じ自転車だともしかしたら古謝が覚えている可能性がある。史哉は真帆の自転車で業平ビルトへ向かった。外は既に陽が落ち、師走の喧騒が街を賑わせていた。迂回して余計な体力を消耗するのは、もはやリスクだ。史哉は真っすぐ業平ビルトへ向かった。

自転車を漕ぎながらイメージを膨らませていく。古謝の帰路を背後から襲うのが最も確実だ。人気がないのを確認し、自転車で一気に距離を詰め古謝を呼び止め振り向かせる。その顔面に催涙スプレーを噴射し、スタンガンで自由を奪う。そして心臓目がけてナイフを一突きだ。即死を狙う。

事務所近くの公園に着いたのは十七時過ぎだった。史哉は手摺に座り古謝を待った。途中、自転車に乗った警察官が通過した時には身を竦めた。今職務質問されればナイフを所持していることを咎められるだろう。確実にアウトだ。だが警察官は史哉に気づくことなく去っていった。やはりこの近隣はパトロールを強化しているのかもしれない。少しでも不安がある場合は、中止する。その鉄則を史哉は今一度頭の中で復唱した。

古謝が姿を現したのは十七時半を過ぎた時だった。いつもの重い足取りで公園の前を歩いていく。自ずと背筋が伸びた。史哉は古謝が過ぎ去るのを待って立ち上がった。

いよいよだ。公園を出ると丁度角を曲がろうとする古謝の背中が目に入った。古謝は襲われたばかりだ。背後で自転車を押して歩く人間に気づいたら、警戒するかもしれない。史哉は自転車に乗って先回りすることにした。

やはり逃走を考えると逃げ道の多い十字路近辺での犯行が望ましい。社員寮までの帰路には思いつくだけで四つあった。順番に待ち構え、人通りがないのが確認できたらそこで襲おう。

史哉は最初の十字路へ向かった。

今日やるんだ。

一漕ぎするごとに自らにその思いを刷り込んだ。一瞬でも躊躇えば命取りになる。

史哉は十字の真ん中で四方を見やった。通行人はなかった。しかし灯りの点いた住宅が軒を連ねており、壁一枚向こうには住人がいるのが窺えた。手間取ったらお終いだ。

チャンスはそう何度も訪れるものではない。

史哉は覚悟を決めた。

一息で仕留めてやる。

気の昂りを感じた。

さあ、来い。

史哉は自動販売機の陰に自転車に跨ってスタンバイした。リュックサックからスタンガン、催涙スプレー、アウトドアナイフを取り出す。催涙スプレーは前かごに入れた、他の二つはポケットに挿し込んだ。

準備万端だ。いつでも来い。全ての感覚が十字路のその一点に注がれていった。

微かな足音を耳が捉えるのと、影が十字路に現れたのは同時だった。

来た。

重い身体を引き摺るように歩く古謝が現れた。そして古謝はそのまま直進しすぐに視界から消えた。

行くぞ。

十字路に立つと古謝の無警戒な背中が見えた。

四方を見た。

人影はない。古謝を刺したらこっち側へ引き返して逃げ去るのだ。

古謝の背中は目標とする地点にもう間もなく到達する。

今だ、と神が言っているような気がした。史哉は自転車を静かに降りた。そして右手にナイフを、左手に催涙スプレーを握った。

行け。

史哉は背後から足音を忍ばせ距離を詰めていった。

古謝の背中が近づいてくる。

催涙スプレーを構える。

さあ――。

道の向こう側が急に照らされた。車の近づいてくる音がした。

まずい。

そして車がヘッドライトを光らせ曲がってきた。

古謝とすれ違い、そのままこっちへ近づいてくる。

クソッ。邪魔が入った。

そう思った時、車が史哉の前で停まった。

まさか警察か――。

やはり張られていたのか。発信機が部屋に残っていたのは罠だったのか。あの時の若い男の姿がフラッシュバックした。全身から汗が吹き出した。

終わった。

そう思った。

ドアが開いた。

降りてきたのは真帆だった。

36

「――どうして？」

「分かるわよ、これくらい」

よく見るとその車はタクシーだった。タクシーは扉が閉まると走り去っていった。一気に汗が引いていく。

「何で、いるんだ？」

「もうやめよう」

真帆は史哉の両腕を摑んだ。

「なんで？」

史哉は声を震わせた。あと一撃だった。前を見ると古謝の姿は消えていた。妨害されたことに対する怒りで真帆を睨《ね》めつけた。

「家で話そう」

「ふざけんな」

「そんなもの持っていたら怪しまれるよ」

思わず史哉は握っていた催涙スプレーとナイフを手放した。地面に落ちる音が響いた。

「スタンガンも出して」

冷静な口調だった。

「早くして。ここにずっといたら怪しまれるよ」

真帆にバレていた。古謝を殺すことはもうできないのだと思った。喪失感で全身から力が抜け、史哉はその場に崩れ落ちた。真帆はリュックサックを史哉からひったくるようにして奪うと、中身を漁った。そしてスタンガンがないことが分かると、史哉のポケットを弄り、それらを奪った。

「史哉はタクシーで帰って。私が自転車乗っていくから。ほら立てる？」

最後だけは史哉を気遣うような口調だった。史哉は担がれるようにして立ち上がった。

真帆は浅草通りでタクシーを拾うと史哉を乗せ、自宅住所を告げた。史哉はされるがままだった。そして千円札を二枚座席に置いた。ドアが閉まると運転手は「よろしいですか？」と史哉に確認をした。無理矢理乗せられたように見えたのだろう。「はい」と力なく返事をした。

自宅にはすぐに着いてしまった。

部屋の中は電気が点いたままだった。リビングの床に真帆の鞄が転がっていた。

そのままソファに倒れ込み、史哉は放心した。

もう少しだったのに。もう少しであいつに復讐を果たせたのに。俺たち家族の無念が晴らせたというのに。なぜ真帆は邪魔をしたんだ。怒りが再び湧いてきた。

間もなく玄関が開く音がした。

「よかった」

全力で漕いで帰ってきたのだろう。真帆は肩で息をしていた。その真帆の姿が煩わしいものに見えてならなかった。

「何してくれたんだよ」

自分の声とは思えないほどに悍ましく響いた。

「ちゃんと話そう」

対照的に真帆の声はか細かった。

「勝手なことしてふざけんなよ」

史哉は背もたれから身体を起こした。

「大きい声出さないで、周りに響く」

「なんで邪魔したんだ。言ったじゃないか、俺に協力するって」

声は殺したが、怒りで身体は震えていた。

「ごめん。でも、もう無理」

「何がだ？」

「そんな身体で逃げ切れるはずないでしょ？」

「もうすぐだったんだ。お前が邪魔しなければ今頃あいつは死んでいたんだ」

もう完全に機会を逸した。

「抵抗されていたかもしれない。少しでもヘマしたら終わりだったんだよ」

「そんなヘマするか」

「今の体力で逃げ切れると思ったの？」

「当たり前だろ！」

「無理よ」

「それは自己保身だろ？」

「自己保身?」

「そうだよ、自分を守りたかったんだろ。人殺しの妻になるのが嫌だったんだろ?」

「何言ってるの?」

「だから言ったんだ、別れようって」

「違う」

「あの時別れてればよかったんだよ。俺の気持ちなんかどうでもいいんだろ?」

真帆の口は得体の知れぬものを見るかのように半開きになっていた。

「――お義兄さんのことはどうでもいいの?」

「どういう意味だ」

「お義兄さんを殺人犯の兄にしていいの?」

「だから完璧にやるって言っただろ!」

「じゃあ、自分が父親になるとしても?」

「何?」

真帆の言葉の意味が分からなかった。

「本当はこんな形で伝えたくなかっ……」

真帆は言葉を詰まらせた。

「……赤ちゃんが、できたの」

「なんだって」

「私たちの赤ちゃんがいるの、私のお腹の中に」

そんな――。

「先週分かったの。三ヶ月だって」

何を言っていいか分からず、感情のままに真帆を問い詰めた。

「言ったらやめたの、この計画？　言ったらやめてくれたの？」

史哉は答えなかった。

「私は嫌だったの。この子を人殺しの子にするのは。絶対に嫌だったの。でも、あの時の史哉に言う勇気がなかった。とてもそんな話を切り出せなかった。史哉が怖かった」

「嘘つけ、最初っから妨害する気だったんだろ」

「違う！　私だって、最初は本気だった。史哉がかわいそうで、本当にかわいそうで……古謝が……憎かった」

真帆の顔が歪んだ。

「でも、赤ちゃんできたと分かって目が覚めた。こんなこと間違ってるって。この子のために史哉を止めないとって。だから、防犯カメラを仕掛けた」

「どういう意味だ」

「あの部屋の前にカメラを仕掛けたのは私。ダミーだけど」

絶句した。

真帆の仕業だったのか。

「史哉が駐車場で盗聴している間に取り付けたの。それで次の日の通勤前に取った」

史哉の中に疑問が浮かぶ前に真帆が説明した。

「バレてると思ったら、諦めてくれると思った」

俺は真帆に嵌められていたのか。

「ふざけやがって！」

「こんなの間違ってるよ。分からないの？　この子のお父さんになるんだよ？　この子を人殺しの子にするなんて絶対にできない。そうでしょ？」

真帆の目にははっきりとした怒気が宿っていた。

「だから俺は完全犯罪を――」

「そういう問題じゃない。何で分かんないの？　いい加減目を覚まして」

「何を――」

左頬に鈍痛を覚えると共に視界が飛んだ。

真帆に頬を張られていた。

「人を殺しておいて、この子に胸張っていられるの？」

俺が親になる。あまりに唐突過ぎて実感など湧かなかった。あったのは真帆への苛立ちだけだった。

「俺はな、その子供を抱くこともできないんだ。胸を張る日なんか来ないんだよ」

真帆は呆然とした表情で史哉を見ていた。

「真帆が言っているのは自分のことだけだ。俺はその子の顔を見ることもできないんだ。それなのに何を分かれって言うんだよ。今の俺にはあいつに復讐するしか希望がないんだ。それしか俺にはないんだよ」

　涙が出ていた。自分が哀れだと思った。なんでこんな目に遭わなきゃいけないんだ。真帆の主張は、未来がある人間だからこそ吐ける綺麗事にしか聞こえなかった。

「俺はあいつを殺す」

「やめて」

「それしか……それしか、ないんだよ」

　分かれよ。なんで分からないんだ。

「駄目」

「堕ろしてくれ」

「え？」

「その子を堕ろしてくれ」

　真帆は固まった。

「真帆が俺の邪魔をするのは、子供のせいなんだろ？」

「本気で言ってるの？」

「当たり前だ。金ならある」

「信じられない」

　真帆は口に手を当てた。

「怖かった。私、怖かったの。史哉にそう言われるのが。だから言えなかった。目を覚ましてよ。史哉はそんなんじゃなかったでしょ？」

真帆は史哉の手を取った。

「お願い、目を覚まして」

史哉は手を振り払った。気が立っていることは自覚していた。それでも——不意に息苦しさを覚えた。興奮しすぎたか。眩暈がし、史哉は倒れ込むようにソファに身を預けた。

「大丈夫？」

真帆が史哉の顔を覗き込んだ。史哉は深く呼吸をし気を落ち着かせた。

「大丈夫だ。風呂に入ってくる」

これ以上真帆と話していたら修復不可能になるという予感があった。いや、もうそのデッドラインはとっくの昔に越えてしまっているのかもしれない。とにかく一人になりたかった。

風呂場で服を脱ぎ、鏡に映る自分の骨の浮き出た身体を見つめた。

何をしているんだろう。俺は。

空の湯船に入ると、お湯を溜めた。

俺に子供が生まれるというのか。

不意に両親のことが思い出された。父や母は自分たち子供の存在を疎ましく思ったことはないのだろうか。さっきの自分と同じような言葉を吐いたことはないのだろうか。

考えるだけ意味のないことだった。

ありえない。

俺はおかしいのかもしれない。古謝だけでなく、我が子さえも殺そうとした。いや、真帆の顔は絶望していた。俺は言葉で確実に殺してしまったんだ、何の躊躇もなく。なぜそんなことが言えてしまったのだろう。自分の情緒が理解できなかった。

長いこと湯船に浸かっていた。

身体が限界を迎え、史哉は風呂から上がった。

リビングに真帆の姿はなかった。寝室も覗くが、いなかった。

不穏な空気を感じ取った。

どこに行ったんだ。

何かメッセージを送ろうとしてスマホの画面を開いた。スクロールしていると真帆との過去のやり取りが目に入った。

そこに、新たなメッセージを加えることができなかった。

もはやそれは、遺物だった。

37

真帆の帰宅する音は聞こえていた。

しかし真帆は寝室に入ってこなかった。気づけば眠りに落ちていた。

朝になり、史哉は恐る恐る寝室を出た。

リビングを見ると、真帆はソファの上で眠っていた。

もう真帆に合わせる顔はない。

興奮が冷めるにつれ、自分の発言がいかに真帆を傷つけたであろうことかを覚った。どれほど愚かだったろうか。俺は古謝によって人としての情緒までも奪われてしまったのか。

古謝への殺意を上回る、自らへの失望が急激に膨れ上がっていた。

本気で古謝を殺そうとしていたことが、遠い過去のことのように思われた。

史哉は真帆を起こさぬよう、足音を潜め廊下へ出た。

「どこ行くの？」

背中に声を受け、史哉は足を止めた。

「トイレだよ」

「そっか」

「うん。……俺、入院するよ」

今自分にできることは、そうして少しでも真帆の心労を減らすことだろう。僅かな沈黙があった。

「じゃあ私も行く」

「大丈夫だって」

真帆と同じ空間にいることが耐えられなかった。自分にはもう真帆の隣にいる資格はない。

「いいから」

真帆は頑なだった。これ以上真帆を悲しませたくはなかった。

振り返り真帆を見ると、安心したように穏やかな表情を浮かべていた。あんなに酷い言葉を投げつけたというのに、真帆は俺のことを心配してくれているのだろうか。

それから静かな朝食をとり二人で病院へ向かった。

御厨は病室を確保し待ってくれていた。

「先生、一つだけお願いがあります」

「何ですか？」

「兄の試合が来週あります。応援に行かせていただけませんか」

　あまりに身勝手な申し出とは分かっていたが、それだけは叶えたかった。

「そうですよね。しかし現段階では何とも申し上げられません。その時の容態にもよりますから」

「そうですよね」

「ですが、最善を尽くすことは約束します」

　消沈する史哉に御厨は力強く言った。彼が主治医であることに心より感謝した。

　病室は四人部屋だった。カーテン一枚で仕切られた空間にプライバシーも何もなかったが、それがありがたかった。真帆と二人きりの空間が怖かった。

　真帆に謝るべきであることは分かっていた。だが、どんな詫びをしようと全てが空虚に響くことだろう。俺は一度、言葉で我が子を殺した。こうして懊悩することこそが、今自分に与えられた罰なのだ。楽になろうとしてはいけない。そう思った。

　一方の真帆も子供のことを口にすることはなかった。きっと再び堕胎を迫られることを恐れているのだと思った。そんな不安を抱かせていることに激しい自己嫌悪を覚えた。でも、俺という人でなしがいなくなるのも時間の問題だ。真帆はそれからゆっくりと子供との時間を築いていけばいい。そう願うばかりだった。

日曜日の夕方だった。真帆と二人で病室にいた。会話もなく息苦しい時間だった。無理にいることはないと真帆に言いたかったが、まるで自分が真帆を避けているかのようで言いだしづらかった。

いきなりカーテンが開かれた。

「よう」

臣吾だった。Ｔシャツに短パンというラフな格好だった。墓参りの時より更に絞られた姿に減量の成果がよく表れていた。

「びっくりさせんなよ」

「悪かったな」

入院したことは真帆から聞いたのだろう。史哉からは言っていなかった。試合に支障を来してほしくなかったからだ。

「入院したんだよ」

「見れば分かる」

「こんなところ来てていいの？　もう試合まで時間がないだろ？」

「二十四時間練習してたら、身体が持たない。これは休憩だ」

「そう言われると、ありがたくないな」

「こいつの相手疲れるだろ」

臣吾が真帆に言った。

「いえ、そんな」

真帆は臣吾の軽口を丁寧に否定した。

「あまり迷惑かけんなよ」

「かけてないよ」

兄の発言は今の真帆を前にして不用意なものだった。史哉はムキになって答えた。

「どうだか」

何か真帆から聞いているのだろうかと勘繰った。これ以上、余計なことを話されるのは勘弁だった。

「サロンガの弱点教えてやろうか？」

史哉は話題を切り替えた。

「結構だ」

「暇だから動画見て調べてたんだ」

「素人の意見だろ」

「これでも、昔かじってたことあるんだけど」

「センスはまるでなかったがな」

「教えないよ」

「結構だ。余計な先入観に足を引っ張られたくない」

「あっ、そう」

すげない返事に史哉は肩を落とした。

「じゃあさ、せっかく来たなら、散歩しようよ」

「どこを」

「庭でいいからさ」

「大丈夫なのか？」

「大丈夫だよ」

兄と二人になりたかった。それが伝わったのかもしれなかった。「じゃあ私、今日は帰りますね」と真帆が言った。

「明日からまた仕事だ。今日はゆっくり休んだ方がいい」

臣吾が真帆を気遣った。

「じゃ」

軽く手を挙げる真帆に史哉はぎこちなく会釈で応えた。

真帆がいなくなると、史哉は手摺に手をかけ身体を起こして立ち上がった。

臣吾は史哉の歩調に合わせて歩いてくれた。

病棟に囲まれた中庭は太陽が傾き、陰を作っていた。

二人は電灯に照らされた庭のベンチに腰をかけた。

「試合勝てそうかい？」

「勝つんだと言っているだろ」

「応援行くからさ」

「無理すんな」

「絶対勝てよ」

「だから、そう言ってるだろ」

自分に臣吾を応援する資格はあるのだろうか。不意に史哉は思った。もう自分はそんなまともな人間ではない。

「なんか真帆ちゃんとあったか」

史哉は臣吾の顔を見た。

「どうして？」

「図星だな」

真帆に言われたのだろうか。

「別に」

「嘘つくな。二人ともすぐに態度に出る」

「そっか」

それならば話は早かった。

「あのさ」

史哉は話を切り出した。

「真帆、妊娠したんだって」

「えっ？」

困惑したような反応だった。

「この間言われたんだ。妊娠三ヶ月だって」

兄はかけるべき言葉を探しているように見えた。瞬時に史哉の命がその子供の誕生まで持たないことを理解したに違いなかった。

「俺さ、気が立っててさ、言っちゃったんだよ。堕ろしてくれって」

言い訳のように聞こえただろうか。臣吾は黙っていた。

「俺はその子が生まれる時にはこの世にいない。だからって最低だろ？」

臣吾が「最低だ」と同調してくれることを願っている自分がいた。狡い人間だと心底思った。

「真帆ちゃんは何て？」

「泣いて出てったよ」

「そうか」

臣吾の答えは淡白なものだった。史哉の境遇に同情し、安易な説諭を避けているのだろうか。

「それで？」

「それっきりだ。その話はもうしていない」

「あの子は――一人で育てる気なのか」

躊躇いがちに臣吾は聞いた。

「それしかないよ。そのうち再婚するかもしれないけど」

史哉は笑ってみせた。

「それなら、それでいいんだ。真帆の人生なんだから」

本音だった。この命が尽きたあとまで真帆を拘束したくなかった。いつかこの想いは真帆に伝えねばならないだろう。

「きっとあの子はお前を忘れたりしない」

「いいんだよ、時々思い出してくれれば」

「もし、そう思うなら、お前が言ったことは間違っていないかもしれない」

「俺が言ったことって」

「子供を、堕ろすってことだ」

「え？」

思わず臣吾の顔を見た。

「あの子は子供を見る度にお前のことを思い出すだろう。そんな状態で、新たな人生を始めることなんかあの子にはできない」

臣吾の断定する口調は熱を帯びていた。史哉は呆然とそれを聞いていた。

「それだけじゃない。シングルマザーとして子供を育てていくのはそんな甘いもんじゃない。今はその覚悟があるかもしれない。でもな、いざ目の前に苦難が迫ってきてみろ。お金だって、時間だって思うようにはならない。その決断を後悔する日だって来るかもしれない」

一人で自分を育ててきてくれた兄の言葉だ。想定外の答えに戸惑いながらも、その強い説得力に救われた想いがした。図らずも吐いてしまった言葉は間違っていなかった可能性もあるのか。

「よく考えてから決めるべきだと、俺は思う」

真帆の中に宿った母性が、いつか真帆自身を苦しめる可能性がある。それは考えてもいないことだった。真に迫ったその言葉は、過酷な半生を闘ってきた兄だからこその思いやりに違いなかった。

「そうか」

まだ見ぬ小さな命を想った。果たして、その命を摘むことは本当に許されぬ行為なのだろうか。

「お前からは言いづらいだろう」

臣吾が慮るように言った。

「俺から話しておいてやる。それでどう決断するかはあの子次第だ」

もし、それで真帆が堕胎を選択したら――。

それは将来的な俺との決別を意識したということか。そんな道を真帆が選ぶだろうか。

だがそれを選ばせないことは、俺のエゴだ。真帆の人生を束縛する権利など俺にはない。

もう間もなく消え去る、俺の命。

そんなものに囚われず、真帆には自分の人生を歩んでほしかった。

「ありがとう」

史哉はそれが本当に正しいことなのか分からぬまま礼を言った。

38

右フックをかわし、電光石火の右ストレートが顔面にぶち込まれた。フリック・フラメンコは糸が切れたように膝から崩れ落ちた。ファイティングポーズを崩さないサロンガに対しレフェリーが手を挙げ間に入り込んだ。五ラウンドでのテクニカルノックアウトだった。

ホセ・サロンガの前回の防衛戦の動画を見ていた。

破壊力のある一撃で相手を沈める。パワーボクシングこそがサロンガの真骨頂と言えた。サロンガは元々はバンタム級の選手だ。それをパワーで圧倒するために一つ階級を下げてきている。他のスーパーフライ級の選手と比較すると、その身体にはボリューム感があった。また、長いリーチは距離を保ちながら戦うアウトボクシングスタイルの臣吾からすれば、脅威の一つだった。だがパワーの反面、持久力と正確さに課題があるように史哉には見えた。特に持久戦に持ち込めばその正確さは一段と落ちる。前半は防戦に徹し、サロンガの体力が落ちてきたところを一気呵成に攻め込む。それがオーソドックスなサロンガの攻略法に思えた。

パワーでは劣るかもしれないが持久力、そして防御と攻撃の正確さが臣吾の武器だ。ガードの緩んだところに右ストレート。サロンガがリングに沈む姿を想像した。

臣吾にアドバイスの一つでもしてやりたかったが、この程度の分析では一笑に付されるだけかもしれなかった。

それに――。

臣吾はあのことを真帆に話したのだろうか。臣吾と顔を合わせればそこに触れないわけにいかない。真帆は毎日仕事終わりに面会に来るものの、その様子からは窺い知れなかった。もしかしたらタイトルマッチを前に臣吾にそこまでの余裕はないのかもしれない。だからといって史哉の方から切り出すことはできなかった。真帆の答えを聞くのが怖かった。上辺だけの会話が二人の間を流れていた。

臣吾のタイトルマッチを明日に控えていた。

気持ちが落ち着かないのはそのせいなのか。それとも真帆の気持ちが分からないせいなのか。

明日の外出許可は御厨から出ていた。食欲がないのは相変わらずで、加えてベッドにいることが多いせいか、若干筋力も衰えてきているように感じていた。間違いなく病は進行している。それでも、臣吾を応援する、そして世界チャンピオンになる姿を見届けるという意志が史哉を前に向かせていた。

病室の扉が開かれた。

仕事帰りの真帆だった。

「お疲れ様」

ベッドに寝転がったまま史哉は言った。

「調子はどう？」

「悪くないよ」

明日は真帆に支えられながらの観戦となるだろう。なるべく手を煩わせたくなかった。

「そっか、よかった」

真帆の中の我が子は日を追うごとに成長しているはずだ。堕胎するなら早い段階でしなければ母体への負担が大きくなるだろう。だが、史哉には真帆の意思を聞く勇気はなかった。

「明日は何時に病院出ればいいかな？」

史哉は当たり障りのない会話で場を繋いだ。

「十八時から試合だから十六時くらいに出て、十七時着くらいじゃない？」

「タクシーだっけ」

「うん」

「楽しみだな」

臣吾のリングで戦う姿を想像した。これまでにも何度も見てきた姿だったが、そのどれよりも大きな舞台だ。自ずと高揚感も大きくなっていた。

「私もお昼過ぎには来るから」

「いいよ、そんなに早く来なくても」

「大丈夫、家に一人でいても落ち着かないから」

「そうか」

そこで会話が途切れた。

史哉は窓の外を見た。

「あのさ」

沈黙を破ったのは真帆だった。

「昨日なんだけど、お義兄さんから話があるって言われて」

史哉は内心の動揺を隠した。今、病室には二人しかいなかった。

「会ったの」

「そうか」

遂に話したのか。真帆は一体どういう選択をするつもりなのだろうか。聞くことを恐れる自分がいた。

「これからの人生を大切にした方がいいって、そう言われた」

史哉は頷いた。

「子供がいたら史哉の存在がいつまでも付き纏うって。私は史哉に縛られることなく、自分の人生をまた始めるべきだって。それに一人で子供を育てていくのは想像以上に大変だって。だから、子供は産まない方がいいと思う、史哉もそう考えてるって言われた」

産まない方がいいという表現に違和感はあったが、兄は確かに伝えてくれたようだった。

「ごめん。本当に申し訳ない」

史哉は初めて詫びの言葉を口にした。

「あの時の俺はおかしかった。気が立っていたとはいえ、とんでもないことを言ってしまった。本当に申し訳なかった」

許されようという気はなかった。

「でも、やっぱり真帆は自分の人生を歩んでいくべきだ。まだ人生は長い。俺のことなんか忘れて生きていくべきだ。もし、その子に対する罪悪感が産むという判断を真帆にさせているのなら、その罪の意識は俺が一人で背負う」

「一人で背負う」そんな言葉が、真帆にとって何の慰めにもならないことは分かっていた。自己満足に聞こえたかもしれない。けれども、それしか自分に言えることはない。

「でも、私産みたいの。育てたいの」

それが真帆の決断か。いざ、それを聞かされても、自分のことを想っての決断だなどとはこれっぽっちも思わなかった。それは真帆が母親になったからこその決断なのだ。

「後悔しないか？」

「するわけない」

一点の曇りもない言葉だった。対照的に自分の醜さが際立つようだった。

「そうか。でも、俺のことは忘れてくれ」

史哉は改めて真帆を見た。

「俺は父親失格だ」

「ううん」

真帆が首を振った。

そして、史哉の手を取ると、その手を真帆の腹部に置いた。

「史哉は、この子のお父さんよ」

そんな――。

胸がカッと熱くなった。

俺に父親としての資格があるというのか。

あんな言葉を吐きながら、そんなこと許されるというのか。

手に温もりが伝わってきた。

俺は父親になるのか。

真帆は史哉の心の内が聞こえたかのようにゆっくりと、はっきりと頷いた。

「ごめん」

真帆に、そしてそこにいる小さな命に詫びた。

すまない、本当にすまない。こんな親父でごめん。

「ありがとう、真帆」

こんな俺を父親として認めてくれて。

史哉は目をつむり、涙を堪えた。

もう絶対に裏切ってはならない。ここまで自分のことを想ってくれる真帆を、そして我が子を。

いや、二人だけじゃない。臣吾や伏見、潤、俺を想ってくれている全ての人をこれ以上裏切ってはならない。

顔を上げ、真帆を見た。

すると、なぜか真帆の顔から笑みが引いていった。

「でもね、怖いの」

史哉の手を握る力が強くなった。

「怖い？」

真帆の瞳が揺れていた。

「あのね――」

39

丁度スーツに着替え終えた時にカーテンが開いた。

「お待たせ」

ワンピース姿の真帆が立っていた。

「いよいよですね」

真帆の後ろから御厨が顔を出した。

「はい、先生。ありがとうございます」

史哉は礼を言った。

「私たちも応援してますから。おいCSは映るんだよな、うちのテレビ」

御厨が若い看護師に聞いた。今日のタイトルマッチは地上波でのテレビ放映はなかった。世間的に注目度が低いことの裏返しであったが、さすがに日本人の新チャンピオンが誕生すれば大きく取り上げられるはずだ。臣吾には何としてもその評価を覆してほしかった。いや、そうせねばならないのだ。

「大丈夫ですよ。映ります」

「皆でここで応援してますから」

「ありがとうございます」

史哉は頭を下げた。

「ただ、本当に具合が悪い時には、すぐに連絡くださいよ」

「はい、気をつけます」

真帆が返事をした。

史哉は車椅子に乗り移った。歩くことはできたが、長時間となるとさすがにしんどい。

一階までエレベーターで降りると、病院の入口にタクシーが停まっていた。史哉は看護師に手伝ってもらい乗り込んだ。真帆が隣に座った。そして、御厨を始めとした病院のスタッフに見送られ、タクシーは出発した。

「お兄さん勝つといいですね」

病院を出ると初老の運転手が声をかけてきた。臣吾のことを病院のスタッフに聞いたのかもしれない。

「そうですね」

「私も実はボクシングファンでしてね」

「そうなんですか」

「チケット取ってますよ。今日の試合」

見知らぬ人までもが兄を応援してくれている。喜びが込み上げると共に兄の偉大さを感じた。

大田区の会場まで一時間弱だ。途中首都高に乗った。景色が流れていく。この広い世界の中で兄はたった一人だけの称号をかけて戦いを挑む。

兄貴、今日で人生を変えなきゃ駄目だ。絶対に勝つんだ。

史哉は心の中で何度も強く念じた。

会場となる体育館の周りにはタイトルマッチののぼり旗が掲げられていた。開場までまだ時間はあったものの、活気で溢れ、至る所にポスターが貼られていた。

史哉と真帆は体育館のエントランス前で降りた。史哉は伏見に到着したことをラインで連絡した。

開場は十六時半からだ。まだ正面の入口は開いていない。史哉は真帆に車椅子を押され、関係者入口の前に向かった。

そこでは関係者の他に放送局のスタッフと思しき人間が激しく往来していた。

その中に見覚えのある顔を見つけ史哉は反射的に身構えた。一瞬見間違いかと思った。その人物は関係者入口からこちらに向かって歩いてきた。そして近づいてくるほどに確信が深まっていった。あの時の若い男だ。古謝を襲った時に追いかけてきた若い男だ。だが一体なぜここに——。そこで思い出した。いつか伏見ジムに行った時にスパーリングをしていた選手だ。自分が才能があると直感した選手だった。道理で記憶に残っていたわけだ。

でも、なぜあの時あそこにいたのだろう。

そんな疑問が頭を掠めた。しかし、ここであの時の犯人だと気づかれるわけにはいかなかった。その後の捜査の進展は掴めていなかったが、今のところ史哉の周囲に警察の影はなかった。あの罪だけは逃げ切るしかない。史哉は近づいてくる若者から顔を背けた。そして「悪かったな」と胸中で詫びた。だが彼は気づくこともなく史哉の脇を通り過ぎ、停められていたミニバンから段ボール箱を運び出した。

「おう健太、いい働きっぷりだな」

扉の向こうから現れた伏見がその若い男を鼓舞した。そして史哉の姿を認めると、破顔した。

「おう史哉、来たか」

史哉はその若い男に気づかれぬよう小さく手を挙げた。伏見は先週一度、見舞いに来てくれていた。変わり果てた姿だったはずだが、伏見は病気には触れず、その目にはまるで元気な頃の自分が映っているのではないかと思うほどに明るく振る舞った。豪胆である反面、人望を集める繊細さは史哉の涙腺を刺激した。

「姉ちゃんまでお揃いで」

「どうもです」

真帆が挨拶した。

「で、なんだ、臣吾に渡したいものがあるのか？」

昨晩、伏見に連絡をしていた。臣吾を驚かせたいから黙っていてほしいと。

「我がまま言ってすみません。大丈夫ですか？」

「まだ臣吾には言ってないから嫌って言わなければだけどな。まあ、入れ」

伏見が道を先導してくれた。

通り過ぎる人々が何事かという目を向けてくる。

「兄貴の調子はどうなのかな？」

伏見の力強い言葉がほしかった。

「絶好調だ。歴史に名を刻むのは俺たちだ」

伏見ジム史上初めて世界チャンピオンが生まれるかもしれない。それは伏見の悲願だ。伏見はこれからもずっと臣吾の支えとなってくれるはずだ。だから絶対にその夢を叶えねばならない。

「絶対に勝つ」

伏見が振り向いて史哉に言った。その言葉は史哉の背中を押した。

二人は「伏見ジム　控室」と貼り紙のされた部屋に通された。中には他に人はいなかった。

「ちょっと待ってろ。臣吾呼んでくるから」

そう言うと伏見は部屋から出ていった。

「私もいない方がいいよね？」

真帆が聞いた。

「うん。終わったら連絡するよ」

「分かった」

真帆は史哉を一瞥すると部屋から出ていった。

少しすると静まり返った部屋に、扉の開く音が響いた。

「どうした」

ぶっきらぼうな声で臣吾が現れた。短パンにTシャツという格好には、特に緊張感のようなものは漂っていなかった。どういう心持ちでいるのか史哉には分からなかった。

「どうだい、調子は」

「絶好調だ。お前に心配されるほどじゃない」

またそれかと呆れるように答えた。

「それはよかった」

「お前こそ、大丈夫か」

「大丈夫だよ。兄貴に心配されるほどじゃない」

「そうか。で、なんだよ試合前に」

臣吾に促され、史哉はポケットから物を取り出した。

「これ」

「御守りか？」

必願成就と書かれた紫色の御守りだった。

「浅草寺で買ってきたんだ」

今朝、真帆に買ってきてもらったものだった。

臣吾は受け取ると「サンキュ」と言った。

「兄貴」

史哉は臣吾を見た。

「絶対勝てよ」

臣吾は笑うと史哉から視線を外し、御守りを見た。

「当たり前だ。早々にＫＯしてやる。その方がお前も楽だろ」

40

体育館の真ん中にリングが設営されていた。それを囲むように椅子が並べられアリーナ席を形成している。そしてその周りに段々状にスタンド席が天井近くまで続いていた。あのリングに立てば全方向から注目される迫力を感じることだろう。

まだ開場前だ。席に着いているのは関係者のみだった。

「ここの席だ」

伏見にそう言われ史哉と真帆が案内されたのは、リングサイドにある関係者席の中でも最前列だった。すぐ目の前がリングだ。伏見が史哉の横にしゃがみこんでリングを見た。

「兄貴が世界チャンピオンになるんだ。この特等席でよく見ておけ。姉ちゃんもここでな」

「ありがとうございます」

「ちょっと俺も準備あるから、ゆっくりしてろよ」

伏見は立ち上がるとまた控室の方に消えていった。

会場では照明や音響のテストが始まった。少しずつ騒がしくなっていく。

そのリングに数時間後、世界チャンピオンのベルトをかけて兄が上がる。

これでよかったのだ。

史哉の頭に古謝の姿が浮かんだ。

結局、古謝へ復讐を果たすことはできなかった。古謝は今ものうのうと生きている。そしてきっとこれからもそうして生きていくのだろう。だが、自分が死を目前にあれほどまでに完全犯罪に固執したのは、臣吾の未来を守るという目的があったからだ。復讐は果たせなかったが、臣吾の未来を守れるのであればそれに勝る結果はないのだと思った。

やがて開場時間を過ぎると、観客たちが入ってきた。人と共に、熱気も会場を満たしていく。

この衆人の前で臣吾が頂点に立つ姿はどれほど誇らしいものだろうか。その姿が現実のものになることを史哉は願った。

「ねえ、あそこにいるの潤さんじゃない？」

真帆はスタンド席の中段を指した。まだまばらな席にネイビーのコートを羽織った女性が座っていた。確かに潤に違いなかった。

「来てくれたんだ」

史哉は立ち上がった。

「大丈夫？」

「別にこれくらい歩けるよ」

史哉は真帆に支えられながら潤のいる場所へ向かった。

「潤さぁん」

真帆が大きく手を振ってアピールをした。初めは視界に入っていないようだったが、やがて潤の顔がこちらに向いた。二人に気づくと慌てたように立ち上がり駆け寄ってきた。

「大丈夫、私がそっち行くから」

潤は二人の元へ来ると「座りなよ」と言って空いた席を手で叩いた。史哉はそこに腰を下ろした。

「ありがとうございます。来てくれて」

「迷ったんだけどね、チケットは前にもらってたし」

「兄貴も喜ぶと思いますよ」

「それはどうかな」

潤の顔に翳が落ちた。

「ううん、絶対喜びますって」

真帆が胸の前で拳を握った。

「ほら、あそこ、潤さんもあそこで応援しましょうよ。俺から会長にお願いしますよ。一席くらいだったら何とかなるだろうから」

「ありがとう。でも大丈夫。あそこに私がいたら臣吾くんビックリしちゃうでしょ」

「大丈夫ですよ」

「フラれた女がそんな図々しいことできないわよ」

潤が寂しそうに笑った。

「潤さん」

史哉は潤の顔を見た。

「兄貴をこれからもよろしくお願いしますね」

「言ったでしょ。もう終わったんだから」

不躾な申し出だとは思った。それでも史哉は続けた。

「そんなことありません。兄貴には潤さんが必要です」

「私もそう思いますよ」

真帆が同調した。

「もう、兄貴のこと嫌いですか」

「そんなこと聞かないで。私にもプライドがあるんだからね」

潤は笑ったが、史哉たちを見ようとはしなかった。

「じゃあ、兄貴が間違ってたって謝ってきたら許してやってくれませんか」

「謝ってくるんだったらね」

冗談めかす潤の横顔は「そんなことあるわけない」と言っていた。

「兄貴は今日の試合に勝ったら、きっと潤さんのところに戻ってきます」

なぜ史哉がそんなことを言うのか潤には理解できないようだった。潤の顔が戸惑うように強張った。

「だからその時は許してやってください。これは俺の最後のお願いです」

　重く捉えられるような言い方だったかもしれない。

　だが、潤は一瞬笑みを浮かべると、「分かったわよ」と二人の視線から逃れるように天井を見上げた。

41

　会場内に轟く大音量の音楽が鳴りやみ、静寂が訪れた。ライトが目まぐるしく回転し、リング上の一点にそれが集中した。

「レディースエンドジェントルメン」

　リングアナウンサーの流暢な英語が響きわたった。会場の観客はその一言一言に熱狂するように声を上げた。

　そして、リングアナウンサーが言葉を切ると、会場は水を打ったように静かになった。

「シンゴ、セリザワー！」

　臣吾の名前が呼ばれると共に拍手と歓声が巻き起こりライトが消えた。そして真っ暗な会場を激しいＢＧＭが揺らした。往年の洋画のサウンドトラックだ。臣吾が好んで使う曲だった。

　Ａメロの終了と共にスポットライトが会場の一画に落とされ、臣吾が現れると会場が沸いた。

「臣吾、臣吾」の大合唱に包まれ、臣吾が観客とハイタッチをしながらアリーナを歩いてくる。

その後ろを伏見らジムのスタッフが闊歩してきた。

史哉にはそこにいるのが自分の知っている兄には見えなかった。さっき会ったばかりなのに途方もなく遠い世界の住人に思えてならなかった。これまでも何度も試合を観てきたが、今日はそのどれよりも盛大な登場だった。まさに英雄のように見えた。

鳥肌が立った。

そしてリングに上がる直前、史哉の目の前を通っていった。しかし臣吾は史哉と目を合わせようとはしなかった。

不安が胸を去来した。

集中しているのだ、そう思うことで自分を落ち着かせた。

リングに上がると臣吾は軽くジャンプをし、拳を天に突き上げた。歓声が上がった。臣吾は煽るように何度も拳を突き上げた。その度に歓声が強くなる。

やがて盛り上がりが頂点に達し、音楽が鳴り止んだ。

残響が消えると、再びリングアナウンサーが英語で話し始めた。同じように随所随所で観客が沸く。そして一呼吸間を空けた。

「チャンピオン、ホセ、サロンガー！」

その名が呼ばれると、臣吾の時と負けず劣らずの歓声が上がった。やはりチャンピオンの冠は絶大のようだ。

闇の訪れと共にＢＧＭが流れ、サロンガが現れた。何度も動画では見ていたが実際に見ると、想像以上に全身から野性味と自信が溢れていた。身体も厚みがあった。格下相手と踏んでいるに違いなかったが、その目からは油断している様子は窺えなかった。今までのどの相手よりも強敵であることを痛感した。

　サロンガがリングに上がり、拳を観客席に向けて突き上げた。それに観客が呼応し歓声が上がった。アウェーを思わせない堂々たる振る舞いだった。

　その歓声が収まると、待っていたかのように、「国歌斉唱です」という日本語のアナウンスが流れた。「ご起立お願いします」という声に史哉は身体を起こそうとした。

「無理しなくていいんじゃない？」

　真帆が心配そうに声をかけてきた。

「いや、大丈夫だ」

　これくらいの敬意は多少の無理をしてでも表したかった。

　国歌が流れる中、史哉は臣吾の顔を見た。目をつむり集中しているように見えた。ふと視界の端に、さっきの健太と呼ばれた若い男が胸に手を当て国歌を歌っている姿が入った。共にここで決戦を見届けるようだ。

　続いてフィリピンの国家が流れた。強敵であることは間違いない。恐らくこの会場の観客の大半がサロンガの勝利を疑っていないことだろう。もしかしたら臣吾の勝利を信じているのは、この関係者席の一角だけかもしれない。しかし、勝利しか史哉には見えていなかった。

　再び、ＢＧＭが流れ、リングアナウンサーが二人の名を紹介した。その度に歓声が沸き上がった。

　そして音楽が止むと、二人はレフェリーを挟み、リングの真ん中でグローブをした拳を突き合わせた。

いよいよ始まる。

二人がリングサイドに散ると応援の声が乱れ飛んだ。

伏見が最後に臣吾に何かを囁いた。臣吾はそれに対し表情を変えず頷いた。

臣吾がリングの中央を向き、サロンガを睨み付けた。サロンガは軽くジャブをシャドーで打った。

そして、ゴングが鳴った瞬間、会場のボルテージが最高潮に達した。

始まった。

臣吾もサロンガもガードをしたままお互いに足でリズムを刻み、出方を窺っているように見えた。

サロンガがジャブを打った。臣吾は一歩下がり軽くそれを避けた。一定の距離を保ったままだ。

第一ラウンドはお互いの手合いを見て、距離感を測る時間となるのだろうか。

そう思った矢先、サロンガが短いブレスと共に右ストレートを打ち込んだ。臣吾は後退しそれを避けた。

さすがに鋭いパンチだ。

だが、こうして一つパンチを貰うごとに、サロンガは臣吾に手の内を明かしていく。ラウンドを重ねていけば、サロンガは弱点である体力を消耗し、臣吾の方にはサロンガのデータが蓄積される。そこに勝機を見出せるはずだ。

そこまで粘るんだ。

臣吾はフットワークで間合いを測る。しかし軽いジャブを打つものの、臣吾の方に積極的に攻撃を仕掛ける様子はなかった。対照的にサロンガは威嚇するように速いジャブを続け、臣吾の隙を狙っていた。

その時だった。サロンガが右ストレートを打ち込んだ。臣吾は避けたものの、その動きを読んでいたのか、サロンガはすぐさま左フックを臣吾の右テンプル——こめかみめがけて打ち込んだ。打撃を受け臣吾はよろめいた。

会場がざわつく。

まずい——。

急所へのヒットは回避したようだったが、サロンガはすかさず左アッパーを右半身のレバーめがけて放った。

臣吾はそれを何とかかわし、フットワークでサロンガとの距離を取った。急所への立て続けの攻撃だ。少し間を置きたい。

しかし、サロンガは再び距離を詰め、リングサイドに臣吾を追い込むようにパンチを連打した。いきなり勝負を決めるつもりか。臣吾は防戦一方だ。会場の歓声が大きくなった。

「負けるな！」

史哉は知らず知らずのうちに立ち上がり、声を張り上げていた。

臣吾はサロンガとの距離を詰め、抱きかかえるようにクリンチしパンチを防ぐと、サロンガの脇へ抜けた。何とか窮地を脱した。

そこでゴングが鳴った。

よかった。史哉は肩で息をしていた。意識が遠のくように史哉は椅子にへたり込んだ。

「大丈夫？」

真帆が史哉の顔を覗き込んだ。

「大丈夫」

息も切れ切れに史哉は答えた。興奮しすぎだ。このペースでは最後まで体力がもたない。史哉は深呼吸をし、息を整えた。

第一ラウンドは何とか持ち堪えたが、どう見てもサロンガに圧された格好だ。臣吾は少し苦しそうな表情をしていた。あの左フックはテンプルを掠めていた。まともにヒットしていたら、ノックダウンしていたかもしれない。一方のサロンガは表情に余裕があった。精神的にも優位に立っているはずだ。この調子だとサロンガに主導権を握られてしまう。反撃しないとＫＯを免れたとしても判定負けが濃厚だ。

ここからはもう少し攻撃的になった方がいい。

第二ラウンドのゴングが鳴った。

サロンガがいきなり踏み込んで右ストレートを打ち込んだ。臣吾はそれをヘッドスリップし避けた。サロンガは間合いを測りながらも距離を詰めてくる。臣吾のアウトボクシングを封じようとしている。そして左ジャブを二度打つと、右ストレートを打ち込んだ。それを臣吾は避け、空いたサロンガの右脇に左アッパーを打ち込んだ。クロスカウンターだ。打撃を受けたサロンガは一歩下がった。

「いいぞ」

そのまま打ち込め。主導権を奪い返すんだ。

一転して臣吾はサロンガとの間合いを詰めた。右ストレートを打ち込むと、避けたサロンガの顔面に左フックを見舞った。ヒットしたのは間違いなかったが、急所は外したようだ。そこまで大きなダメージは受けていなかった。しかし、サロンガも一方的な攻撃は仕掛けづらくなったはずだ。それから互いに手数を打つものの決定打はなく第二ラウンドを終えた。

気づけばやはり立ち上がり、声を嗄らしていた。史哉は椅子に腰を落とした。そんな史哉を真帆が心配そうに見ていた。

第二ラウンドの臣吾には反撃の姿勢が見えた。史哉は臣吾の顔を見た。勝てよ、絶対に勝てよ。姿勢だけじゃ意味がないんだ。

今のラウンドで臣吾はダメージを与えた反面、そのデータをサロンガに与えたことにもなる。互いに手の内が分かりだし、試合が動きだすはずだ。

第三ラウンドが始まった。

サロンガは変わらず攻撃的だった。一方の臣吾はフットワークでかわしながら様子を窺っていた。臣吾はやはり持久戦に持ち込むつもりだろうか。そうなれば五分の試合ができるかもしれないが、サロンガも自分の弱点は把握しているはずだ。自慢の右ストレートが衰えぬうちにケリを付けにくるだろう。

サロンガは速いジャブを繰り返し、間合いを詰めてきた。

そして臣吾が見舞った右ストレートをヘッドスリップしかわすと、同時にボディーブローを臣吾の右脇腹目がけて打ち込んだ。それを避けきれず臣吾はレバーに攻撃を食らった。臣吾は動きを止めたかと思うと膝からリングに崩れ落ちた。

「兄貴っ」

史哉は立ち上がった。レフェリーがサロンガの前に立ちはだかりノックダウンを告げた。レフェリーがカウントを開始する。

「立てっ」

史哉は叫んだ。しかしその声は会場の声に消されてしまう。

「立てっ。負けちゃ駄目だっ」

レフェリーのカウントが進んでいく。

臣吾が苦悶に顔を歪めながらも立ち上がった。その姿に会場は大いに沸いた。

「頑張れ」

史哉は胸の前で拳を握っていた。

しかし、再開されてもサロンガの攻撃は止まなかった。畳みかけるように臣吾へジャブを見舞い、パンチを応酬した。臣吾はそれを食らわぬように、フットワークとガードで何とか凌いでいた。だがさっきのダメージで防御が甘くなっていた。ここでもう一発食らったら終わりだ。

「ガード上げろ、ガード上げろ」

史哉は叫んだ。その声が届いたのか分からなかったが、臣吾はガードを上げ、低い姿勢でサロンガのパンチのダメージを抑えていた。

「耐えろ、耐えろ」

時間を見る。このラウンドはもう逃げ切るしかない。

「あと二十秒だ！」

臣吾が攻撃してこないと踏んだサロンガは、縦横無尽にパンチを繰り出した。リングサイドに追いやられていく。

「耐えろ、あと十秒だ！」

ＫＯを期待する観客の興奮する声と、日本人びいきの観客の悲鳴がないまぜになっていく。

「頑張れ、兄貴っ」

このままではＫＯされてしまう、時計を見る。早く、進め。

五、四、三、二、一。

サロンガの最後のパンチを何とか耐えたところでゴングが鳴った。

よかった。インターバルは一分しかない。その間にどこまで立て直せるだろうか。

そう思った時だった。突如息苦しさを覚えた。興奮しすぎたかもしれない。上手く呼吸ができなかった。過呼吸か。身体が耐えきれなかったか――。

史哉は立っていられず、胸を押さえ椅子に倒れ込んだ。

「史哉っ」

真帆の叫ぶ声が聞こえた。

「史哉っ」

息ができない。眩暈がした。ここで意識を失ったらそのまま力尽きてしまいそうな気がした。

駄目だ、こんなところで。史哉は力を振り絞り、目を開けた。

臣吾が目を見開きこっちを見ていた。

大丈夫だ、試合に集中するんだ。

勝つんだ。

約束しただろ、さっき。

42

「わざと負けたりしないよな」

唐突な史哉の言葉に、臣吾は一瞬息が止まった。

「どういう意味だ？」

「聞いたんだ、真帆に」

臣吾は御守りから目線を上げることができなかった。

やはり真帆には黙っていることなどできやしなかったか。感情的に口走ってしまったことを今更悔いても遅かった。

「古謝を殺す気なんだろ」

弁明の準備をする間もなく史哉は言った。

「それで真帆に子供を堕ろせって言ったんだろ」

淡々とした口調だった。

「何言ってるんだ」

反論しようとする声が自分でも空々しく聞こえた。

真帆を自分の部屋に呼びつけたのは一昨日の夜のことだった。

臣吾は滔々と真帆に一人で子供を育てることの苦労を、自らの経験を膨らませて説いていった。徐々に真帆の表情が険しくなっていくのが分かった。最後に史哉の名前も使って堕胎を迫った。しかし真帆の答えは明快だった。

「それでも産みます」

臣吾は粘った。元々、すぐこの場で納得させられるとは思っていなかった。あらゆる策を弄し説得をするつもりでいた。だが、かけらも迷いを見せない真帆の姿に臣吾は次第に余裕を失っていった。駄目だ。その子はこの世に生まれてきてはならないんだ。そして全ての言葉が尽きた時、臣吾は真帆の肩を摑んでいた。

「その子は人殺しと血が繋がるんだぞ！」

真帆の瞳孔が開かれた。

「どういう意味ですか？」

まずいと思ったが口が止まらなかった。

「俺には殺さねばならない男がいる」

自分の口ではないような感覚だった。焦りが理性を振り切っていた。

「もしかして、お義母さんを……殺した人ですか？」

真帆は全身から畏れの感情を発していた。思いがけぬ正答に「そうだ」と臣吾は答えていた。

三年前の記憶が蘇った。

伏見ジムの資金繰りのためにスポンサー探しで奔走していた時だ。伏見が知人の伝手で紹介された人物の中に原田壮介という男がいた。原田は地元の建設業者である業平ビルトという会社の社長だった。かつてはプロボクサーだったという前情報もあり、ボクシングのスポンサーに理解があるのではないかと臣吾と伏見は期待した。業平ビルトの事務所は小汚かったが、保険の営業マンとして様々な企業を訪問した経験から、臣吾は相応の収益力を有していることを感じ取った。だが原田は俗っぽい振る舞いに似合わず経営判断は堅いようだった。知人の紹介だから仕方なく話を聞く場を設けたものの、沈みかけているボクシングジム、無名のボクサーに投資する気など更々ないとあからさまな態度をとった。しかし臣吾らも簡単に引き下がるわけにはいかなかった。臣吾は伏見と共に事務所へ訪問を繰り返した。

そんなある時、臣吾は信じ難いものを目にした。母を殺した古謝保志によく似た男と事務所内ですれ違ったのだ。初めは見間違いかと思った。しかし、どうしても確かめたかった臣吾は男を待ち伏せした。そして「業平ビルト社員寮」と書かれた建物へ入っていくのを見た。社員寮に設置されたポストには「古謝」と書かれていた。

そんな馬鹿な。こんなに近くにあの男が住んでいるのか。

不潔な風貌は裁判の時とまるで変化がなかった。むしろ当時は坊主頭にしていた分、清潔感があったかもしれない。そして別の日に古謝がコンビニで買った缶ビールを呷っているのを目撃した。

湧き上がってきたのは、かつて捨てたはずの殺意だった。

こいつは何も変わっていない。

殺してやりたい。どうにかして殺してやりたい。

その時に気づいた。この殺意はずっと心の奥底で息をしていたことに。自分は殺意を捨て去れてなどいなかったのだ。史哉には強く捨てることを訴えたにもかかわらず。

その臣吾の殺意を封じたのは史哉の存在だった。自分が古謝へ復讐を果たせば史哉を「殺人犯の弟」として地獄へ叩き落とすことになる。史哉はまだ社会への第一歩を踏み出したばかりだ。前途のある弟から光を奪うわけにはいかない。思えば、かつてこの殺意を捨て去る決意をした時もそうだった。それは史哉との生活を守るためだった。

だから仕方がないのだ。諦めの言葉が胸に落ちた。史哉の存在が鎖となってその激情を心の奥底に縛りつけた。

そして業平ビルトへ伏見に同行するのをやめた。

もうあの男の存在など入る隙もないほどに何かに魂を燃やすしかない。

臣吾は覚悟を決めた。世界チャンピオンになるしかない。そのことだけに意識を向けるしかない。臣吾は保険会社を辞め、全ての時間をボクシングに傾けた。そうやって自分なりに前を向いて生きてきた。

それから間もなくして、伏見は業平ビルトとのスポンサー契約を得たと上気した顔で告げた。臣吾はとても喜ぶ気にはなれなかった。健太が入門してきたのはほどなくしてからだった。

史哉の入院している病院で原田に出くわしたあと、臣吾は伏見に確認した。そして、前のジムを破門された健太を引き受けることを条件に、原田がスポンサー契約を受け入れたのだと白状した。しかし、伏見も当時はスポンサー絡みでトラブルを起こしたばかりだった。交換条件のきな臭いスポンサー契約であることを隠したかったのだと弁解した。だから健太がボクシングを辞めると言う度に必死に引き留めた。仮にも業平ビルトにスポンサーを降りられるようなことになれば、再び資金繰りに影響を来す。健太が本気で辞めると言ったあの時も、その事実を臣吾に打ち明けなんとしてでも引き留めさせようとしたのだと言った。

だが臣吾は伏見を責める気にはなれなかった。そんな資格俺にはない。何しろ俺はこれから殺人を犯そうとしているのだから。

史哉の余命を聞いて、喪心していたのはほんの数日だった。気づけば全く別の感情が膨れ上がっていた。

これで古謝へ復讐を果たすことができる。

俺は守るべきものを失うのだ。殺意を縛りつけるこの鎖は溶けてゆくのだ。

世界チャンピオンを目前にしていたが、それすらもちっぽけなことだった。その決意をした夜、臣吾はおよそ三年ぶりに業平ビルトの社員寮を訪れ、古謝が今もそこに住んでいることを確認した。髪を金色にした健太と遭遇したのはその帰路だった。今なら分かるがあそこは健太の自宅の近所だったのだ。

そして、潤とも距離を取るようにし、間もなく別れを告げた。苦し紛れの別れの言葉だったが潤は深く問い詰めるようなことはしてこなかった。ボクシングを理由にすればきっと潤は身を退くだろうと、長年の付き合いで分かっていた。潤は目に涙を浮かべていたが、冷徹な振る舞いを貫くしかなかった。

残すはこの伏見ジムだけだ。世界チャンピオンになることで、これまで伏見に受けてきた恩を最大限返すつもりでいた。そのために猛練習を重ねてきた。しかし、もうそれは許されない。殺人犯を出したボクシングジムとなればその影響は三年前の比ではないだろう。少しでもその影響を小さくするためには、このジムを退会せねばならない。当然、世界チャンピオンになどなってはならない。無駄な足跡をこのジムに残してはならないのだ。むしろ今度のタイトルマッチはいい機会だ。そこで敗れ、限界を感じたと言ってボクシングからは身を退く。世界ランカーといっても世間的にはまだ無名だ。名もなきボクサーとして去っていけば、多少なりとも傷を浅くすることができる。一方で全力で臣吾をサポートしてくれている伏見には顔を合わせる度に激しく胸が痛んだ。最低の人間だと思った。だがこのジムには自分以上の才能を放つ若きボクサーがいる。原田健太が世界を相手に拳を交えるのはそう遠くない将来だろう。これから順調に成長し、俺の汚名など霞ませるほどに活躍してくれればいい。

　その決意を臣吾は真帆に吐き出していた。

「だからその子を産んではいけない」

　真帆の中にいる子が史哉の姿と重なっていた。

「馬鹿なことはやめてください」

　真帆は臣吾に何度も縋りついた。そんな真帆を臣吾は思わず突き飛ばした。床に倒れ自らの身体を抱くように慄く真帆を見て、我に返った。「ごめん」と言ったが、真帆は逃げ去るように部屋を飛び出していった。

「やめるんだ、そんなこと。兄貴にはこれから明るい未来が待っているんだ！」

控室の中で史哉が臣吾の腕を摑んだ。抗弁しようとしたが、全てを真帆から聞いている史哉には何を言っても無駄だと思った。

「兄貴の人生はこれからなんだよ！」

自分のために強く訴える弟をかわいそうに思った。

「そんなものは……ない」

臣吾は僅かに開いた口から言葉を漏らした。

「何言ってんだ！」

「あいつを殺したら、俺も――」

史哉が固まった。

「死ぬつもりじゃないよな」

臣吾は虚ろな目で史哉を見た。全てを成し遂げたら、家族の待つ場所へ行く。そう決めていた。その方が騒ぎも早く収束させられるだろう。

「ふざけんな！」

史哉が摑んでいた腕を揺さぶった。

「そんなことしたら皆がどれほど悲しむか分かるだろ！　皆を裏切るようなことすんなよ！」

それは、できない。

臣吾は史哉を見て首を振った。

「これは言いたくなかった」

史哉の眼差しに諦念が浮かんだ。

「俺もだ。俺も、古謝を殺してやろうと思っていた」

臣吾は目を瞠った。

「俺もあいつを見つけちまったんだ。真帆が止めなかったら、俺は今頃あいつを殺していたはずだ」

なんだと。

確かにこれだけ近くで生活していれば、史哉も古謝に遭遇してしまう可能性は十分にありえた。

だが――。

「嘘だ」

「嘘じゃない」

史哉は首を振ると、自らの計画と失敗したことを詳らかにしていった。

だから、史哉は古謝のことをあれほど気にしていたのか。

「俺は本気だったんだ。俺は人を殺すつもりだった。俺は人殺しなんだ」

史哉は声を抑えていたが、その分激情が凝縮されていた。

「やめろ！」

俺たちには同じ血が流れている。同じ状況を迎えれば同じ決断を下すのも当然なのかもしれない。だから同じように互いの存在が、その殺意を縛りつけていた。

かつて古謝の死刑を望み、判決に対する怒りを自分の腹にぶつけてきた史哉が思い出された。史哉の殺意は当然のように理解できた。だが、まさか自らの手でそれを本当に遂行しようとしていたとは。これまで見てきた史哉とは一体なんだったのだろうか。自分のことを棚に上げ、臣吾は呆然とした。

「手塩にかけて育ててきた弟に裏切られた気分はどうだ？」

「やめろ！」

お前が人殺しなどするわけないだろ。それはもはや願いだった。実行されなかったということだけが救いだった。真帆の存在がこれまでにないほどに尊く思えた。

「兄貴がそんなことすれば、潤さんも会長も同じ気持ちになるぞ。それでいいのかよ、あの人たちを裏切るのかよ！」

史哉が臣吾の腹を殴った。あの時よりも大きな強さを感じた。

「こんなこと俺に言う資格ないのは分かってる。でも胸を張って生きていってほしい。兄貴にはそんな人間には絶対になってほしくない」

史哉の言葉に、何かが音を立てて崩れていった。

「大事な試合前に、こんなこと言いに来てごめん。でもどうしても伝えたかった。どうしても勝ってほしいんだ。勝たなきゃ駄目なんだ」

史哉が平静を取り戻して言った。

「今だったらやり直すことができる。今日勝つことこそが、復讐を捨てることの意思表示だ」

やがて部屋の中の音が史哉の息切れだけになった。臣吾はただ立ち尽くしていた。

「じゃあね」

最後にそう残すと、史哉は車椅子を漕ぎ控室の扉を開けた。そして部屋から出たところで一度止まった。

「兄貴」

返事ができなかった。

「俺の子、かわいがってやってくれよ」

そう言って史哉が振り向いた時、自分の目から落涙するのが分かった。

43

天井の照明が眩しかった。

誰かが救急を呼んだようだ。

「史哉っ、史哉っ」

真帆の声が響く。

既に第四ラウンドは始まっていた。

もう少しここにいさせてくれ。

あと少しだけ。

うっすらと開けた瞼の向こうに臣吾のファイティングポーズが見えた。

試合の最中にごめん。

第三ラウンドまでとは打って変わって、臣吾はサロンガへ鮮やかな攻撃を繰りだしていた。何かが乗り移ったかのようだった。勝利に飢えたボクサーのそれだった。

頑張れ。

ぶっ倒すんだ、兄貴。

臣吾はサロンガをリングサイドへ追いやっていった。

そして、薄れゆく意識の中で最後に史哉の目に届いたのは、臣吾の右ストレートがサロンガのテンプルに炸裂し、サロンガが崩れ落ちる瞬間だった。

今日最大の歓声が上がった。

その時、瞼の裏に見えたのは確かな光だった。

・本書は書き下ろしです。

久和間 拓　くわま・たく
一九九〇年埼玉県生まれ、慶應義塾大学卒。二〇一六年「エースの遺言」で第三八回小説推理新人賞を受賞。他の著書に短編集『エースの遺言』がある。本作が初の長編小説。

氷《こおり》の鎖《くさり》
二〇二一年九月一九日　第一刷発行

著者　久和間 拓
発行者　箕浦克史
発行所　株式会社双葉社
〒１６２－８５４０
東京都新宿区東五軒町３－２８
電話　０３－５２６１－４８１８（営業）
０３－５２６１－４８３１（編集）
http://www.futabasha.co.jp/
（双葉社の書籍・コミック・ムックが買えます）
印刷所　大日本印刷株式会社
製本所　株式会社若林製本工場
カバー印刷　株式会社大熊整美堂
ＤＴＰ　株式会社ビーワークス

ISBN978-4-575-24442-7 C0093